“十三五”国家重点图书出版规划项目
广东省原创精品出版资金扶持项目

现代中国大文学史论　第一卷

李　怡　主编

现代文学与现代历史的对话

李　怡　李俊杰　等著

羊城晚报出版社

·广州·

图书在版编目（CIP）数据

现代中国大文学史论. 第1卷，现代文学与现代历史
的对话 / 李怡主编；李怡等著. —广州：羊城晚报出
版社，2016.5

ISBN 978-7-5543-0265-1

Ⅰ. ①现…　Ⅱ. ①李…　Ⅲ. ①中国文学—现代文学史
Ⅳ. ①I209.6

中国版本图书馆CIP数据核字（2015）第285646号

现代文学与现代历史的对话

Xiandai Wenxue yu Xiandai Lishi de Duihua

策划编辑	张灵舒
责任编辑	黄初镇　张灵舒
责任技编	张广生
装帧设计	杨亚丽
责任校对	张　瑛
出版发行	羊城晚报出版社
	（广州市天河区黄埔大道中309号羊城创意产业园3-13B　邮编：510665）
	网址：www.ycwb-press.com
	发行部电话：（020）87133824
出 版 人	吴　江
经　　销	广东新华发行集团股份有限公司
印　　刷	佛山市浩文彩色印刷有限公司（佛山市南海区狮山科技工业园A区）
规　　格	787毫米×1092毫米　1/16　印张14.25　字数250千
版　　次	2016年5月第1版　2016年5月第1次印刷
书　　号	ISBN 978-7-5543-0265-1 / I·256
定　　价	36.00元

｜ 总序：回到"大文学"本身 ｜

李　怡

　　"回到文学本身"，曾经是一个美丽的倡议。20世纪80年代，有感于中国文学受制于社会政治这些"文学之外"的现实，我们提出"回到文学本身"，注重"文学之内"的研究，强调"审美性"。也就是从那个时候开始，一代中国人觉悟到谈论文学不再等同于政治表态，也有别于道德教育，对"文学作品"思想与文字的鉴赏从此成为一件意趣盎然的事情，这是中国文学批评复苏的基础，也是如《名作欣赏》这样的"欣赏类"、"阅读类"杂志闪亮登场的历史背景。阅读、欣赏，一个似乎意味着文学普及的名字，在80年代的意义却远远超过了"大众普及"，而成为广大文学研究学者自我训练的起点，在当时，数量众多的活跃一时的文学研究者都与《名作欣赏》等结缘，或者贡献自己的新锐见地，或者长篇连载，甚至在此发表处女之作。

　　进入90年代以后，"文学形势"陡变。一方面是文学在社会生活中逐渐失去了轰动效应，另一方面则是越来越多的文学研究者都逾越了"文学"的边界，在历史学、政治学、经济学与思想史的领域里一展身手，文学研究尤其是中国现当代文学的研究日益跨出了"文学"的范畴，成为其他学科特别是现代政治学、思想史、社会学的一种材料。进入21世纪以后，西方"文化研究"的范式更在中国流行开来。"文化研究"最早产生于20世纪50年代的英国，其先驱人物是威廉姆斯（R. Williams）与霍加特（R. Hoggart）。霍加特在1964年创办的英国伯明翰当代文化研究中心是第一个正式成立的"文化研究"机构，从80年代开始，"文化研究"在加拿大、澳大利亚及美国等地迅速发展，至今，它几乎已成为一个具有全球影响的知识领域。"文化研究"进一步打破了文学与各种社会文化之间的间隔，将文学作为社会文化关系版图中的有机元素，其重点不在品味文学的审美个性，而是掂量和解剖其中的"文化意义"，特别是热衷挖掘社会结构中种种的阶级、权力、性别与民族的关系。可以看到的现实是，"文化研究热"已经以汹涌澎湃之势在中国高校与学术机构中蔓延开来，每年我们都可以读到这样的学位论文：在文学的学科标志下尽力展开的却是关于社会文化与历史问题的广泛讨论，文学现象不过只是其中的部分材料而已。

西方的解构主义也以"文学性扩张"的判断给予这样的思路莫大的鼓励。乔纳森·卡勒告诉我们："如今理论研究的一系列不同门类，如人类学、精神分析、哲学和历史等，皆可以在非文学现象中发现某种文学性。西格蒙德·弗洛伊德和雅克·拉康的研究显示了诸如在精神活动中意义逻辑的结构作用，而意义逻辑通常最直接地表现在诗的领域。雅克·德里达展示了隐喻在哲学语言中不可动摇的中心地位。克洛德·列维—斯特劳斯描述了古代神话和图腾活动中从具体到整体的思维逻辑，这种逻辑类似文学题材中的对立游戏（雄与雌，地与天，栗色与金色，太阳与月亮等）。似乎任何文学手段、任何文学结构，都可以出现在其他语言之中。"[①]

文学内容的日渐稀少的确令我们对"文学"的曾经的痴迷遭逢尴尬，越来越多的"文学之外"的知识领域的入侵让我们对自己的学科归属不无焦虑，甚至"绝望"：

没有人对诸如文学叙述、描写和修辞，以及审美经验这类东西感兴趣。失去了这些探讨的现当代文学研究还有什么理由再撑着文学这张招牌呢？

传统的文学学科，更不用说现当代学科，正面临前所未有的挑战。堡垒最容易从内部攻破，这回文学的困境不是来自外部其他强势学科的挤压，而是自己要改弦更张。就像一位黄花闺女，不是受到外部强迫，而是自己打定主意跃跃欲试要出台——这有什么办法？

写下这些文字，并不是要对别人说三道四，也包括对我们自己在内的文学同仁们的警示。因为我们每个人都难以在潮流之外，没有人能够被幸免，也没有人能够被赦免。正像当年杀死上帝一样，我们每个人可能都是

---

① 乔纳森·卡勒：《文学性》，马克·昂热诺等：《问题与观点：20世纪文学理论综论》，史忠义等译，天津：百花文艺出版社，2000年，第40—41页。

杀死文学的刽子手，如现在不放下屠刀的话。①

就是我自己，也因为文学史叙述一再为抽象的理论所占据而充满困惑：文学史究竟是什么史？我曾经试图提出："我们当今的文学史实际上是一种凌驾于文学现象之上的'知识结构'，严重忽略了对文学作品（也就是文学"原典"）的把握和理解新的文学史写作必须认真解决如何让文学史的教学与学习回到文学作品这一根本，如何通过文学史的讲述呈现文学自身的魅力，如何让文学史的学习成为进入现当代精神殿堂的趣味无的过程等问题。"②

当然，所谓学科的"规范"其实并不可能获得完全的共识，我们也无法断定跨越性的研究在未来就不能成为一个独立自足的新的学科，形成新的学术的规范。这里的关键在于，当我们跨出了文学，试图在历史学、哲学、经济学、政治学等其他领域里寻求伸展的时候，也同时对自己提出了更高的要求——无论我们怎样将"文学"作为材料，最终都必须在其他学科中取得真正的发现，换句话说，以"文学"为跳板，我们最后要达到的"高度"必须符合其他学科的水准。比如我们可以借用左翼文学的社会批判主题说明20世纪30年代的中国社会状况，但那时的中国是不是就如我们这些文学材料中所描述的那样呢，"文学"自己就不足够了，能够检验我们结论的一定是历史学的相关"规范"，我们也可以通过延安文学的发展探讨中国特色的"现代化"之路，但是进入社会史、经济史与政治史的领域，可供我们比照分析的也就主要不是文学的想象，而是一系列丰富的数据与案例，在这个时候，我们既有的知识显然已经面临着极大的挑战。近几年来，在突破文学边界，进入"文学之外"的道路上大步前行的研究中，已经出现了这样的尴尬，例如新左派的中国现代文学研究，总是希望将延安—十七年—"文革"的文学历程肯定为"反现代性的现代性"的文化硕果，殊不知，不仅其他从事中国现当代文学的学人难以认同，就是近现代史学界与中共党史的学者也颇不以为然。

跳出"文学"的框架，在更大的范围内表述问题，看起来是超逸了文学，其实骨子里却依然动用着文学的想象，所以就无法真正回答"文学之外"的问题。这样的尴尬实在值得我们深思。

---

① 陈晓明：《绝望地回到文学本身——关于重建现当代文学研究规范的思考》，《南方文坛》2003年第1期。

② 李怡：《文学史是什么史？——关于"中国现代文学史"的新思考》，《陕西师范大学学报》2010年5期。

那么，回到文学自身，是不是就真的可行？真的理所当然，真的理直气壮呢？

如前所述，虽然我们目睹了这一口号在20世纪90年代的激动人心的"拨乱反正"之功，也见识了跳出"文学"之后的种种尴尬和困惑，但是，平心而论，对于中国现当代文学研究"如何更文学"其实也还有进一步讨论的空间。

在80年代，"回到文学自身"的诉求既美丽，更正义，因为我们曾经的文化专制让一切关于文学的讨论都无可选择地纳入了政治表态的范畴，在这时，重申"文学"的价值，其理由不仅在于文学，更在于恢复人基本的言论权利与自由思维的权利。正是在这样一种"正义"的向度上，我坚持高度肯定这一口号的历史意义，并且主张继续研究和光大这一伦理正义的可能，对于90年代就此的诸多批评都不予认同。但是，我们也同时发现，在当时，对于伦理正义的强烈渴求的确远远超过了对于口号内涵与学理的细致分析，比如什么是"文学"？什么又是真正的"文学本身"？中国现当代文学的"本身"究竟意味着什么？在当时，在未经严格的学术追问的时候，我们有意无意地将这一"文学本身"视作某种固定不变的东西，赋予它某种本质性的猜想，比如思想的现代性，语言的白话，等等。

正是这样未经追问的模糊给了90年代的质疑以机会。当然，这不是说在今天，所有自"文学"逃逸的学人都出自同样的思想基础，但至少其中相当多的人是逐渐感受到了"文学"的不稳定、不可靠，从而企图在"文学之外"的领域捕捉某种真切的事实。比如，我们曾经说，追求"现代"的思想是中国现代文学的重要内涵，但问题在于，深入的考察却告诉我们，这些所谓的"现代"思想却千差万别，胡适有胡适的现代观，陈独秀有陈独秀的现代观，一向质疑的鲁迅更与他们迥然有异，更不要说左翼、右翼与延安道路了；白话呢？虽然可以解释中国新文学的主流，但是后来的考证也逐渐证明，新文学并不就是"中国现代文学"的全部现实，何况新文学作家本人也有放下白话，重操文言的选择。如此一来，"中国现当代文学本身"究竟是指什么呢？我理解，就是类似的困惑吸引我们的研究者开始迈出（或者说"解构"）了"文学"的大门，企图在一个更宽泛的社会文化发展的层面上寻觅现代中国人的切实追求，而"文学"逐渐降低为社会文化整体面貌的组成元素之一。诚如有学者所指出的那样：

> 我们说中国的20世纪是一个非文学的世纪，是指20世纪的中国文学从

来就没有被作为一个独立的领域得到自足性的发展。在20世纪文学的发展过程中，文学自身的本体性要求未能得到充分的张扬，文学的审美特性未受到足够的重视……政治化思潮影响和制约着20世纪大多数年代文学的基本走向。就20世纪文学而言，如果不顾历史的氛围，忽略文学生长的特殊政治背景，仅从纯文学的角度切入，可能难以对各种文学现象作出合理的评价。①

在今天，随着中国现当代文学诸多历史事实的逐步澄清，我们已经越来越清晰地意识到，现代中国作家与现代中国知识分子一样，等待他们关怀和解决的"问题"绝不只是作为"艺术"的文学，在更多的时候，文学的问题、艺术的问题是不得不纳入更大的也更为复杂的社会文化的整体问题框架中来加以思考的，而且问题本身的错综复杂与历史的流变繁复也使得这些问题一点也不单纯，介入和处理问题的方式也需要不断地调整，在这个时候，抽象、笼统地谈论"回到文学本身"显然也是空虚的，无的放矢的。

既不便抽象地诉求"回到文学本身"，又不能因为超逸"文学"而陷落到四不像的尴尬，那么，我们还有没有努力的方向呢？在我看来，一个可供思考的方向就是：继续回到文学，但不是那种理想化的"纯文学"，而是包含了诸多社会文化信息的"大文学"。中国现当代文学的学术未来，也许就在"回到大文学本身"。

回到大文学本身，也就意味着我们的中国现当代文学研究应该把对"文学"的关注融入对社会历史的总体发展格局之中，也就是说，在20世纪，既然文学本来就不能独善其身，那么就不妨最充分地尊重这一基本的历史事实，将文学的阐释之旅融通于寻找历史真相之旅，这里有现代中国政治理想的真相，经济生态的真相，也有社会文化整体发展的深刻烙印，与历史对话，将赋予文学以深度，与政治对话，将赋予文学以热度，与经济对话，将赋予文学以坚韧的现实生存品格。

回到大文学本身，最终体现"本身"的还是"作品"，也就是说，所有文学与社会历史的对话并不意味着我们要离弃文学作品，直接讨论现代中国的历史、政治与经济；恰恰相反，进入"文学之外"，是为了最终返回"文学之

---

① 朱晓进等：《非文学的世纪——20世纪中国文学与政治文化关系史论》，南京：南京师范大学出版社，2004年，第3页。

内"，这里的"内"不是抽象的本质化的事物，就是实实在在存在的文学作品本身，就是说，对所有历史文化的考察、分析并不是要确立我们新的历史学、社会学、政治学与经济学，而是深化和完善文学作品的"阐释学"。

回到大文学本身，我们的理性认知与感性想象、知识社会学的考辨与感悟体验式的批评也有可能获得更好的结合。20世纪90年代以后的学术发展，曾经以对理性规范的强化来排除文学的感性想象，以知识论的建构质疑体验论的缺陷，其实，即便是在"文学之外"的最抽象的理性思辨之中，我们也难以摆脱骨子里的文学想象，反倒是不能自我承认的这种"想象"干扰了本该"不必想象"的社会科学的认知。与其让想象与感性如此扭曲地存在，不如为他们重新确立安身立命的"结构"。如果我们力主回到以作品阐释为旨归的"大文学"，那么保留和发挥我们的感性想象也就是"文学"的题中之意；与此同时，跨出"文学"的"小"，纳入"文学之外"的"大"，也让其他的思维方式与认知方法有了一席之地，让历史学、政治学、经济学等的社会科学认知模式有机会进入文学研究，弥补我们既往学术的种种不足。

| 目 录 |

第一编
历史转折与中国新文学的发生

在一个成熟的现代社会里，文学艺术作为个人精神的产品，自有其社会公众需要的生存空间，这样的公众需要空间，以其自在自律的方式在很大程度上超越了国家政治的强力控制。不过，对于正在结束"帝王专制"时代的中国文学而言，却无法享受这样的自在自律，鉴于传统专制对于社会资源的绝对控制，现代中国的公众空间的出现和建立都有赖于国家体制问题的整体改变，这也就是说，现代中国的新的文学样式的产生并不单纯是个人精神创造的结果，在很大的程度上得力于宏观的国家新体制的建立。

｜ 一、辛亥革命与中国文学"民国机制"的国体承诺 ｜

　　中国文学的发展在近百来进入到了一个前所未有的历史时段，无论我们名之为"新文学"、"现代文学"还是"20世纪中国文学"，都不能改变"千年巨变"的基本事实。中国文学在结束自己的古典机制，逐渐形成"民国机制"的过程中，有两个时间点值得我们特别注意，1911年的辛亥革命奠定了文学发展新的国家体制的基础，1917年开始的五四新文化运动酝酿了坚实的文化结构与精神空间。

　　在中国大陆既往的历史评价中，辛亥革命或者被描述为"既成功又失败"的革命，甚至干脆就是"一次失败的革命"，虽然从总结历史教训的角度不无道理，但在很大的程度上严重忽略了这场革命对现代中国国家体制建立的根本意义。以现代"民主政治"取代"君主专制"，这样的意义怎么估价也不过分。袁世凯获得了中华民国的总统大权，权力更迭本身并不是"辛亥革命的失败"，而是现代政治合理妥协的一种形式，革命者出让"总统"的权利赢得了亚洲第一个民主共和国的合法存在，这是中国迈向现代化的艰难而重要的一步；至于袁世凯后来称帝闹剧，当然不能说是辛亥革命与民国制度的目标，而且恰恰由于"民国"国体理念已经得以保存，包括各路军阀势力都不再能轻易摆脱这一框架的制约，所以才最终导致了复辟的破产。即便是对"旧民主主义革命"批评甚多的毛泽东也表示，当时"公开号召实行资产阶级民主革命，推翻了清朝的统治，结束了中国两千多年的封建帝制，建立了中华民国和临时政府，并制定了一个《临时约法》。辛亥革命以后，谁要再想做皇帝，就做不成了。所以我们说它有伟大的历史意义"。①这里的历史"规约"就来自于现代

① 毛泽东：《关于辛亥革命的评价》，见《毛泽东文集》第6卷，北京：人民出版社，1996年，第346页。

国家体制，虽然在具体的细节上，它尚有许多亟待完善之处。

以民主政治为目标的现代国家体制，其根本的原则便是对公民权利的保障，而只有在一个公民权利被充分保障的社会里，知识分子的精神创造才可能获得根本的尊重，新的感受、思考、写作与传播的社会环境的出现，这是中国文学进入崭新的"现代百年"的基础。晚清废科举、兴报业，为现代的职业作家的出现创造了最初的经济条件，而民国建立、现代民主国家体制的设计则从政治与法律的层面上保证了知识分子的生存与言论自由。

辛亥武昌起义后，湖北军政府颁布了《中华民国鄂州约法》，保障现代民主政治的一系列基本原则：人民平等，言论、集会、结社、信教、营业自由；法律由议会制定，议员由人民选举产生。该约法为各省所效法。南京临时政府成立后，更于1912年3月11日颁布《中华民国临时约法》，以国家法律的形式确立了主权在民的根本原则。《临时约法》规定，人民享有人身、居住、财产、言论、出版、集会、结社、通信、信仰等自由，享有请愿、诉讼、考试、选举和被选举等权利。在此之前，中华民国临时大总统孙中山的就职宣誓是："以忠于国，为众服务"，以民为奴的专制统治就此结束，国家政府"服务人民"、"天下为公"的时代全新展开。1912年1月28日，中国第一个国会——参议院正式成立，立法机关和行政机关权力分离、相互制约，为预防和警惕强人专权独裁的出现，民国立法者进一步修改总统共和为责任内阁制。在1912年的全国大选中，登记的选民占当时全国人口的10%，结党参与政治竞争成为民国初年的风景，一时间，新兴民间团体达682个之多，其中基本具备近代政党性质的团体共有312之众，[①]在中国历史上可谓空前绝后。

这样的制度设计的保障，这样以国家宪法形式出现的庄严的承诺，极大地唤醒了知识分子的维权意识，也是他们的主动维权，最终为自己开辟了比较广阔的言论空间。就是在政党、社团开始参与国家政治的过程中，报纸杂志广泛评论时事，报道各种国家政治事件，临时政府内务部曾经颁布报律予以限制，但立即遭到报界的联合反对，后经孙中山出面干预，终于取消成案；到袁世凯执政时期，先后颁布了《报纸条例》、《出版法》、《陆军部解释"报纸条例"第十条第四款军事秘密之范围》、《报纸条例未判案件包括于检厅侦查内函》、《报纸侮辱公署依刑律处断电》、《修正报纸条例》、《新闻电报章程》、《戒严法》、《治安警察条例》、《预戒条例》、《著作权法》等，严

---

① 闾小波：《中国近代政治发展史》，北京：高等教育出版社，2003年，第144页。

厉打压新闻出版自由，以至酿成了中国现代出版史上著名的"癸丑报灾"：从1912年4月到1916年6月袁世凯当权期间，"全国报纸至少有71家被封，49家被传讯，9家被反动军警捣毁；新闻记者至少有24人被杀，60人被捕入狱"，① 不过，这样被封、被传讯、被捣毁、被杀、被捕的过程，同样是知识分子奋起抗争的过程，到后来，在袁世凯病逝之后，继任的北洋军阀统治者，不得不宣布恢复《中华民国临时约法》，废止或者修改袁世凯政府颁布的《报纸条例》等一些法律法规，解除一些新闻禁令。自"五四"到"三一八"惨案，中国知识分子捍卫言论自由、面对执政当局展示舆论的力量的勇气已然形成了自己强大的传统，1927年以后的蒋介石政权不断加强对舆论监控和对言论自由的限制，同样也不断被左翼知识分子与自由主义知识分子所抨击和挑战，而构成抨击和挑战的根据也包括了民国初年国家体制对言论自由的庄严承诺。

胡适在谈到辛亥革命时说："这个政治大革命虽然不算大成功，但是它是后来种种新事业的总出发点，因为那个顽固腐败势力的大本营若不颠覆，一切新人物与新思想都不容易出头。戊戌（1898年）的百日维新，当不起一个顽固老太婆的一道谕旨，就全盘推翻了。"② 这是关于辛亥革命之于现代文化史的清醒定位。

一般认为，鲁迅对辛亥革命失望居多，批评甚烈，所谓"我觉得仿佛久没有所谓的中华民国。我觉得革命以前，我是做奴隶；革命以后不久，就受了奴隶的骗，变成了他们的奴隶了。"③ 的感叹，其实，失望乃至愤懑与其说是鲁迅对辛亥革命的否定，还不如说是恰恰出自对革命理想的缅怀，因为，鲁迅紧接着又明明白白地告诉我们：

> 我觉得有许多民国国民而是民国的敌人。
> 我觉得有许多民国国民很像住在德法等国里的犹太人，他们的意中别有一个国度。
> 我觉得许多烈士的血都被人们踏灭了，然而又不是故意的。
> 我觉得什么都要从新做过。

---

① 方汉奇：《中国近代报刊史》，太原：山西人民出版社，1981年，第720页。
② 胡适：《中国新文学大系·建设理论集导言》，《中国新文学大系·建设理论集》，上海：良友图书印刷公司，1935年，第16页。
③ 鲁迅：《华盖集·忽然想到》，《鲁迅全集》第3卷，北京：人民文学出版社，2005年，第63页。

退一万步说罢，我希望有人好好地做一部民国的建国史给少年看，因为我觉得民国的来源，实在已经失传了，虽然还只有十四年！

也就是说，鲁迅依然尊重和维护着辛亥革命与"民国"的理想，尤其因为这样，他才更不愿看到这些理想被亵渎、被遗忘、被扭曲的现实。

尽管孙中山等"革命先行者"的民主共和理想未必真正实现，但作为国家体制对广大国民的最初的承诺和理想的设计无疑是激动人心的，于是，在那个时代的许多知识分子的感受中，"民国"都包含了这么一种民主承诺的温暖的记忆，正是这种记忆不断激活他们作为"国家主人"的坚强意志，不断为中国的现代文学提供"主人的"而不是"奴隶的"精神产品。

| 二、法律、民主与新文学观念 |

在建构整个现代中国尤其是现代中国社会制度方面，民国法律体系及体现出的法律文化精神起到了至关重要的作用。民国法律首先体现的是完全不同于中国传统的全新的个人与个人之间、个人与国家、社会之间的关系和组织原则，其中包括契约精神、对个人权限的约束等。民国法律精神和民主观念共通的精神理念，即作为现代意义上的中国，摒弃了君臣等传统的人人关系之后，如何看待处理这些问题，其中最明显的是有关"民"的讨论，这些"民"的不同的概念所指以及运用情况也同时影响着文学的表达内容的变化。

从臣民到"国民"

民国法律建立之前，"民"的概念是属于等级社会中的"臣民"，1908年，清政府推出《钦定宪法大纲》，这部宪法文件由"君上大权"和"臣民权利义务"两部分构成。直到辛亥革命之后，1912年颁布的《中华民国临时约法》宣布"中华民国之主权，属于国民全体"，其中第二章则对"人民"的权利和义务做了规定。1913年《天坛宪法草案》规定"凡依法律所定属中华民国国籍者，为中华民国人民"。1914年《中华民国约法》第二条规定"中华民国之主权，本于国民之全体"。在这些条款中，我们看到，"国民"、"人民"的概念不断被使用。与此同时，"公民"的概念也开始被讨论，梁启超、康有为的诸多论著中都对什么是公民做了论述，[1]可以看出，"公民"、"国民"、"人民"中的民都有了独立、权利等意义，法律所规定的对"民"的强调，一方面为整个思想的变

---

① 参考张立丹、王忍之：《辛亥革命前十年间时论选集》第一卷（上），北京：三联书店，1960年，第172页。

革提供了大的背景，同时也是各方力量尤其是知识分子思想论证的重要方面，这在以《新青年》为中心的知识分子群体中可以看到他们的探讨。

"民主"观念中的"民"

五四时期，对于"democracy"的翻译，并没有形成统一的意见，"民主"只是其中的一种，而用来表达"democracy"这种观念的有很多种，如人权、德莫克拉西、平民主义、庶民主义、民本主义等。陈启修在《庶民主义之研究》中总结了"democracy"的八种译法：民众主义（或众民主义）、民权主义、民本主义、民主主义、平民主义、唯民主义、民治主义、庶民主义。他认为最准确的应该是"庶民主义"，"庶者，all之谓也，庶民者，全体之民也，即国之总分子也，不偏于民，亦不偏于国，且意甚浑涵，无偏重主权、政权之行使或政治目的之弊"。①仲九认为"democracy"的意义实在是太丰富了，故"赞成多涵不翻的规矩，把democracy译作德莫克拉西"。②而李大钊认为"民主主义用在政治上亦妥当，因为他可以示别于君主政治与贵族政治，而表明一种民众政治。但要用它表明在经济界、艺术界、文学界及其他种种社会生活的倾向，则嫌它政治的意味过重，反而把democracy原来的内容弄狭了……只有平民主义、唯民主义以及音译的德莫克拉西又损失原意的较少，所以便于通俗了解起见，译为平民主义"。其实在李大钊的论述中，很多时候他都不用翻译，而是直接使用democracy。李守常也采用了"平民主义"的译法，另外还有"国民主义"、"国民政治"等。

从上面的译法我们可以看出，他们隐含的意义是民主首先是与君主对应的一种完全不同于中国古代政治文化的思想，其次我们发现他们共同的字眼是"民"，只是这个"民"所占的比重不一样，所谓的"民主"、"民治"都带有一个具有感情色彩的动词："主"、"治"。"唯民"的"唯"字则有"只有，唯有"的意思，用陈启修的话说是"使人生有民无国之感"。似乎这些词所反映出来的是"民"所占的比重过重，过分强调"民"，而忽视了国家，所以他们选择了比较温和的"庶民主义"与"平民主义"。当然，陈启修认为"平民者，对贵族而言之语也，然democracy盛行之国，不必盖平民"（因为英国是君主立宪）。对于democracy译成"庶民主义"，这一概念所表达的意思，有广

---

① 陈启修：《庶民主义之研究》，《北京大学月刊》1919年1月1卷1号。
② 仲九：《德莫克拉西的教育》，《教育潮》1919年4月1卷1期。

义狭义之分，而最广义的为"世界庶民主义（World democracy），或共同责任（Solidarity），或人道主义（Humanism），这种广义的是思想界宗教家及艺术家所谓的庶民主义，而狭义的包括"民主民本民治"是政治家所主张的，而只有实现了这三种才可以成为真正的庶民主义。庶民主义和平民主义的翻译其实又可以从希腊语 δημοκρατία 的原始意义去说明。李大钊在梳理democracy时，也是采用demos意指人民（people）。他还注意到了亚里士多德在运用democracy的时候指的是民主政治（polity）的变体"暴民政治"，但是原因并不是李大钊关心的，他只是用"后来行用日久，democracy终以表示'民治'的意思。"①一句话带过。同时他又认为到今日"民治"也发生了很大的变化，它已经没有了"统治（rule）"的意思，故不采用民治主义而用平民主义。

　　不过有一点值得注意，《新青年》的诸多关于民主问题的讨论文章中，用"共和"一词来表达民主的意义要比专门用民主表达多得多，如吴虞等在其论述儒教等问题时也很少提到民主，吴虞的7篇文章中，出现8次共和，民主仅出现两次，在读者来信或者通信等栏目里，用"共和"、"伪共和"（而几乎没有出现"伪民主"这样的表达）的也远远多于民主。当然，他们在文章中，有很大一部分使用共和是指辛亥革命建立的"共和"，所批判的也是张勋复辟、袁世凯称帝所呈现的伪共和，不少论述者在谈论中国社会时，一般会采用"共和国家"，而很少说是"民主国家"。

　　"民主"含有人民统治和大众参政的意思，它与知识分子的精英政治观念是相冲突的。他们一方面要对民众启蒙，另一方面其实也在怀疑中国民众的素质能否与民主制度想配合。这一现象到了后期《新青年》发生了改变，"共和"的使用逐渐减少的同时，民主的意义也发生了变化，知识分子也对之前所追求的"民主"即资产阶级民主产生了深刻的怀疑，而趋向于社会主义，即平民政治，也就是真正的民主。而其对国民主体的设想，对建设真正民主所需要的条件也发生了变化。可以这样说，前期所提倡的个性和人的解放在没有充分发展的情况下，被团体倾向所代替，前者其实与自由的关系更为密切，而后者，可以为民主所包含。知识分子对"共和"这个词语的倾向不能说明他们对民主与共和的区别有了充分的认识，而是民主的"民"的强调作用不合于他们的精英意识，一方面要启蒙民众，另一方面对这种启蒙的结果是怀疑的和不确定的。而到后期，对工人阶级的赞美，走向劳动阶级的姿态则是"民主"意义的着重强调，虽然这时

　　① 李大钊：《平民主义》，《李大钊文集》（下），北京：人民出版社，1984年，第589页。

候，民主已经成为他们批评的对象。

"民"的文学

民国法律中对"民"的强调使得公民个人作为独立的个体开始受到重视，而民主思想，作为启蒙的资源进入知识分子的视野，意味着他们整个价值体系的改变，对个人价值的强调，对个性解放的提倡，是近代以来在追求精神革命上一个重要的突破。而对民主的提倡和评价也影响了他们对文学的认识，前面我们提到过，《新青年》知识分子思考中国的逻辑为：人民自觉产生真正的民主国家，而中国没有真正的共和是因为"民未觉"，觉之希望在民，那怎样让民"觉"，依靠的是教育，教育从哪里开始？文学。傅斯年言"文学者，群类精神上之出产品表以文字者也"。[1]他还提出，"今日中国之政治社会风俗学术等皆为时势所挟大经变化，则文学一物，不容不变，更就具体方面举例言之，中国今日革君主而定共和，则昔日文学中与君主政体有关系之点，若颂扬铺陈之类，理应废除"。[2]这也就是我们熟知的"人的文学"、"平民文学"的出现，而随着"民"的地位的不断上升，我们也看到了30年代的"无产阶级文学"、"革命文学"的到来。李大钊曾经谈到他理解的平民主义和平民文学："把政治上、经济上、社会上一切特权阶级，完全打破，使人民全体，都是为社会国家做有益的工作的人……""无论是文学，是戏曲，是诗歌、是标语，若不导以平民主义的旗帜，他们决不能被传播于现在的社会，决不能得群众的讴歌。"[3]这里虽也提到"平民文学"，但与前期《新青年》中周作人所提倡的"平民文学"是有区别的，后者针对的是"贵族文学"，更重要的是指，既然人人都是平等的，那么文学也就不能属于"贵族"特有的，人人都有抒写自己的权利，强调的是"人"的文学，而李大钊所理解的平民文学，很明显意指劳动阶级，即要创造"人民"的文学，"无产阶级劳动阶级"的文学。

民主对于"五四"思想具有决定意义，虽然"民主"这一词语出现的次数并不多，但是其表现方式是多样的、人权、共和、自由、民治、平民政治，都代表了知识分子对民主的思考，从对个人权利的强调，到对一个群体劳工阶级权利的

---

[1] 傅斯年：《读者论坛·文学革新审义》，《新青年》1918年1月第4卷第1号。
[2] 同上。
[3] 李大钊：《平民主义》，《李大钊文集》（下），第588、609页。

重视，从对民主的极度推崇到怀疑批判，背后隐藏着巨大的国家民族意识。当我们从细节中走出，联系"五四"之前，俯瞰这段历史，似乎这种思想过程经历了一个由众数到个人再到众数的过程，而对工人阶级、劳动阶级的重视，似乎也预示了之后"革命文学"论争的来临。知识分子从"启蒙者"到对自己没有接近工人阶级的反省，似乎让我们听到了20年代"革命文学论争"中对知识分子的自我定位的声音"中国现在的文艺青年呢？老实说，没有一个是出身于无产阶级的。文艺青年们的意识都是资产阶级的意识。这种意识是甚么？就是唯心的偏重主观的个人主义"。[①]

---

① 麦克昂：《留声机器的回音——文艺青年应取的态度的考察》，《"革命文学"论争资料选编》，北京：人民文学出版社，1981年，第215—216页。

三、由党争舞台到新文化场域的转化

民初政党政治实践的失败

从民初的社会历史来考察，新文化空间的形成和当时政党政治实践的失败密切相关。二次革命失败后，在国内国民党被解散，议会政治告终。流亡于海外的同盟会——国民党系的革命派产生了分化，从中分化出欧事研究会一系，从事于思想文化的反思与宣传。在国内，进步党本想带袁世凯走开明专制的策略，却被袁世凯的皇帝梦所击碎。"唯宪法主义"的政党政治基本失去了民主重建和改造社会的作用。先进的人们痛定思痛，终于认清了主导中国的并非是主义和思想，而是主义和思想背后的在中国传统中有深厚历史积淀的黩武主义政治文化，这正是近代民主制国家所崇尚的"唯宪法主义"之大敌①。

这种凭借势力的"黩武主义"对民初政治重建的破坏，当时著名记者黄远庸在《一年以来政局之真相》这篇文章中已对此做出了沉痛的反思。"且政争云者，国有两造之旗帜，分明正大，以求战胜于舆论。甲造胜则代乙，乙造胜则代甲"，而中国当时的党争恰恰相反，是基于势力的争持，缺乏对国家主权所应有的民主性质的共识，党派之争几乎是敌对之争，"而在我则纯以两造之势力，赌一国之基础以为胜负。一切政治问题法律问题云者，皆特藉以为名目，而利用政党及议会为傀儡。故欣戚之相去，乃若此其甚也"。黄远庸将这种党争比作舞台上的剧本之争，国家好比舞台，建设国家的政治方案好比剧本，各党派秉持的建设国家的不同立场，好比剧本有历史剧（旧剧）、社会剧（新剧）之分一样，谁能登台演出并展示自己的"角色技艺"，在于民主选

---

① 闫小波：《放大的公共领域与流产的政党营销——以"宋教仁案"为考察点》，《天津社会科学》2002年第2期。

举，如观剧的"视客之所嗜好，以为兴衰，固无害其并立"。当时党派之争，不在剧本能否获得观众支持，而在如何独霸舞台。"乃若有两造之人，在各欲争取此舞台之主权……故人国之所谓政争，乃剧本之争，真政争也，吾国之所谓政争，乃非争剧本之得失，而争舞台之所有权，乃个人势力之争，非真政争也。"宋教仁作为同盟会中谙熟西方宪政原则的政治家，就是希望通过组党建党的原则，在议会和选举中实现国家民主政治的重建，1912年8月国民党成立之后，他就阐释了这样的立场：

> 以前，对于敌人，是拿出铁血的精神同他们奋斗；现在对于敌党，是拿出政治的见解同他们奋斗；我们此时，虽然没有掌握军权和治权，但是我们的党是站在民众方面的，中华民国政权属于人民。我们可以自信，如若遵照总理孙先生所指示的主义和方向切实进行，一定能够取得人民的信赖。民众信赖我们，政治的胜利一定属于我们①。

宋教仁显然是高估了当时的政治文化生态，正在他雄心勃勃地要实现政党政治的理想的时候，1913年3月20日晚，宋教仁却倒在了上海火车站的枪声中。宋教仁的死意味着民初政党政治的终结和袁世凯北洋势力独大的开始。

在黩武主义主导下的势力之争，给民初的政治文化生态造成了极大的破坏。"纵容无数之万恶不赦之官僚，乡党不齿之下贱，皆有可归之壑，而相率以为无忌惮之小人，此以两派势力角逐之故，而成为党祸者也。"党祸之争的背后，就是士绅阶层已经不像晚清时期那样以名节、国家利益为重，而以私人利益为转移。

党派势力所左右的舆论已经失去了表达社会心声的可能，"大抵一国真正舆论之发生，必有相当之智识，以为之根柢，故政治思想之普遍，则政治竞争，乃愈觉其有神圣之意义，今吾国之所谓舆论，惟是各据一方，代表其黑幕之势力乎？抑真有发挥其所主张之真义公理，以求国民最后之判断者乎？"从晚清开始就以舆论影响国人的言论界之骄子的梁启超，也观察到舆论已经不复有影响社会的力量了，曾经在官僚场中周旋的他，"疲于簿书期会，朝命舆出、晚就装瞑"，面对这样的现实，"报纸上之政谭，决无由入于当局者之

① 宋教仁：《国民党鄂支部欢迎会演说辞》，《宋教仁集》（下），北京：中华书局，1981年，第456页。

耳","吾侪摇笔弄舌者,自命为大声疾呼,而其实乃不过私忧窃叹,其必无反响可断言也"。①

黩武主义导致的势力之争,更加延伸到国外势力的介入,"今不幸吾国自革命以后,而此等媚外自保心理,盖日见其发达,吾人敢断定不久将有美国派日本派英国派德国派俄国派之发生,盖势力之盛衰,关于切迫之盛衰,关于切迫之利害,以切迫之利害,而发挥其激烈之感情与意气,则日暮途远倒行逆施,将无事不可为,最近颇有此等事例,吾人盖不复忍言,此因两派势力之角逐,而丧失国人之爱国心者也"②。

新的空间的出现

民初宪政实践的失败,造成了深广的危机意识,当时人们普遍地从政党政治的思路中跳出来。开始在更为深远的层面上反思民初国家重建的失败局面。在《正谊》杂志上,曾有一位署名"惟一"的作者,对此做了反思,认为民初失败的困局,要从国内自身反思,"亡国之果在外患,而亡国之因则在内治⋯⋯乃编观吾国一般之社会,不惟无列强兴国蓬蓬勃勃之气象,即中国历史上开国时代披霜露、斩荆棘之流风遗韵亦渺不可得。惟见人心日益坏,风俗日益漓,人类生存必需之智与力,亦日益枯亡而不可救药"③。认为真正的民主宪政之下的政党政治有待于社会改造的完成,因此当时人们普遍开始从狭隘的政党利益之下跳出来,在更为开阔的社会层面反思问题。梁启超在1915年亦有同样的看法,"吾国现在之政治社会,决无容政治团体活动之余地",真正的宪政式的政党活动之发生,必须从改造社会入手,"吾深觉政治之基础恒在社会,欲应用健全之政论,则于论政以前更当有事焉。而不然者,则其政论徒供刺激感情之用,或为剽窃干禄之资"④。

其实如果延续前面所论述的晚清至民初的国权主义思想,民初政党政治的失败,更进一步从思维模式的深层瓦解了国权主义。以前是由国家、政党的建

---

① 梁启超:《政治之基础与言论家之指针》,《饮冰室合集之三十三》,北京:中华书局,1989年,第51—52页。

② 以上引文,未注明出处者,皆引自黄远庸:《一年以来政局之真相》,《黄远生遗著》,台北:台湾华文书局,1968年,第67—74页。

③ 惟一:《最近社会之悲观》,《正谊》1915年2月15日第1卷第7期。

④ 梁启超:《吾今后所以报国者》,《梁启超选集》,上海:上海人民出版社,1984年,第644页。

设而督促社会的重建，现在则反其道而行，从社会的重建为国家和政党的重建
做准备。可以说以前是由政治到文化，现在则反过来从文化到政治。这也就是
陈独秀在《甲寅》中所发表的文章《爱国心与自觉心》所阐释的理念。一个现
代国家的成立，不是先从上层的政治制度设计开始，而是从国民到社会的现代
政治理念的重建开始。在这个时候，文化成为整个社会重建的关键词。

　　由政党政治的失败发现了社会文化问题的重要，意味着在当时的思想界重
新开辟出了一个崭新的文化空间。这一个文化空间中所思考的核心问题，已经
突破了晚清已降的民族国家观念的束缚，即不再仅仅局限于国家政治体制的设
计，社会文化具备了某种独立性。陈独秀在新旧、中西对立的框架中阐释他所
谓的国民政治："罔不舍旧谋新，由专制政治趋于自由政治，由个人政治趋于
国民政治，由官僚政治趋于自治政治。此所谓立宪制之潮流，此所谓世界系之
轨道也。吾国既不克关闭自守，即万无越此轨道逆此潮流之理……吾国欲图世
界的生存，必弃数千年之官僚的、专制的个人政治，而易以自由的、自治的国
民政治。"①

　　在立宪和革命两派势力中不屑与官僚势力为伍的群体，开始对自己偏狭的
政治视野做出反思。其代表性的人物当属梁启超，"吾尝两度加入公开之政治
团体，遂不能自有所大造于其团体，更不能使其团体有所大造于国家，吾之败
绩失据又明甚也"。②梁启超如此孜孜不倦地从事于政治活动，在于他当然是
要实现自己的政治抱负，"自立于政治之当局"中，"亦颇尝有所规画，思效
铅刀之一割，然大半与现在之情实相阂，稍入其中，而知吾之所主张，在今日
万难贯彻"。③现实政治的残酷，终于让他的思路有所转变，"自今以往，除
学问上或与二三朋辈结合讨论外，一切政治团体之关系，皆当中止。乃至生平
最敬仰之师长，最亲习之友生，亦惟以道义相切劘，学艺相商榷。至其政治上
之言论行动，吾决不愿有所与闻，更不能负丝毫之连带责任"。④而转变的结
果，就是转向了社会文化的重建与改造。

　　立志创办杂志以改造社会的陈独秀，更是明确地表达了对当时已经陷入泥

　　① 陈独秀：《吾人最后之觉悟》，《青年杂志》第1卷第6号。
　　② 梁启超：《吾今后所以报国者》，《饮冰室合集》（第4册），上海：中华书局，1989年，第
56页。
　　③ 同上。
　　④ 同上，第59页。

潭的政党政治的否定和批判，"政党政治，不适用于今日之中国也"①。而当读者向他询问由上海去北京大学担任文科学长的事是否是为了介入政坛，"将在野以鞭策社会乎？将在朝以厉行改革？"他对此做了严厉的回答，"以仆狂率，欲在野略尽文人报国之义务，尚恐无效，不知足下因何因缘而以在朝为问也"。②陈独秀敏锐地意识到当时的政治文化生态已经发生了改变，"自负为一九一六年之男女青年，其各自勉为强有力之国民，使吾国党派运动进而为国民运动。自一九一六年始，世界政象，少数优秀政党政治，进而为多数优秀国民政治，亦将自一九一六年始。此予敢为吾青年诸君预言者也"③。

如果我们再联系前面所论述的蔡元培对北大的改革，所贯穿的是注重学理的诉求，并试图将北大改造为一个独立的学术场域以进行新文化的生产，可以说到了袁世凯败亡前后，新文化的空间领域正在逐步形成。政客和暴力革命为社会所厌弃，在新文化空间领域，一些精英分子更希望以自己的道德示范与社会改造来引导社会。这些人新式知识分子深怀道德信念，良好的儒学教化观让他们有很强的精英认同意识，他们依然相信道德教化与文化改造的社会效应。这一信念并非存在于因介入政党政治而失意的像梁启超、陈独秀、蔡元培这样的由传统士人转变过来的新知识群体中，像胡适这样的留学欧美的新知识分子，也有了这样的看法，胡适曾这样回忆他从美国回来的思想认识："那时我有一个主张，认为我们要替将来中国奠定非政治的文化基础，自己应该有一种禁约：不谈政治，不参加政治，不与现实政治发生关系，专从文学和思想两方面着手，做一个纯粹的思想文化运动。"④

正是在这些各派力量的思想转换中，北大进行了改革，《新青年》也进入了北大校园，这使得校与刊恰当结合，为学界所乐道。而媒体和学术场域的联手，为新文化的生产提供了必要的空间场域。学术成为一种超轶政治的政治力量，学校、媒体、新式知识分子联合起来渐成势力，在军阀势力之外，形成了变革中国的学术势力。

① 陈独秀：《一九一六年》，《青年杂志》1915年第1卷第5号。
② 陈独秀：《通信》，《新青年》1917年第3卷第1号。
③ 陈独秀：《一九一六年》，《青年杂志》1915年第1卷第5号。
④ 胡适：《胡适口述自传》，桂林：广西师范大学出版社，2005年，第104页。

新空间与文学革命

文学革命的发生，正是发生在政党政治失败之后。新的文化空间形成能否主导新文化的产生，还有待于各种变革力量的联合。学界普遍认识到章士钊创办的《甲寅》之于《新青年》的重要影响。这两份杂志无论在编辑风格上还是在撰稿人员的承接上，都有很密切的关系①。而在我看来，除去这些外在性的影响外，超越于黄远庸所批判的势力之争、转变为学术性的思想文化之争所造就的影响，在各种合力之下形成了文学革命发生所必需的文化空间场域。

《甲寅》作为欧事研究会的言论机关，本身有着对革命党人偏狭的政治立场和狭隘的集团利益的反思。在主编章士钊看来，要扭转当时已经严重恶化的舆论环境，只有重新倡导一种新文风，才能清除掉那些不符合现代政治的思想观念。在章士钊看来，学理具有客观性、超越性，只有在学理性上，社会才能达成共识，才能从分裂中走向联合。在《甲寅》创刊号的"本志宣言"中，章士钊表白立场："本志以条陈时弊，朴实说理为主旨。欲下论断，先事考求，与曰主张，宁言商榷，既乏架空之论，尤无偏党之怀，惟以己之心，证天下人之心，确见心同理同，即本以立说，故本志一面为社会写实，一面为社会陈请。"这种呼吁舆论文化空间的理性已经开始成为当时的共识，就在第一期《甲寅》的"通信栏"中，就有读者来信，几乎不约而同地和章士钊的办刊主张相呼应。读者周悟民认为在政治与学术之间，学术对一个国家的政治重建具有优先性。"窃见政治学术二者，于群治之演进，实有相须为用不可相离之理，就迹象分之，学术为体，政治为用，学术为间接孕育人国之治象。政治为直接运行人国之治象。"必须结合媒体才能将学术性的探讨广布社会，报刊杂

①　关于《新青年》和《甲寅》的撰稿人之间的承续，陈万雄的《五四新文化的源流》，详细考察了《新青年》撰稿人的组成、来源以及相互之间的组合关系。特别是分析了《新青年》撰稿人作为辛亥革命党人分化之结果的谱系关系。王汎森则从个案的角度，以吴虞为考察对象，分析新文化兴起过程中与社会之间错综复杂的关系，见王汎森：《思潮与社会条件——新文化运动中的两个例子》（《中国近代思想与学术谱系》，河北教育出版社，2001年）。近年兴起的研究《新青年》的一个重要方向就是从报刊媒介的角度，研究新文化如何在媒介的联系中与当时的社会形成互动。诸如杨琥的《〈新青年〉与〈甲寅〉月刊之历史渊源》（《北京大学学报》2002年第6期）；陈平原：《思想史视野中的文学——〈新青年〉研究》（见陈平原、山口守编：《大众传媒与现代文学》，新世界出版社，2003年）；王奇生：《新文化是如何"运动"起来的——以〈新青年〉为视点》（《近代史研究》2007年第1期）；章清：《民初"思想界"解析——报刊媒介与读书人的生活形态》（《近代史研究》2007年第3期）。

志也只有以学理性的探讨为追求,才是真正的指导国民的舆论。"杂志天职,究以造作舆论,指导国政为前提,则所标学术范围,要以直接关系于政治者为最适当,盖政治之实施为政事,政治胚胎于古今历史,酝酿于哲理法律者,则为学术。"①读者漆运钧更是明确主张学术对于政治的优先性,"以学说引政治而归于正道者,其国昌,以政治迫学说而入于歧途者,其国亡,二者势力之消长,国家之隆替随之"。而且漆运钧已经意识到这一观念对青年学子的重要意义,他鼓励青年学子不要为一时的政治局势所困,而应该在学术追求的长远价值上确立自己的人生方向,"独是学说之立,要能以引政治归正道者为善,决不可存躁进之志,匍匐于政治势力之下,曲其学以求荣,此国中青年治学之士所宜抱松柏后凋之节。而不可因势力以游移者也","青年学子之于今日,其主持学说,须预存一退让之心,推让云者,不求吾说可用于今日,而求吾说可传于后世,此孟子守先待后之说也……使海内青年学子,不明乎学说引政治,与政治迫学说之辨,皆奉为师表,而莫察其非,是则人心世道之所系,不可不正之以端正我士林之趋向也"②。因此《甲寅》的意义首先在于将民初的鼓动性的政论杂志转变为学术性的政论杂志。《青年杂志》在精神上就是秉承了《甲寅》的这一精神。

在《甲寅》强调学术性、学理性的同时,《甲寅》意识到必须以这种学术精神重造新群体,传统士绅阶层在恶劣的党争中已经耗尽了变革历史的能量,必须重新整合新群体来推动社会的变革。正是传统士人精神依然未泯,李大钊依然满怀信心地认为无论政局多么腐败,国事如何糜烂,只要有真精神的群体存在,国家依然有希望,"群枢倾于朝,未必不能兴于野,风俗坏于政,未必不可正于学,立于朝显于政者,吾无敢责矣,草茅之士,宜有投袂而起,慨然以澄清世运,纲纪人心为己任者"。如此才有他沉痛反思之后的这样的认识,"时至今日,术不能制,力亦弗胜,谋遏洪涛,昌学而已,圣人既不足依,英雄亦莫可恃,昌学之则,匹夫而已"③。

陈独秀参照欧洲近代文学史的框架,试图对中国文学提出简单的划分和批评,认为"吾国文艺犹在古典主义、理想主义时代,今后当趋向写实主义"④。在美国的胡适,恰恰就是针对陈独秀自相矛盾的主张提出批评。指出

① 周悟民:《政与学》,《甲寅月刊》1914年第1卷第1号。
② 漆运钧:《政治势力与学说势力消长论》,《甲寅月刊》1915年第1卷第10号。
③ 李守常:《风俗》,《甲寅月刊》1914年第1卷第3号。
④ 陈独秀:《答张永言》,《青年杂志》1915年第1卷第4号。

陈独秀一面倡导写实主义，一面又刊发谢无量的古典主义诗歌，而且还称之为"稀世之音"，并初步提出他的文学改良主义策略[①]。陈独秀虽然能参照近代欧洲文学史对中国文学提出笼统批评，但是要他从文学形式的变革上提出系统的主张，显然不是他所能胜任的。但正是陈独秀的敏锐意识，认识到胡适主张的重要价值，才几次催促胡适早日成文，写出完整的变革中国文学的主张。可以说陈独秀不但催生出了胡适的名文《文学改良刍议》，而且以他政论家的本色，将胡适的改良推成革命。而其后钱玄同的加入，在批判"选学妖魔"与"桐城谬种"中，将胡陈二人倡导的文学变革纳入到中国文学史的脉络中，使得文学革命更具有针对性。至此在现代文化空间中孕育出的文学革命正式登场。

---

① 　《新青年》1916年第2卷第2号。

四、"超轶政治"的可能
——"分科"视域中的北京大学与"新文化运动"

众所周知，在五四新文化运动进行的过程中，蔡元培执掌的北京大学占据着一个举足轻重的位置。事实上，将北京大学视为"发动机"，不仅忽略1919年前后的"种种时代的动量"，而且还忽略了对自晚清以来"新文化"酝酿生成的前史的挖掘，更遮蔽了北京大学真正的历史意义。我们往往将北京大学作为一个整体性存在：它作为整体收纳了《新青年》杂志，完成了"一校一刊"的结合；它也是作为整体参与了"文学革命"乃至整个"五四新文化运动"。这种研究理路形成了一种固化的历史叙事：即蔡元培通过一系列改革将北大这个"封建官僚学府"改造成了"思想自由、兼容并包"的现代性大学，而"思想自由、兼容并包"被视为蔡元培对"新文学"（"新文化"）的变相支持，所谓"文学革命"也就是成了一场"新旧更替"的思想流变过程。问题在于，这种整体性的观照实际上遮蔽了北京大学内部的多元性和复杂性，我们惯常所说的"新"、"旧"更多是一种极其不稳定的历史观念，用它来对北大内部多重势力予以划分不仅失之武断，且显得过于抽象。北大内部的学科、社团、组织机构这些更为具体的历史存在物，反倒能为我们的历史描述提供更为有效的参照。

从"政学一体"到"超轶政治"

对19世纪末20世纪初的中国知识分子而言，"政治"与"学术"之间的界限是非常模糊的。梁启超在提及晚清时代的"强学会"时非常明确地指出："是以诸先辈不能公然设立正式之学校，而组织一强学会，备置图书仪器，邀人来观，冀输入世界之智识于我国民，且于讲学外，谋政治之改革。该强学会之性质，实兼学校与政党而一之焉。"①清末知识分子这种"政治—学术"的合一的状态有着巨大的历史意义：一方面，政治变革的急迫要求，促使中国知识分子冲出封闭的书斋，在"经世致用"的时代理想之下大大扩宽了学术视野，也为西方思想学说（尤其是政治学说）的涌入打开了闸门。而另一方面，与"学而优则仕"的士大夫相比，"几乎所有维新派思想家都在不同程度上逐渐接受了西方的国民参政观念"，他们在很大程度上"跳出了官僚政治的圈子"——晚清知识分子的"政治组织活动大部分发生在官场或地方社会的范围之外。在城市中，他们的活动集中在学堂、报纸和自愿结合的团体内"。②

但这里需要指出的是，对晚清知识分子而言，"学术"与"政治"之间的地位并不平等，他们著书立说的学术活动，都是以政治理想为旨归。民国成立之后，"政治"与"学术"之间的一体关系被切断，这种以政治目的的"学术"也就充分暴露了它的弊端。与晚清不同，基于宪政的"共和政体"不再是作为批判和否定的对象，而是一套合法性得到知识分子群体普遍承认、并力图捍卫的现代政治理想。如梁启超所说："在今日欲作政谭，无论如何忠实稳健，而终不免略带一种刺激煽动之性质，吾则以为在今日而为政治上之刺激煽动，则国家所受者实利少而害多。"③因此，民国时代的知识分子无法通"鼓吹学说"的方式参与政治活动，而是必须进入这个他们自身也承认其合法性的新政治体制当中。正是在这种情势之下，才出现了"举国聪明才智之士，悉萃集于政治"④的局面。

当知识分子可以直接参与政治活动的时候，那种以政治为旨归的学术也就失去了利用的价值。尽管"悉凑集于政治"，知识分子却无法真正融入民国的纷繁复杂政治体制之中。恰恰相反，一向擅长在体制之外"攘臂扼腕以谭政治"的知识分子以极高的热情投身政治活动之后，却痛切地感到了"现实政治"秩序与自身的扞格。梁启超如此回忆自己的从政经历，"吾尝两度加入公开之政治团体，遂不能自有所大造于其团体，更不能使其团体有所大造于国家，吾之败绩失据又明甚也"。⑤教育总长任上的蔡元培"受事以来，旋进旋

---

① 梁启超：《莅北京大学校欢迎会演说辞》，《我与北大——老"北大"话北大》，王世儒、闻笛编，北京：北京大学出版社，1998年，第40页。

② 费正清、刘广京编：《剑桥中国晚清史》（下），北京：中国社会科学出版社，1985年，第330页。

③ 梁启超：《〈大中华〉发刊辞》，《饮冰室文集》（三十三），第79页。

④ 同上。

⑤ 梁启超：《吾今后所以报国者》，《饮冰室文集》（三），第56页。

退，毫不能有所裨益"，他也同样意识到"理想与事实，积不相容"。[①]在辞任教育总长后，蔡元培游学欧洲，与汪精卫、李石曾合办《民德杂志》，"专发挥人道主义与科学知识，不谈政治"。[②]陈独秀亦然。

要强调的是，梁启超等人对现实政治的厌弃不仅仅是"淡泊名利"、"独善其身"那么简单，更不意味着他们对自身"政治理想"抛弃。他们并不是"规避政治"，而是"超轶政治"，力图从现实政治之外推动社会变革、重获自身影响力。从某种意义上说，后来的"文学革命"和"新文化运动"就埋伏在这种"超轶政治"的社会心理中。知识分子群体游离出"悉凑集于政治"的潮流，并没有回到晚清"政学一体"的旧有模式中，众多洁身自好、独立于政治集团之外的自由知识者，借报刊为媒介，集合同道，共同发言，形成某种"以杂志为中心"的知识群体。在陈平原看来，"同人杂志已经超越一般意义上的大众媒体，而兼及社会团体的动员与组织功能"。[③]

从这个意义上讲，"文学革命"的提倡本身，并不在于是"新文学"对"旧文学"不满，而是当时的知识分子对当时的举国皆谈政治的情境不满。这里的文学显然不是仅仅指文学，而是有着更为宽泛的领域，它是"现代思潮"的场域，它本身承担的并非审美功能，而是担负民初知识分子在"官僚体制"之外寻求"启蒙"的任务。

"教大于政"

民初知识分子在厌弃官僚政治的同时，已经开始将自己的目光转向了教育，对教育关注并报以希望，已经成为彼时一部分知识分子的普遍倾向，而这其中最典型的代表自然是当时就任民国首任教育总长的蔡元培。蔡元培出身科举翰林，体制内的从政经历使他对官僚政治的认识远比梁启超等人痛切。早在戊戌变法失败时，他就非常精准地看到："康党所以失败，由于不先培养革新之人才，而欲以少数人弋取政权，排斥顽旧，不能不情见势绌。"[④]在就任南京国民政府教育总长时，他就已经相对系统地提出了自己"超轶政治"的教育

---

① 蔡元培：《辞教育总长呈》，《蔡元培全集》第2卷，北京：中华书局，1984年，第258页。
② 蔡元培：《复蒋维乔函》，《蔡元培全集》第2卷，第286页。
③ 陈平原：《触摸历史与进入五四》，北京：北京大学出版社，2010年，第101页。
④ 都昌、黄世晖：《蔡孑民先生传略》，《蔡孑民先生言行录》，长沙：岳麓书社，2010年，第3页。

主张："教育有二大别：曰隶属于政治者，曰超轶乎政治者。专制时代（兼立宪而含专制性质者言之），教育家循政府之方针，以标准教育，常为纯粹之隶属政治者。共和时代，教育家得立于人民之地位，以定标准，乃得有超轶政治之教育。"①需要强调的是，蔡元培"超轶政治"的主张是在教育总长任上提出，所以他对教育的设想并非纯粹的哲学思辨，而是与民初共和时代的教育精神紧密关联，有极强的现实针对性。

"超轶政治"的空间最终是在国立北京大学这一隶属于教育界、但更为微观、具体的场域内部形成。与教育部不同，当时的北京大学虽然具有浓厚的官僚气息，但它毕竟是一个学术机构而非政治机构，它内部的运作机制和"官僚机制"有很大的不同。所以，尽管当时的北大一团混乱，但这种混乱本身却是一种非官僚式的、无序化的，从某种意义上说，这其中混乱的人事关系，是一种"官僚体制"失效的结果。因此，这就为一种非官僚化的、学术意义上的秩序建立提供了一种可能性。

以北京大学作为践行自己教育理想空间场域，也与蔡元培个人的思想、性情等方面密切相关。事实上，蔡元培"超轶政治"的教育主张以"世界观教育"和"美育"为核心旨归，这本身就决定了它施政的重心必然落实到高等教育上，他参与拟订的《大学令》是其对高等教育理想最集中的体现，其首条即规定："大学以教授高深学问，养成硕学闳才，应国家需要为宗旨。"

蔡元培执掌北大的经历同样不是孤立的个案，他实际上显示出一代知识分子从"悉辐辏于政治"到趋重"教育"的根本原因。蔡元培那种"偏重于理想"及"适于治学，不适于办事"的性情气质实际上在知识分子群体中具有普遍性，这必然让他们与僵化生硬的"官僚政治"相互扞格，而更容易在大学这类学术场域中找到契合之点。

"北京大学"不再是作为一个混沌的整体，需要借助内部的"分科"对其做更为细致的划分。事实上，北京大学的"分科制度"由来已久，经过晚清自民国初期一系列的制度建设，北大在蔡元培就任校长之时已经建立起较为完整和规范的学科建制。这些学科具有一定程度上的独立性，且它们之间有着相对清晰的界限。这都决定了北大内部的学术风气是丰富、多元，乃至彼此大相径庭，而不可能是铁板一块似的混合状态。

事实上，北大这样一种相对明晰的学科建制，已经为蔡元培掌校后的改革

---

① 蔡元培：《对于教育方针之意见》，《蔡子民先生言行录》，第91页。

奠定了基本的格局。与蔡元培改革牵扯最深的法科和文科，其学制、学风就大不相同，这种不同也决定了蔡元培改革不同的起点、方式和路向，也决定了它们在改革中所扮演的角色，乃至对之后整个"新文化运动"发轫的具体意义。在下文中，我们即是通过"法科"和"文科"这两个最具代表性的学科，审视蔡元培在北京大学中两种不同的改革思路，从而力图把握北京大学之于整个"新文化运动"多重的、更为复杂的意义。

"学"、"术"之别

首先来看北大法科的情形。据王健先生的《中国近代的法律教育》一书所说，北京大学正式的法科教育早在民国成立之前就启动。1910年，"按照奏定章程，法政科原定的法律、政治两门全部设立。法政科师范生及译学馆毕业生、预科法文班学升入。学部派林棨为法政科监督……自此，京师大学堂的法科本科教育正式开始。"[①]在很长一段时间里，法科在北大的地位是其他各科难以比拟的："在民国最初的十多年，北大法科学生的数量总体上在不断地增加着，与北大其他各门（系）相比，其数量也逐渐地高于、甚至远远高于其他各系。"[②]而这里需要指出的是，法科在北大各科中占据中心位置的现象并不是孤立的，而是与整个中国近代"法政教育"的勃兴有密切关联。清末蜂起的法政专门学校并不意味着中国现代法律教育的进步，恰恰相反，这样一种超常规的发展是非常畸形的，"在一定意义上，可以说清末民初一枝独秀的法政学堂是科举教育在新的历史条件下的演变，是科举教育的继续"。[③]

蔡元培在《我在北京大学的经历》中回忆北大时，曾经提及当时统治北大的教学风气："专门研究学术的教员，他们不见得欢迎；要是点名时认真一点，考试时严格一点，他们就借个话头反对他，虽罢课也在所不惜。若是一位在政府有地位的人来兼课，虽时时请假，他们还是欢迎得很；因为毕业后可以有阔老师做靠山。这种科举时代遗留下来的劣根性，是于求学上有妨碍的。"[④]蔡元培这段话所针对的对象虽为北大，但其真正的指涉更多偏向于作

---

① 王健：《中国近代的法制教育》，北京：中国政法大学出版社，2001年，第174—175页。
② 同上，第180页。
③ 宋方青：《科举革废与清末法政教育》，《厦门大学学报》2009年第5期。
④ 蔡元培：《我在北京大学的经历》，《我与北大——老"北大"话北大》，王世儒、闻笛编，第48—49页。

为"官僚养成所"的法科。蔡元培对法科的批评，并不是将其作为一门学术意义上的"学科"予以排斥。

从整个高等教育通盘考虑，蔡元培将"学"与"术"的区分体现为"大学"与"高等专门学校"之间的差别，所谓"治学者可谓之'大学'，治术者可谓之'高等专门学校'"。①在《北京大学开学式之演说》中，蔡元培再次指出："大学为纯粹研究学问之机关，不可视为养成资格之所，亦不可视为贩卖知识之所。"②在《〈北京大学月刊〉发刊词》中，他再次申明："所谓大学者，非仅为多数学生按时授课，造成一毕业生资格而已也，实以是为共同研究学术之机关。"③可以说，蔡元培自就任北大始，就在多个场合、以多种形式（演说、发刊词等）不厌其烦地申明北京大学的办学宗旨，这一宗旨非常明确，即将北京大学改造成一个"纯粹研究学问之机关"。

当然不能否认，按照当下完备、严格、细致的学科划分而言，蔡元培以"学"、"术"之别划分学科界限显得非常笼统，但是它非常准确地把握了当时教育转型问题的关键，而以此为重要依据的北大改革也被历史证明是一次比较成功的教育实践。

从这个意义上我们可以发现，蔡元培北大改革中一个非常重要的动议——"学术分校"实际上被既往的研究者所忽视了。蔡元培曾认为："北京大学各科以法科为较完备，学生人数亦最多，具有独立的法科大学之资格。惟现在尚为新旧章并行之时，独立之预算案，尚未有机会可以提出，故暂从缓议，惟于暑假后先移设于预科校舍，以为独立之实验。"④当然，蔡元培学术分校的动议不仅最终未能完成，反而还使得北洋大学的法科并入了北大，但这场失败的改革昭示出蔡元培非常独特的教育改革思路，即将北京大学改造成一个"纯粹研究学问之机关"，而这里的学问仅仅包括"文理两科"的"高深学问"，而"纯粹"的意思即是将以法科为代表的应用诸科排斥在大学场域之外，以矫正社会上"重实用而轻学理"的陋见。

蔡元培的教育理想自始至终未变，即打造一种"超轶政治"的教育，具体到北京大学即是建立一个"纯粹研究学问之机关"。而在这种通过"学术分校"实现"超轶政治"理想的改革过程中，真正构成阻力的恰恰不是"守旧"

①　蔡元培：《读周春岳君〈大学改制之商榷〉》，《蔡孑民先生言行录》，第105页。
②　蔡元培：《北京大学开学式之演说》，《蔡孑民先生言行录》，第150页。
③　蔡元培：《〈北京大学月刊〉发刊词》，《蔡孑民先生言行录》，第111页。
④　蔡元培：《北京大学之进德会旨趣书》，《蔡孑民先生言行录》，第158页。

的文科，而是与社会关系牵涉颇深的法科。诚如蔡元培自己所说："又以吾国人科举之毒太深，升官发财之兴味本易传染。故文理诸生，亦渐渍于法商各科之陋习（治法工商者，本亦可有学术上之兴会，其专以升官发财为的者，本是陋习）。而全校之风气，不易澄清。"① 在他眼中，"文理诸科"的堕落应归因于"法商各科"，而后者则被视为整个北大堕落校风的源头。在这个独立自治的学术场域之中，北大"与官府、工商界的关系盘根错节"的政治功利问题，在北大场域内部转变成了一个"学"、"术"之别问题，由此，北京大学学科之间的地位也就依据学术自身的规律和法则发生了巨大的变化。首先，"法科"地位大大降低，因为在新的评价体系之下，学科之间地位的高低已经不再决定于办学的规模、招生的数量，而是决定于"学问"本身的"纯粹"与否。所以，一旦蔡元培将北大强调为一个"纯粹研究学问之机关"，那么作为"术"的法科也就不再视为一种"高深学问"，它丧失了在大学中存在的合法性："大学中唯一的价值标准是学术，谁在学术上有贡献，谁就受到尊敬"，正因为此，"混资格准备做官的思想逐渐没有了，新的学风树立起来了"。②

一般而言，由于近代中国的社会变革一直处于"政学合一"模式之中，因此"知识分子"与"政治家（政客）"之间的区分往往不那么容易，而在民国成立后，由于"革命"思潮的低落和官僚体制的延续，这种区分反而更加困难。但是，在北京大学这个特殊的场域内部，"法科"与"文科"之间的学科畛域划出了一条非常明晰的界限。如前所述，这个界限不是纯粹学术范畴的界限，而是一个"学术"与"政治"（官僚政治）的界限。蔡元培的"学术分科"实际上就是对这一界限的强化。可以说，北京大学内部文科和法科地位的变化，不仅对"知识分子群体"与官僚政客的分离极为重要，它使得知识分子摆脱了基于大众媒体的、"攘臂扼腕以谭政治"的"政论"言说，从而在北大文科这个学术场域中获得了"超轶政治"、"思想启蒙"的可能。

因此，从这个学科变化的角度审视北大与新文化运动的关系，我们就会发现，"新文化运动"是以"文学革命"发轫，它所依托的并非北大整体，而只是文科，"北大学术思想转变年代中心是在文科，而文科中的中国文学系又是新旧文学冲突之聚点"。③而需要指出的是，与"官僚体制"盘根错节的法科

① 蔡元培：《读周春岳君〈大学改制之商榷〉》，《蔡子民先生言行录》，第105页。
② 冯友兰：《我所认识的蔡元培先生》，原载《人民日报》（海外版）1988年1月9日。
③ 杨亮功：《五年大学生活》，《我与北大——老"北大"话北大》，王世儒、闻笛编，第271页。

并没有参与到"新文化运动"建设的过程当中去，"法科一直等到民国九年下半年王世杰、周鲠生等加入才北京大学以后才日见起色。最初是在没有什么大的整顿。所谓文化运动的出发点，还是文科"。①

学术场域与学术空间

由于在学风上与"法科"有明显差别，因此"纯粹研究学问"这一宗旨对"文科"而言却有着完全不同的意义。与"法科"相比，文科教师多专任，且其学术化取向在蔡元培掌校之前就已经启动："严复抵制政府拟停办北大的意图，同时励行改革，舍经科而为文科，桐城学者在北大文科开启学术化取向；后又有章门弟子同人入主北大文科，进一步推动北大学术化发展，使北大在国内确立举足轻重的位置。"②所以，蔡元培将北大标识为"纯粹研究学问之机关"，一方面对贬抑了作为"应用之学"的"法科"，但另一方面也必然抬升作为"学术重镇"的文科。可以毫不夸张地说，在蔡元培的北大改革中，原来作为"冷门"的文科逐渐居于北大的核心地位——"国立北京大学，自蔡子民氏任校长之后，气象为之一变，尤以文科为甚"。③

由于"文科"本身即属于蔡元培所说的"高深学问"，所以蔡元培在文科进行的改革的诱因不可能是法科面临的"学术之别"问题。文科之所以有改革的需要，乃是因为蔡元培对"学问"本身的看法与北大文科传统的治学范式有分歧，或者说，他对北大文科有桐城派启动的"学术化"取向并不认同。而这些与蔡元培自身对"学问"的看法密切相关，在他看来，"研究学理，必要有一种活泼的精神，不是学古人'三年不窥园'的死法能做到的"。④与桐城派和章门弟子相比，这种学术态度显然更有现实性和开放性："大凡研究学理的结果，必要影响于人生。傥没有养成博爱人类的心情，服务社会的习惯，不单印证的材料不完全，就是研究的结果也是虚无。"⑤在执掌北大期间，他提倡办研究所，以使得"大学生们感觉到在课本之外还有需要自己研究的学

---

① 罗家伦口述、马星野笔记：《蔡元培时代的北京大学与五四运动》，《追忆蔡元培》，陈平原、郑勇编，北京：三联书店，2009年，第174页。

② 陈方竞：《多重对话：中国新文学的发生》，北京：人民文学出版社，2003年，第80页。

③ 《请看北京学界思潮变迁之近状》，《公言报》1919年3月18日。

④ 蔡元培：《北京大学二十二周年开学式之训词》，《蔡子民先生言行录》，第154页。

⑤ 同上。

问"。①所以，从文科视域观照蔡元培在北大的改革，即是探讨蔡元培这种"学问观"的具体内涵及其与北大文科传统治学范式的区别，并由此把握它在改革中具体的实践意义和历史效果。

文科与理科虽同为"高深学术"，但是当时的北大文科更多承袭了中国传统的治学路径，与理科对科学真理的探讨不同，它更多是以保存国粹、延续道统、传承文明为归趋。北京大学首任校长严复在论及大学宗旨时指出："大学固以造就专门矣，而宗旨兼保存一切高尚之学术，以崇国家之文化。"（《论北京大学校不可停办说帖》）以"保存国粹"为宗旨的学术传统本身就蕴含着"专己守残"的危险性，对传统的北大文科学者而言，"国粹"不可能是一个客观的"研究对象"，而是被视为终极真理和永恒价值予以保存和捍卫，所以以此为归趋的学术也必然成为"以人为单位"的"家学"。

事实上，蔡元培与北大文科传统治学范式的分歧并不在于知识谱系的差别，而是对那种"以人为单位的学术"的反对，"他极力反对学校内或校际间有派系。他认为只能有学说的宗师，不能有门户的领袖"。②北大文科的治学范式实际上勾连着传统的"家学"，就像蔡元培自己就指出的那样，"吾国承数千年学术专制之积习，常好以见闻所及，持一孔之论"。③从这个意义上来讲，蔡元培提倡的"研究学问"中的"研究"二字尤为重要，它与北大文科乃至其所代表的中国传统治学范式有着鲜明的区别。所以对法科而言，所谓"研究学问"的重心是在"学问"，是要排斥作为"术"的"法科"；但是对文科来说，"研究学问"的重心则是在"研究"二字。"以人为单位"的"家学"模式的打破，体现在北京大学师生关系的变更上。蔡元培在《〈北京大学月刊〉发刊词》中提出："所谓大学者，非仅为多数学生按时授课，造成一毕业生资格而已，实以是为共同研究学术之机关。"④这里所谓的"共同研究"，实际上将学生作为"研究主体"的地位树立起来，这对大学中任教的教师提出了更大的挑战，这样一种新的师生关系与那种取缔了"人"作为"学术"单位的合法性，正因为此，蔡元培的改革与章门弟子取代桐城派的门户更替有着根本的区别，众多材料表明，蔡元培虽则找到了"具有革新思想的人物来主持文

---

① 蔡元培：《〈北京大学月刊〉发刊词》，《蔡孑民先生言行录》，第112页。
② 罗家伦口述、马星野笔记：《蔡元培时代的北京大学与五四运动》，《追忆蔡元培》，陈平原、郑勇编，第169页。
③ 蔡元培：《〈北京大学月刊〉发刊词》，《蔡孑民先生言行录》，第112页。
④ 同上，第111页。

科"，但并没有因此而辞退那些所谓"顽固守旧"的教员，类似"章氏之学兴，而林纾之学熸"的局面并没有在蔡元培时代的北大文科再次上演。

事实上，所谓"新文学"与"旧文学"的对峙，和桐城派与章门弟子之间的"门户之争"有根本区别，"新文学"的产生实际上必须以文化场域的多元性为前提，从这个意义上，它恰恰是"门户"自身瓦解、分化的产物，后来新文化运动的中间恰恰有相当一部分来自于章门弟子内部。这里有两件事颇有象征意义。第一是北大文科的章门弟子的教师辈中有人转向了新文化，如钱玄同开始附和"文学革命"；而沈尹默也开始写白话新诗；两人都成了《新青年》的轮值编辑。章门弟子与初来北大时对严复旧人"采取一致立场"不同，此时的争执往往来自章门内部，如钱玄同与黄侃的对骂。这实际上表明，北大文科已经从一尊的门户转化成了多元化的学术空间，那种"以人为单位之学术"在很大程度上被打破了。北大文科的"新旧对峙"并非一种你死我活的斗争，它们在这个场域中完全可以并存，从文科视域审视北京大学的改革，我们真正看到的结果并非是从"旧文学"到"新文学"的更迭，而是其由"道一同风"向"兼容并收"的转变。蔡元培以"学术自由"的具体方式，实现了"思想自由"的主张，从而避开了缓冲了思想所遭遇的社会道德压力和政治压力，早在蔡元培发表《教育方针一文》中提及思想自由，就是将其与"言论自由"并举。就这一点而言，蔡元培的"思想自由"问题，不仅仅是学院体系内部的"学术自由"问题，它还牵涉着民国初期知识分子的"言论自由"问题。

以《新青年》与北大这"一校一刊"的结合为例，可探讨《新青年》如何借助北大文科的"学术自由"开辟了自己的言论空间。《新青年》同人言论所遭遇的阻力并非直接来自北洋政府的政治压力，而是来自社会舆论的道德压力。按照法理而言，后者乃是一种"合法"的批评与非议，但在当时的历史情境中，恰恰是这些"合法"的非议以对他们的"言论自由"构成巨大的威胁。如《公言报》在攻击"新文学"时，实际上是将"新文学"视为一个伦理问题，他们认为："唯陈胡等对于新文学之提倡，不第旧文学一笔抹杀，而且绝对的菲弃旧道德，毁斥伦常，诋排孔孟。"[①]而林纾在《致蔡鹤卿太史书》中在抨击新文学时，也主要是指其"必覆孔孟、铲伦常为快"道德破坏性。所以对《新青年》同人而言，这种从道德上的谴责乃至构陷往往成为最具杀伤力的利器，这不仅使他们在道德上处于极为不利的地位，进而遭到政治官僚的威

① 《请看北京学界思潮变迁之近状》，《公言报》1919年3月18日。

胁和干涉。从北大文科的具体的历史情境审视《新青年》同人，就会发现"研究学术"的宗旨除了具有"超轶政治"的归趋之外，还具有了一种接"学术自由"维护"言论自由"的意义。

在具体的改革实践中，蔡元培统一的教育主张对不同的学科产生了不同的影响：他将大学标识为一个"纯粹研究学问之机关"，进而以"学问"中"学"、"术"之别的标准排斥了作为"应用诸科"之一的"法科"，从而使北京大学在一定程度上削弱了与官僚体制的渊源。而他在大学提倡"思想自由、兼容并包"，却打破了以"文科"为代表的传统学术的"家学"风气，破除了学生"专己守残之陋习"，进而使得在北大开辟了一个知识分子自由言说的话语空间。但这里要说的是，"法科"与"文科"在具体实践上各有侧重，但是并不矛盾：这两者都统一于蔡元培乃至整个知识分子群体"超轶政治"的理想之上，而这一理想，也决定了知识分子群体试图重新调整自身与社会之间的关系，即跳出僵化的"官僚体制"，在大学这类专属知识分子自身的场域中进行"思想启蒙"，重新获得对社会的影响力。

这一"开出一种风气，酿成一大潮流"的"思想革命"，体现出一种极具中国本土特色的社会变革模式。这模式首先是植根于中国传统之中，它几乎就是传统中国士人对"厚风俗，美人伦"的教化功能的现代演绎。另一方面，这种变革方式也是中国当时的社会现实使然，在这样一个幅员辽阔的国土上发动一场根本性的社会变革，不可能仅仅依靠一个僵化的官僚体制，即政治权威，且在南北分裂、军阀割据的时代，中央政府的敕令也无法波及全国。而北京大学则不同，经过蔡元培的改革，它不再隶属于一个封闭的、鞭长莫及的行政系统，而是成为一个"学术中心"，内部的"学风"也就能够成为一种具有导向作用的、令人景从的"士风"。而在南北分裂、军阀割据的时代，这种文化、思想、精神层面的东西能够借助大众传媒突破地域的限制，辐射到全国各地。

第二编
多重历史景观与中国现代文学的发展

陈独秀的激进和新青年社团的分裂并非是政治干涉了文学，影响了文学的发展，从文人结社的聚合离散机制来考察，新青年社团裂变重组产生出后来诸多文学社团，由此文学进入一个更为辉煌的时期，自由的结社机制和自由的表达这才是"五四"最可宝贵的价值理念之所在。

｜一、民国结社机制与文学的演进
——从南社到新青年社团 ｜

现代文学的社团流派研究一直受到研究界持续不断的关注，可以往研究的焦点都集中在社团文学理念上。实际上，比这些表面呈现出来的文学理念更重要的，也更值得我们关注的是这些社团聚合离散的机制要素。从结社机制来切入文学社团的研究以及文学理念的演进变迁，这就是"民国机制"。有学者提出，"在如今最需要我们正视和总结的东西便是一种能够促进现代中国社会与文化健康稳定发展的坚实的力量，因为与民国之后若干的社会体制因素的密切结合，我们不妨将这种坚实地结合了社会体制的东西称作'民国机制'"。①文人结社机制是民国文学机制要素中最重要的却往往被我们所忽视的，而要考察民国结社机制和文学发展演进的关系，最理想的莫过于从南社入手，因为南社的建立基本上和中华民国同步，而把新青年社团也纳入到民国结社机制中来考察，同样体现出把新文化和新文学运动置于民国文学这一整体框架之下。

南社的聚合

中华民国成立前后，文学史上影响最大的社团莫过于南社，在论及其价值和意义时，研究者也大多强调其爱国主义和革命精神的张扬。不过，作为中国20世纪文学史上第一大社团，其成员是如何聚在一起，最终又如何离散，聚合

---

① 李怡：《"五四"与现代文学"民国机制"的形成》，《郑州大学学报》2009年第4期。另外李怡最近对"民国文学"和"民国机制"有更充分的论述，参见李怡：《"民国文学"与"民国机制"三个追问》，《理论学刊》2013年第5期。

离散背后的机制要素有哪些，这更值得我们细细去探究。

首先，南社的形成和民主宪政原则下自由结社理念的兴起息息相关。"南社的诞生仅有民族革命的旗帜是不够的，它还是清季党禁松动，群体意识生成，社团活动空前高涨的产物。"①1906年清政府开始新政变革，仿效宪政，1908年颁布《钦定宪法大纲》和《结社集会律》，宪法中明确了人民的结社权，"臣民于法律范围以内，所有言论、著作、出版及集会、结社等事，均准其自由"。②桑兵在《清末知识界的社团与活动》一书中统计的商会、教育会、农学会等社团就超过了两千。③正是在这种宪政氛围中，在各种社团争先恐后成立的浪潮中，1909年南社宣告成立。

南社的主要发起人柳亚子、高旭、陈去病都有着丰富的结社经历，南社并非他们创办的第一个社团，也非他们参与的唯一一个社团，在南社之前，他们三人每个人几乎都曾组织或参与数十个社团，除了这三个主要代表人物，南社的诸多成员无不把结社看作自我参与社会活动的基本方式。柳亚子后来记述南社成立时，曾经很自豪地宣称，"到会的十七位社友中间，有同盟会会籍的是十四人，足可证明这一次雅集革命空气的浓厚了"。④柳亚子以首次到会17人中14位同盟会会员省份来证明南社的革命性，但这更能证明南社社员在结社活动上的活跃性，因为几乎每一个同盟会会员都有着非常丰富的结社经历和结社传统。

其次，南社发起者对社团活动有着现代意义上的自觉认知。在南社成立之前，高旭在《民吁日报》发表《南社启》，"今者不揣鄙陋，与陈子巢南、柳子亚卢有南社之结，欲一洗前代结社之积弊，以作海内文学之导师"⑤。稍作考察，我们就会发现高旭在文学理念并无多少新颖之处甚至有明显复古保守倾向，真正新颖的是他对"前代结社之积弊"的自觉认知，而这种自觉性则来自他对西方民主制度下社团观念的理解。在谈到他们聚合在一起结社的缘由时，高旭列举了华盛顿式新国和社群的关系，在他看来，先有了超越了个人的社群

① 孙之梅：《南社研究》，北京：人民文学出版社，2003年，第19页。
② 《钦定宪法大纲》，全国人大常委会办公厅秘书二局编：《中国宪法文献通编》，北京：中国民主法制出版社，2004年，第445页。
③ 桑兵：《清末新知识界的社团与活动》，北京：三联书店，1995年，第274页。
④ 柳亚子：《我和南社的关系》，柳无忌编：《南社纪略》，上海：上海人民出版社，1983年，第14页。
⑤ 高旭：《南社启》，郭长海、金菊贞编：《高旭集》，北京：社科文献出版社，2003年，第499—500页。

才有了华盛顿式的新国，社群组成国家，先有社群尔后有国家。从另外一方面来说，新国要形成，必须先有新的社团群体出现，这种对现代自由结社理念的自觉认知正是高旭他们和以往文人结社的最大不同。

有关南社得名的缘由，不论是当时的发起人、参与者还是后来的研究者，他们都强调与北廷相对立的"南"的意义，即南人的种族抗争。事实上，南社这一称谓中更值得我们关注的是南社中的"社"和北廷中的"廷"的对立。"社"是基于个体意愿的自由结合，廷则是以威权来统治个体要求个体的绝对服从，自由结社和民国宪政有内在的一致。正由于此，在民国成立之后在民国的机制保障下，南社才得到了迅猛的发展，从民国之前的不到两百人发展到民国成立后的两千多人，成为第一大文学社团。南社的巨大成就和对后来文学的影响力不仅在于它的社员人数众多，更重要的是南社成员把自由结社理念深入到他们骨髓中，成为现代文人最为宝贵的一个传统，成为民国文学最为重要的传统。

南社的离散

要考察南社的结社价值和意义，我们除了关注他们的聚合机制，还有聚合在一起后的运行机制，此外还更应该分析他们的离散机制。

南社成立时，社例明确了民主选举制原则，第一次雅集推举出陈巢南、高天梅、庞树柏为编辑员，负责文、诗、词的编选，柳亚子和朱少屏分别当选为书记员和会计员。自由的聚结和民主的推选成为南社最为重要的运行机制，这一机制也是南社兴盛的重要保障，南社的由盛转衰乃至最终离散也恰恰与偏离民主推选和自由结社理念相关。

《南社》第一集、第二集出版后，柳亚子对由高旭、陈巢南编辑的这两集很不满，于是就策划了一次"革命性"的举动，主张把第三次雅集定在高、陈难以到来的上海，并趁着三位编辑员不在选举了新的编辑员，而新的编辑员景秋陆、宁太一、王无生都未能实际履职，故而编辑的实际工作就落在柳亚子身上，这种"策略性"的选举对南社结社理念是一次严重的破坏。柳亚子实际上承担了自此之后的大部分编辑工作，1912年即民国元年10月27日，南社在上海愚园举行第七次雅集时，柳亚子提议修改条例，改编辑员三人制为一人制，并自荐自己。"我觉得南社的编辑事情，老实说，除了我以外，是找不出相当的人来担任的了。一个人就不容易找，何况要三个人呢？所以我的主张，是改三头制为一头制，人选则我来做自荐的毛遂，这是为了南社的前途，我认为用不着避免大权独揽的嫌疑的。"①诚然，柳亚子的内心是为了南社的发展，他实际上也出力最多，但一头制是不利于南社长久发展的。这次大会并未通过柳亚子的提议，于是他第二天发表通告，以退为进，宣布脱离南社，不管友人如何劝解，柳亚子坚持一头制，并提出改编辑制为主任制。主任不仅要承担编辑工作，还要负责先前书记、会计、干事的工作，用柳亚子毫不掩饰地称此为"集权制"。"我这时候的主张，以为对于南社，非用绝对的集权制，是无法把满盘散沙般的多数文人，组织起来的。我就想进一步的改革，要把编辑员制改为主任制……还有，书记、会计和干事（原来名称是庶务，第五次修改条例改成干事），都是担任事务方面的人材，在集权制范围以内，是不需要推举或选举，而应由主任委托；在必要时，还可以由主任自己兼职的。"②柳亚子以绝对集权制的主任制作为复社的条件，终于在第十次雅集时通过，并在制度上通过了新的《南社条例》，明确了主任制这一被柳亚子称为"革命的涵义的"制度。柳亚子也如愿以偿地当选为南社主任兼书记和会计，干事员也由其个人任命。当然，从主观愿望来说，柳亚子确实是为了南社前途着想的，但是用"集权制"的方式来解决南社的发展困境无疑会背道而驰。偏离自由结社理念的集权制运作方式最终引发了南社的离散。

有关南社内部的分歧乃至最终离散，学界主要从文学观念上的分歧如宗唐和宗宋之争，或者上升到文人的意气之争，但实际上这都不是本质因素。不同的个体在文学理念上有分歧，在审美趣味上有差异，这是自然的事也是必然的事。南社条例中对此有明确的认知和规定，"各社员意见不必尽同，但叙谈及著论可缓辩而不可排击，以杜门户之见，以绝争竞之风"。③最为重要的是，一个社团内部如果成员发生了分歧，如何处理这些分歧，这同样能够体现出社团的结社理念。

南社社友胡先骕写信给柳亚子赞美宗宋的同光体，闻野鹤在《民国日报》著文盛赞同光体和江西诗派。柳亚子公开著文斥责，把同光体和江西诗派都推到中华民国的对立面，认为推崇同光体和江西诗派"其罪当与提倡复辟者同

---

① 柳亚子：《我和南社的关系》，柳无忌编：《南社纪略》，第51页。
② 同上，第60页。
③ 柳亚子：《南社例十八条》，张明观、黄振业编：《柳亚子集外诗文辑存》，上海：上海人民出版社，2011年，第19页。

科"，是"鼓吹亡国之音，陷溺人心……遂致神州大陆，万劫不复也"。①柳亚子霸道逻辑引发朱玺不满，公开发表文章驳斥柳亚子、赞颂同光体。在此，柳亚子处处以中华民国捍卫者自居，恰恰违背了民国最基本的理念和原则。如果争执到此为止，仍可以说是文艺理念的争执和分歧，毕竟不是柳亚子说谁是中华民国的敌人谁就会受到法律的制裁或民国其他权利的限制。柳亚子真正走到民国社团机制对立面的是他利用南社主任的权利驱逐朱玺。1917年8月1日，柳亚子以主任名义发布《南社紧急布告》，斥责朱玺，"妄肆雌黄，腥闻昭著，业已驱逐出社，特此布告天下，咸使闻知"。②毫无疑问，柳亚子驱逐朱玺的做法直接损害了朱玺的权利和自由，也是对南社社员基于平等自由集结在一起理念的极大破坏。南社集结起来向政府要求自由的权利，其目的是扩大和强化个体的自由权，自由地表达自己的文学观点、政治观点，这也是上文反复论及南社迥异于过去社团的最大特点。民国成立后的宪法和结社条例，不仅保护社团自由集结在一起的权利，同时也还保护社团内部成员的自由权利不能被随意地践踏。柳亚子最不可取之处在于，他以南社全权代表自居，把自己的意见自然等同于南社八百社友的意见。"若朱丑则异是。彼匪有抵触国法之罪也，顾于吾社，则万不能相容。仆之任社事，初非自相雄长，亦从同社八百余人之后，受其委托者耳。"③对于柳亚子的这种做法，朱鸳雏的答复则援引民国宪法和人权，"以人论诗，犹有可说，若强说逆顺，试问有何具体可断？岂妄人之诗，中华民国宪法上已定为国诗耶？"④

柳亚子驱逐朱玺的做法引起很多社友的不满，首先发难的是社员成舍我。成舍我在具体诗文观点上没有多少倾向性，但他号召南社社友抵制柳亚子专横作风，维护民国宪政原则下的自由结社理念，"似此专横恣肆之主任，自应急谋抵制，以杜其垄断自私之渐"⑤。从柳亚子和成舍我的相互辩论中可以看出，他们争执的焦点已经落在南社的社团机制以及相关的民国机制。在柳亚子继而驱逐成舍我出南社后，成舍我就更是扭住柳亚子专制作风不放，"人人有

---

① 柳亚子：《质野鹤》，《再质野鹤》，中国革命博物馆，上海人民出版社编：《磨剑室文录》（上），上海：上海人民出版社，1993年，第456—457、458—466页。

② 柳亚子：《南社紧急布告》，郭长海、金菊贞编：《柳亚子文集补编》，北京：社会科学文献出版社，2004年，第168—169页。

③ 柳亚子：《与叶楚伧、邵力子、胡朴庵书》，杨天石、王学庄编：《南社史长编》，北京：中国人民大学出版社，1995年，第470—471页。

④ 朱玺：《斥妄人柳亚子》，杨天石、王学庄编：《南社史长编》，第471—472页。

⑤ 成舍我：《南社社员公鉴》，杨天石、王学庄编：《南社史长编》，第466页。

天赋之权，宁容他人侵害。国人好为高言，故成苟安风习，而个人自由权为官绅蹂躏，率视为当然之事者，皆少此一段平实不屈不挠功夫之所指"。①此后支持柳亚子的一方和反对柳亚子的一方各自以《民国日报》和《中华新报》为阵地，针锋相对，互不相让，焦点是挺柳亚子继续掌控南社还是另选他人为主任，甚至反对方重提恢复南社曾有的三头制。后来的争执都基本不提诗学理念的站队选择，而是是否反对柳亚子专横作风，是否秉承自由结社理念之原则。女社员丁湘田的观点最有代表性，也最合乎法理，"乃亚子竟滥用主任之权，将鸳雏驱逐出社。读其布告，竟有'布告天下，咸使闻知'之句，语气酷似袁皇帝之命令"。②王无为也曾批驳柳亚子对南社自由结社机制的破坏，"必谓主任即团体，在昔专制国或有此朕即国家之现象。柳亚子方为共和国民，而其言动，竟因权攘利，趋于极端"。"意思自由，凡名为人类者皆得享此项权利。朱鸳雏崇拜西江派之诗，朱鸳雏之自由也；柳亚子排斥西江派之诗，柳亚子之自由也。人面不能强同，人之意思亦不能强同"。③

面对上述指责，柳亚子则振振有词反驳道："畴以私人名义驱朱玺出南社者，社中固有布告，以主任职权行之矣。南社组织本与国家制度根本不类，何有共和、专制之论？社例亦非神圣宪章，宁待刻舟求剑？仆为主任，有总揽社务之权，去一朱玺，正如狐雏腐鼠耳。"④当柳亚子堂而皇之声称"南社组织本与国家制度根本不类，何有共和、专制之论"的时候，南社的败落将无可避免，因为他忘记了南社是如何在宪政民主原则下得以兴盛；南社文学理念的僵化与停滞——不管他们的文学理念是什么，同样也是可以预料的事情了，因为，柳亚子主导的南社容不下任何异样的声音，自然也无更新发展演进的可能。正如成舍我的质疑，"或问：南社以文章气节相号召，今不容异论，何能使文学进步？不容异己，何能使气节养成？"⑤

自此，我们可以较为明晰地勾勒出一条南社兴衰演变的线路，宪政原则的保障，自由结社理念的秉承，南社的兴盛，柳亚子从三头制到一头制的"革命"，再到以"革命"的名义革掉反对者的命，南社内部开始分崩离析。当

---

① 成舍我：《答客问》，杨天石、王学庄编：《南社史长编》，第488页。
② 丁湘田：《来函》，杨天石、王学庄编：《南社史长编》，第485—486页。
③ 王无为：《无怀馆丛话》，杨天石、王学庄编：《南社史长编》，第492—493页。
④ 柳亚子：《报成舍我书》，中国革命博物馆，上海人民出版社编：《磨剑室文录》（上），第477—479页。
⑤ 成舍我：《答客问》，杨天石、王学庄编：《南社史长编》，第488页。

然，从柳亚子个人的主观意愿来说，他确实满腔心血为南社，但正是如此，我们对南社兴衰成败的考察更应深入到包括结社机制等在内的民国机制要素的探究，因为这是比个人品格意愿、具体文学观念更深层次的原因，这也是引入民国机制谈论文学变迁的重要价值之所在。

新青年社的聚合

在南社逐渐没落的同时，另一个社团开始兴起，即以《新青年》杂志为纽带的新青年社团。过去，我们总是过多强调《新青年》群体的新文学理念和新文化理念，而对新青年群体的社团属性尤其是他们聚合离散的机制要素关注不够。贾植芳、范伯群、曾华鹏主编的《中国现当代文学社团流派》中初步提及"新青年社"的社团性；1993年，王晓明发表影响深远的论文《一份杂志和一个"社团"——重识"五四"文学传统》，他虽然更主要是在反思《新青年》杂志和"新青年"社团，但很显然他已经注意到新青年社团在中国现代文学社团传统中的影响力；2004年朱寿桐在其《中国现代社团文学史》更是明确指出："历史上'新青年社'是一种客观的存在。"①集中论述新青年社团意义的是庄森的专著《飞扬跋扈为谁雄：作为文学社团的新青年社研究》，他在此书开篇明确提出，"《新青年》的作者以《新青年》为舆论中心，以北京大学文科为结社的经济及行政基础，以《新青年》的编辑出版为标志，结成了新青年社团。新青年社团正式形成于1918年1月15日出版的《新青年》第4卷第1号"。②

从文学社团的角度来考察新青年社显示出"新青年"群体研究的深入和发展，可是我们应该继续追问，新青年社聚合离散的机制要素有哪些？他们和南社有怎样的社团关联？为什么他们会替代南社成为思想文化界和文学界发展的主导力量。过去，我们总是从理念上来概括这两个社团的此起彼伏，新文学的理念取代了陈腐的旧观念，也有人把南社的没落归结于新文化运动的冲击，这样的概括大体上不错，但却很难经得起细致推敲。我们与其纠结于南社和新青年社团在文学理念尤其是表面的文字宣言、声明的差异或相同，倒不如去探讨

---

① 朱寿桐：《中国现代社团文学史》，北京：人民文学出版社，2004年，第58页。
② 庄森：《飞扬跋扈为谁雄：作为文学社团的新青年社研究》，上海：东方出版中心，2006年，第1页。

旧的社团如何离散而新的社团又如何结成，在文学社团的聚合离散变迁中兴许我们能窥视到文学演进的真正秘密。

首先从社团联系的角度来说，新青年社群中的主要成员都和南社有着或直接或间接的密切关联。陈独秀编辑《民国日日报》时，主要作者队伍就有后来成为南社台柱子的高旭、柳亚子、陈去病、包天笑等，以及被曹聚仁后来称为南社"最好的代表人物"的苏曼殊[1]。但陈独秀并没有入南社，尽管陈独秀的旧诗写得绝不逊色于南社诸位，尽管陈独秀也曾称赞南社社友之诗并刊登在早期的《新青年》杂志上。其次，新青年社团中另一核心人物胡适，其进入文学界亦和南社有着密切的关联。众所周知胡适的文学革命、文学改良主张形成是和杨杏佛、任鸿隽、梅光迪、胡先骕等人的讨论和争辩过程中形成和完善的。杨杏佛和胡适相识最早，他们美国留学之前他们在上海公学曾有密切交往，两人亦师亦友。杨杏佛在中华民国成立后，因和柳亚子在总统秘书处共事的机缘，遂成为至交好友。在柳亚子的邀请之下，杨杏佛加入南社。赴美留学后，杨杏佛动员和介绍不少人如任鸿隽、梅光迪、胡先骕等人加入南社。可以料想得到，杨杏佛肯定动员了更为熟悉的胡适加入南社。然而胡适并没有加入南社，正如陈独秀不入南社一样。

从陈独秀和胡适早期的人生经历包括文学实践来看，我们似乎找不到他们不加入南社的理由。当然，很多人认为这不是一个问题，陈胡二人不加入南社不就是因为他们和南社文学理念不同么？其实这是结果而不是原因。他们并不是最初就有一个和南社不同的关于中国文学发展的理念设计，甚至他们二人在文学理念上和南社成员有太多的共同点，和南社有太多的交集，这些前文已有论述。在社团上陈独秀和胡适没有加入南社，首先这恰恰也是结社自由的一种体现，因为在民主宪政原则下，结社自由既包括自主自愿加入某一社团认同某一社团的自由，也包括不加入不认同某一社团的自由；其次，正是由于陈胡二人有主体自由意愿的不认同南社，也使得他们二人处处比对南社，极力发掘和凸显自我与南社文学理念有差异的一面，从而实现了文学理念的演进和更新。

今天，我们从后来人的立场来考察，会发现胡适和陈独秀的文学改良、文学革命相当偏颇，可是我们更需要了解他们文学文化偏至的针对性，他们的偏至恰恰都是针对着南社。实事求是地说，文学革命和文学改良的倡导并非从胡

---

[1]　曹聚仁：《南社、新南社》，柳无忌编：《南社纪略》，第248—253页。

适、陈独秀开始的，南社成员不仅不反对文学革命，相反柳亚子等人包括胡适
的至交好友南社成员杨杏佛、任鸿隽、梅光迪都积极倡导文学革命，以创造新
文学包括新诗为己任，国内柳亚子也认为文学革命诗界革命非倡导不可，并积
极引导文学革命的发生和发展。当胡适倡导文学革命时，他则是完全回避南社
文学革命主张和贡献，处处针对南社的薄弱之处，即从形式上主张白话作文。
1916年10月1日，胡适致陈独秀的信刊登在《新青年》2卷2号，胡适信中首先批
评陈独秀之前所刊登的南社诗人谢无量的长诗多用古典套语，并对陈独秀赞评
其为"稀世之音"更是不满。从谢无量的长诗空洞和用典之弊病出发，胡适延
伸到对南社乃至当时整个诗坛的批评，"尝谓今日文学已腐败极矣。其下焉者
能押韵而已矣。稍进，如南社诸人，夸而无实、滥而不精、浮夸淫琐，几无足
称者（南社中间亦有佳作此所讥评就其大概言之耳）。更进，如樊樊山、陈伯
严、郑苏龛之流……"①在这封信中，胡适针对南社的创作的弊病提出了文学
革命的"八事"主张，对此，已有学者专门写文章《"文学革命八事"系因南
社而立言》展开论述②。胡适更针对南社的地方还在于把陈三立、郑孝胥的创
作置于南社之上。1919年，胡适回顾自己的白话诗创作历程和文学改良、文学
革命主张时，又一次专门谈到了他与南社的针对性，"南社的柳亚子也要高谈
文学革命。但是他们的文学革命论只提出一种空荡荡的目的，不能有一种具体
进行的计划"。③

　　由此不难看出，陈独秀和胡适首先是在结社理念中有意地不加入南社，尽
管他们周围南社友人遍布并直接或间接收到入南社的邀请，进而他们在文学理
念上开始有意地和南社保持距离甚至针锋相对，这就奠定了和南社迥异的新青
年社团成立的基础，也为新青年社团带来新的文学理念。

新青年社与北京大学的结社氛围

　　新青年社团的最终形成和北京大学与蔡元培息息相关。陈独秀入主北大文
科、核心成员在北大聚结，《新青年》杂志编辑部迁往北大并由北大教师轮流
执编，这些被学界视为新青年社团形成的标志。毫无疑问，民国时期北京大学

---

①　《通信》，《新青年》1916年10月第2卷第2号。
②　沈永宝：《"文学革命八事"系因南社而立言》，《复旦大学学报》1996年第2期。
③　胡适：《我为什么要做白话诗》（《尝试集》自序），《新青年》1919年5月第6卷第5号。此
文后来作为《尝试集·自序》收入《尝试集》。

所彰显的独立自主的教育机制，蔡元培所体现的思想自由的教育理念，这些都是新青年社团形成并逐渐壮大的保障，有关这一点学界已有不少论述。①可是问题的关键还在于，蔡元培何以选定陈独秀来主持北大文科，过去学界大多认为陈独秀主编的《新青年》是他获得蔡元培认可的关键因素。当谈及陈独秀被邀请到北京大学，研究界几乎都会引用蔡元培《我在北京大学的经历》来做论述，其中蔡元培谈到了汤尔和的介绍以及他当时对汤尔和提供的《新青年》杂志的翻阅。②研究界常常据此论定《新青年》杂志的重要意义，更有研究者据此考证《青年杂志》和《新青年》前10本中那些引入和论述法国文明的文章打动了同样留学法国的蔡元培。③这样的阐述和论证有一定的合理性，但是在和汤尔和交谈时随手翻阅就能打动蔡元培把一个重要的职务托付给陈独秀，恐怕有点言过其实。而且实事求是地说，迁入北京大学之前的《新青年》以及之前的《青年杂志》，其实并无多大特色。能够打动蔡元培决意聘请陈独秀的最大砝码绝非《新青年》杂志，更不是杂志所彰显的文学和文化理念。

真正在陈独秀和蔡元培之间建立联系纽带是结社活动。首先，蔡元培、陈独秀、章士钊、刘师培等人都共同参加过一个秘密暗杀团组织——军国民教育会下属的暗杀团上海分团，在这个社团中成员之间建立生死之交的兄弟情谊。后来陈独秀在蔡元培去世后念念不忘这段"共事"的经历④，这种生死之交的社团关联是蔡元培选陈独秀入北大的重要因素，而且在这个社团中，不仅陈独秀被邀请到北大，章士钊、刘师培同样被请入北大担任重要教授，包括陈独秀所提到的实验炸药的钟宪鬯也被聘为理科教授。尤其是刘师培，我们常常把此人视为新青年社团所倡导的新文化运动的反对者，但实际上他进入北大更能表明，社团上的关联更甚于文学理念上的异同，因为不论是蔡元培还是陈独秀都不忘当年因参加暗杀团差点送了性命的刘师培。

其次，我们需要考察重要推荐人汤尔和的作用。汤尔和在当时北京教育界有很大影响力，蔡元培成为北大校长也和汤尔和有密切关系。汤尔和和陈独秀以及其他友人曾在日本发起中国留日学生的革命团体——中国青年会，后他们共同加入拒俄义勇队，义勇队解散后又共同加入军国民教育会。前面提及的蔡

---

① 详细论述参见张耀杰：《北大教授与〈新青年〉：新文化运动的路线图》，北京：中国言实出版社，2007年；庄森：《飞扬跋扈为谁雄：作为文学社团的新青年社研究》。
② 蔡元培：《我在北京大学的经历》，《东方杂志》1934年1月31卷1期。
③ 庄森：《飞扬跋扈为谁雄：作为文学社团的新青年社研究》，第93—94页。
④ 陈独秀：《蔡孑民先生逝世后感言》，《中央日报》1940年3月24日。

元培等人参加的暗杀图组织就隶属军国民教育会。正是在这系列的革命团体活动中，汤尔和和陈独秀建立深厚友谊，从而使得蔡元培来京征求意见时汤着力推荐陈独秀。

最后，从蔡元培自身来看，他有关入主北大的人选也基于社团上的考虑。事实上，陈独秀绝非蔡元培北大文科学长的第一人选。"蔡元培自知要主持北大，则呕呕邀请吴稚晖、李石曾、汪精卫这些一同与他搞'工读'、提倡'进德会'、鼓吹无政府主义的同路人进北大，改革校政。"①毫无疑问，在蔡元培看来，和他有着更密切社团联系的汪精卫是比陈独秀更理想的人选。假如蔡元培选择了吴稚晖或汪精卫主政北大文科，作为南社和新南社代表人物的汪精卫或将带来新文化和新文学的另一番图景，当然历史的假设已经毫无意义，但这很能说明蔡元培在文学文化理念上并非就持有预设的立场，有关北大人选更多基于社团上的考量。事实上，1917年之后，蔡元培聘请的教员大多和他有直接社团活动的经历，或者是通过曾经的社团友人推荐介绍而来。

蔡元培入主北大之后最大的变化也是社团活动的空前高涨，当蔡元培聘请了那么多具有结社经历的人士入校后，这些人自然而然地把他们的结社理念和结社传统带入北大。除了围绕着《新青年》刊物形成的新青年社团之外，还有蔡元培自己发起并积极开展活动的进德会，在文学文化理念上配合新青年社团的国民社、新潮社，也有和新文化运动相抗衡的国故月刊社，此外还有平民教育讲演团、少年中国学会、工读互助团、孔子研究会、马客士（马克思）主义研究会、社会主义研究会等社团。正是这些蓬勃兴起的社团保障了自由的表达，使得各种声音通过社团发散出去，形成众声喧哗的争鸣场面。也正是社团使得蔡元培的兼容并包、自由思想落到了实处，新青年社团正是在这样的社团活跃背景下逐渐成形并产生重大影响。

新青年社离散

同样，新青年社团的结社机制还体现在这一社团的离散。今天，研究界仍较多从思想分歧来分析新青年社团的分裂，如陈独秀对政治的积极介入和胡适的不谈政治，陈独秀的"左"倾思想和胡适的自由主义之间的分歧，等等。

多年之后胡适致汤尔和信中评论陈独秀离开北大事，"此夜之会，先生

---

① 陈万雄：《五四新文化运动的源流》，北京：三联书店，1997年，第43—44页。

记之甚略，然独秀因此离去北大，以后中国共产党的创立及后来国中思想的"左"倾，《新青年》的分化，北大自由主义者的变弱，皆起于此夜之会。独秀在北大，颇受我与孟和（英美派）的影响，故不致十分"左"倾。独秀离开北大之后，渐渐脱离自由主义者的立场，就更"左"倾了"。①陈独秀任北大文科学长搭建了新青年社团聚拢在一起的平台，陈独秀的离去也标志着新青年社团失去了联系的纽带。后来陈独秀离开北京前往上海并把《新青年》杂志南迁到上海，尔后就有了胡适等人要求《新青年》重新移回北京的编辑权之争，新青年社团就此正式分裂。

胡适认为，蔡元培放弃陈独秀是由于汤尔和、沈尹默等小人从中作梗。究竟是蔡元培受到小人挑拨还是他基于其他要素的考虑呢，抑或说蔡元培自己从来就是把北大教师的私德和公德混在一起的。要知道，蔡元培当时遴选北大教授的标准就是"纯粹之学问家"或"模范人物"②，陈独秀被选中很显然是基于第二个标准，这也就是蔡元培为何首先极力邀请同为无政府主义团体进德会的汪精卫等人。在入主北大后，蔡元培积极倡导并推行进德会的活动，陈独秀就是进德会中的一员，但陈独秀的个人行为和进德会这一团体的主张相悖，也和蔡元培当初的选择标准有出入。胡适后来在指责汤尔和同时也曾承认这一点，"三月廿六夜之会上，蔡先生颇不愿于那时去独秀，先生力言其私德太坏，彼时蔡先生还是进德会的提倡者，故颇为尊议所动"。③由此不难看出，正是蔡元培一直以来倡导的进德会社团无法接受陈独秀的行为，而最终使得推行进德会活动的蔡元培决定放弃陈独秀。陈独秀离开北大从而变得"左"倾，北大自由主义由此得到损害。这既是当事人胡适的看法，也是今天许多研究者所认同的观点，即陈独秀激烈"左"倾政治姿态破坏了启蒙精神和自由主义，对新文化和新文学造成了很大伤害。这样的观点看起来有一定道理，但从社团的自由聚合离散机制来考察，这种观点很难站得住脚。陈独秀"左"倾的态度和对政治的积极介入，从具体微观层面来看，文学和思想文化成分是有减弱，《新青年》八卷之后的文学作品明显减少，但从自由表达这一宏观层面来看，陈独秀其言行及后来社团政党活动绝非压缩了自由的空间，相反是扩展了自由表达的空间。因为如果在政治上都没有反对的社团和政党存在的空间，文学社

① 胡适：《致汤尔和》，耿云志、欧阳哲生编：《胡适书信集》中册，北京：北京大学出版社，1996年，第667页。
② 高平叔编：《蔡元培全集》第三卷，北京：中华书局，1984年，第10页。
③ 胡适：《胡适致汤尔和（稿）》，《胡适往来书信选》中册，第290页。

团的自由表达和百家争鸣不是阳谋也是阴谋。从这个意义上来讲，胡适反复要求陈独秀和新青年社团发表"不谈政治"的宣言，这多少有以自己自由主义的观念而强加他人的霸道，因此胡适反复征求鲁迅、周作人、钱玄同等社团成员意见时，大家都反对一定要发表不谈政治的宣言。同时，周氏兄弟、钱玄同等人提出"与其彼此隐忍迁就的合作，还是分裂的好"。钱玄同更是明确解释说，"因为《新青年》的结合，完全是彼此思想投契的结合，不是办公司的结合。所以思想不投契了，尽可宣告退席，不可要求别人不办"。①从周氏兄弟和钱玄同等人对新青年社团分裂的态度，我们明显感受到他们对结社自由的理解和践行，基于自由意愿和共同理念结合在一起，这是结社自由的体现，同样当观念发生分歧时，自由的退出和离散同样也是结社自由机制的体现。

　　新青年社团按照个人不同意愿裂变成各种不同取向的社团，这显然更加造就了文学和文化理念上的众声喧哗。就陈独秀这边而言，他所吸纳到《新青年》上海编辑部的沈雁冰为20年代兴起的文学研究会这一社团贡献良多，而之后的瞿秋白也对后来左翼文学社团活动产生重要影响。周氏兄弟以及胡适和二三十年代文学社团发展的关系更不必多说，这已经是文学史上的常识。由此看来，陈独秀的激进和新青年社团的分裂并非是政治干涉了文学、影响了文学的发展，从文人结社的聚合离散机制来考察，新青年社团裂变重组产生出后来诸多文学社团，由此文学进入一个更为辉煌的时期，自由的结社机制和自由的表达才是"五四"最可宝贵的价值理念之所在。

---

　　①　钱玄同：《钱玄同致胡适（残）》，《胡适往来书信选》上册，第120—121页。

二、小资本与大"创造"
——泰东图书局与创造社

近年来，在出版与现代文学的关系研究中，已经十分明确地指出了晚清特别是民国时期蓬勃发展的出版业对现代文学的"现代性"、"大众化"、"经典化"的重要性。需要着重指出的是：民国出版业的民营性质，民间资本对于现代文学的风格和多样化起到了至关重要的作用。

民国时期，扶持和发展民营资本也成为民国经济政策十分重要的一个方面。特别是张謇在任农商总长期间（1913年10月—1915年9月），将"民办"企业的发展和奖励补助视为他任期的一件大事。在就任农林工商总长时发表实业政策文告（1913年10月24日）中，屡次强调"导民兴业之心"和"民业之方针，则当此各业幼稚之时，舍助长外，别无他策"的"奖励补助"之意[1]。并在随后颁布的多个相关法案中，提出了奖励和补助"民间集股结合公司"的各种办法和制度。比如在《与财政部会拟保息条例给大总统呈文》、《向国务会议提议保息法案》和《向国务院提议奖励工商业法案》中提出了"保息"和"末减之法"。[2]这些政策和制度，不但扶持起一些民间大资本，也使得各种各样的民间小资本受到保护，获得了较大发展的空间。以后的继任者也相继出台了发展民营资本的经济政策。民国出版业正是在这样的经济体制和运作机制下，发展成为国民经济的一个重要门类。出版界除了拥有大资本的几个民间巨头：商务印书馆、中华书局、世界书局、大东书局，大多还是一些实力不够雄厚的中小民间资本。据上海市档案馆的有关档案记载："1920—1935年上海

---

[1] 张謇：《就任农林工商总长时发表实业政策文告——向部员宣布农林工商政策的通告》，《张謇农商总长任期经济资料选编》，南京：南京大学出版社，1987年，第8—9页。

[2] 同上，第16—18页。

书业同业工会会员登录的出版机构有81家，其中资本在100万以上的有2家（商务印书馆和中华书局），资本在50万～100万的有1家（世界书局），资本在10万～50万的有6家。"①除去这9家大资本，剩下的72家都是资本在10万以下的中小资本。多数中小资本与现代文学的关系还有待进一步发掘，以创造社为例，与当时的文学研究会等社团背靠商务印书馆这样的出版巨头不同，新文学运动中最大的文学社团之一的创造社，它的产生、发展先后所依仗的出版社泰东图书局、光华书局、创造社出版部等，都是民间小资本。民间小资本的特性如何成就了创造社的"大创造"，其中是否包含了经济与文学某种深刻的辩证关系？创造社"异军苍头突起"②、"狂飙突进"等"文坛异端"的做派、文风和精神追求，与民国民间独特的小资本运营是有某种内在关联的。

泰东图书局：屠弱的资本

泰东图书局与创造社的关系，已有郭沫若《创造十年》、《创造十年续编》、张静庐《在出版界二十年》以及张资平、郑伯奇、沈松泉《曙新期创造社》、《忆创造社》、《二十年代的一面——郭沫若先生与前期创造社》、《泰东图书局经理赵南公》等的回忆文章提及或详细描述，也有学者们相关的学术研究成果和史料贡献，如刘纳的《创造社与泰东书局》、陈福康《创造社元老与泰东图书局——关于赵南公1921年日记的研究报告》、廖传江的《资本与媒介的结合——创造社与泰东书局的关系论》等。这些回忆文章或研究成果对于创造社和泰东书局的关系进行了多层面的丰富解读，道出了至少两个基本事实，一是"泰东，是创造社的摇篮"。③二是泰东书局对创造社同人的经济"剥削"。但是，很少有人注意到，泰东书局为什么愿意接受这群留日的"穷书生"，而这群穷书生为什么愿意忍受泰东老板的剥削，且在声名日盛之后，仍然愿意留在泰东接受剥削达3年之久？这中间的契合点在哪里？④

首先分析泰东图书局的经济资本。与新文学出版的巨头商务印书馆、中

---

① 余光、吴永贵：《中国出版通史：民国卷》，北京：中国书籍出版，2008年，第25页。
② 郭沫若：《论郁达夫》，《中国文学史资料全编：创造社资料》，北京：知识产权出版社，2010年，第677页。
③ 张静庐：《在出版界二十年》，北京：中华书局，1995年，第100页。
④ 廖传江：《资本与媒介的结合——创造社与泰东书局的关系论》，《乐山师范学院学报》2009年第24卷第8期，提到了契合点在资本与媒介，但在此点上没从经济的角度详尽分析。

华书局等相比，泰东最初只是一个名不见经传的小书局。它从民国初期一个民间派别政学系的政治活动发展而来，后来股东全部到了北京做官，最后由经理赵公南独自经营。独自经营的小资本书局，资金基础薄弱、发展资金跟不上，在民国众多的民营出版社中是非常艰难的。虽然泰东书局在印发"礼拜六"作品和"洪宪演义"《新华春梦记》赚了一笔钱，但它并没有沿着这条出版线路走下去，而是"决定放弃过去的一切，重建理想的新泰东"。①在改组出版社的过程中，不但要重新培植新的发行网路，还要接受旧的、熟悉的出版网路的"帐底"无法收回的经济现实，这是十分冒险和"很艰难"的举措。"例如编辑部要有一所较大的房屋，以容纳各部编辑人员办公；必须有相当的资金以支付编辑人员的薪金；以及为实现出版计划需要的经费等。赵南公心有余而力不足……赵南公也很难从外界方面得到资助来予以实现。"②但是，与股份制大资本出版社相比，独资经营者拥有较大的自主权，完全可以按照自己的思路改革书局或者出版思路，不必受到股东大会、董事会的诸多约束。张静庐用了一个词"一手包办"③来表达这种自由。因此，赵南公放弃以前熟悉的出版门路，重新整合经济资本的做法完全是根据他个人的敏感而定。与大中型资本相对追求稳步直上的运营方式相比，小资本的博弈重在冒险和"博一把"的勇气，小资本方可以大冒险，因为冒险的成本不会太高，从这个角度看，赵南公改组的做法可以说也是经济资本"异军突起"的一种运营方式。

在改组了经济资本的流向后，赵南公并没有建立起比较完备的经济制度、会计制度以及由此延伸的正规的编审制度，他对于经济资本的运营处于一种混沌的状态。这种混沌的状态表现在拖欠薪金、随便支出、不规定工作时间、不讲定版权，"一个月没有一次整数发薪的事，总是陆陆续续在柜上碰到有的时候随便拿三元五元……既不讲明一定的薪水，也不讲明在所里工作时间内所做的文章和所外所做的文章著作权属于谁的？虽是当时出版界还没有抽版税的先例，然而对于著作品的所有权当然应该划分得清清楚楚。在那时书店的习惯法，凡是出了薪水的编辑员，在编辑所工作时间内所做出来的文章，其版权似乎都属于书店的，一般的较大的书店也是如此。所外的属于作家自有，仍可以另外作价卖给自己的书店出版。泰东根本没有这一套，既不讲定版权问题，又

---

① 张静庐：《在出版界二十年》，第92页。
② 沈松泉：《泰东图书局经理赵南公》，《出版史料》1989年第2期，第332页。
③ 张静庐：《在出版界二十年》，第92页。

不规定每天的工作时间，很自由地跑进跑出，也有尽一二个月不必做一篇文章的"。①按照这段文字描述，"自由"、"不定"是这种经营状态的核心。关于类似的经营状态的描述还有赵南公自己的日记，他在日记里多次提到今天支几十番、明天几十元送给郭沫若等，但都类似友情的自由支出而不是制度性的薪金报酬或者版税。仅举几例：

> 5月廿十日，星期。……二时，到编辑所，交沫若五十元。
>
> 5月廿五日，十时起。晴。到店阅报。二时，沫若来，言明日到东船票已购就。询其用款几何，据云四十元足矣，但言其夫[人]要一金琢（镯）须购买。予允之，乃觅寄遥，据云明日款送来。
>
> 5月"廿六日，仍雨，手战至八时半停止，精神疲顿至极，遂朦胧睡去。十二时醒，到店，阅报。二时，请沫若来谈，据伊言，伊目的拟到京都、东京去走一趟，与同志一面趁暑假约定译几种好书，专译述德文书，报酬办法十分抽一，以售出书为限，买稿暂不言及。予甚赞同，乃估计往来路费约百元左右，予允凑百廿番。四时同出，购金手环一支，计五十二番。②
>
> 8月10日晚。七时……适用吾来，同到同兴楼，沫若已到。饭后到店，催沫若立函郁达夫，促其于八月终返沪，并请其书一函致其妻，另汇七十番。……复无为一函，田汉款先汇卅元，稿速译……③

诸如此类的记录日记中还有很多，都可以印证泰东书局经济资本营运的随意性和个人性。另据沈松泉回忆，"赵南公谋到一个北京农商部商标局驻沪办事处处长的官职。这是一个因人而设的新机构，在组织上设两个科长，第一科长由北京农商部派来，第二科长一职虚设，赵南公把这一虚设的第二科长的薪金留给了郁达夫。实质上也就是用商标局驻沪办事处开支的经费来支付应当由书店付给郁达夫的工资或稿费"。④创造社同人对于这样的资金运营和支付方

---

① 张静庐：《在出版界二十年》，第95—96页。
② 陈福康：《创造社元老与泰东图书局——关于赵南公1921年日记的研究报告》，《中华文学史料》（1），上海：百家出版社，1990年，第34页。
③ 同上，第45—46页。
④ 沈松泉：《泰东图书局经理赵南公》，《出版史料》1989年第2期，第333页。

式十分厌恶，"总觉得在讨口一样"①，认为赵南公是在剥削他们。而创造社的几个出版人员或者工作人员认为赵南公是"马虎不过的人"②，事实上，赵南公心里再清楚不过，在日记里他提到：

> 9月。十五日，阴雨。……沫若来，小坐，到码头询问到日船明日何时，乃返。乃言在明日十时，实则十二时左右也。时雨复大。……（夜）到编辑所，沫若已吃大醉，其言语之间似甚不满于予者，予亦自觉对伊不起也……③

"对伊不起"，是否可以看出对于这样的经济方式，赵南公仿佛更多的是无奈？泰东书局当时的几个工作人员认为如此。既赵南公并不是有意剥削他们，只是他当时的经济资本十分屡弱，没有能力支付相当的稿酬等。"出版没有计划，营业收入没有一定的把握，没有健全的会计制度和人事制度。他自己又染有吸大烟的嗜好，书店的经营委之于一位旧书店出身的黄长源，这位黄经理只知道新书出版后放账邮寄给各地有联系的书店代销，直等到三节（端午、中秋、年底）各地书店才把代销的书款或多或少地汇来。在这种情况下，书店对日常的营业收入毫无把握，只靠上海的门市收入来支付各种开支。"④沈松泉认为，"张静庐先生在《在出版界二十年》中说了一句客观的实在话，他说泰东图书局的营业由于放账（即赊欠给外埠书店造成一笔账底）不能及时收回书款，因而书店现金常常拮据，不能应付裕如。这当然也是一种实际情况，究竟泰东并不是一家资金雄厚的书店，也没有足够的经济后盾，加以赵南公又抽大烟，并热衷于搞各马路商界联合会的活动，不能以全部精力来处理店务，捉襟见肘，顾此失彼的情况，是必然的结果"。⑤显然，两位当时的书局重要工作人员在泰东屡弱的经济资本方面是有共识的。

那么，创造社同人既然十分不满赵南公的经济"剥削"，但为何当时却止口不提，而且愿意继续与泰东合作下去呢？张静庐曾提到这个问题，他说：

---

① 郭沫若：《创造十年》，《郭沫若全集》，北京：人民出版社，1992年，第19页。
② 张静庐：《在出版界二十年》，第95页。
③ 陈福康：《创造社元老与泰东图书局——关于赵南公1921年日记的研究报告》，《中华文学史料》（1），第48页。
④ 沈松泉：《泰东图书局经理赵南公》，《出版史料》1989年第2期，第333页。
⑤ 同上，第334页。

"为了这（指赵南公十分随意自由的经济方式），从创造社出版部成立后，重新排印『少年维特之烦恼』，出版时有一篇郭先生的增订本序，中间骂得赵南公啼笑不得，这在我们当日同在一处工作的人看来，未免觉得是非不明——因为这是属两方面的事：一方固然囿于习惯，太马虎了，但是另一方面为什么当时也不认认真真地划分一下？岂不比后来争论强得多么？"①作为当时见证的出版人，张静庐分明指出了创造社同人当时也并未认真与赵南公商量划分稿酬、版税和薪金的方式，赵南公日记里也很少提到创造社同人与他商讨经济方面的问题。一部分原因诚然如他们自己所言的面子"洁癖"问题，但深层次来说，经济资本不足，经济运营方式自由随意、没有系统和制度性，资本控制的力量就屡弱。是否泰东资本力量的屡弱使得它在创造社文学资本面前处于弱势，没有切实的支配权入侵他们的文学创作，使得他们获得了更多创造和出版的自由呢？事实上，的确存在这样的因素才使得创造社几位元老甘愿受此"剥削"。

编审自由权

因为经济资本的屡弱，赵南公不得不仰仗郭沫若、郁达夫等的文学资本来拉动经济。从赵南公的日记看，赵对郭沫若等给予了最大限度的编审自由权，比如7月4日："一时半，到编辑所，适王靖不在，乃与沫若、静庐商进行。予决定将杂志一律停刊，专出单行本，审定权归沫若。并定将已出版各书一律由沫若审查一遍，如认为有价值者，一律改正定价，门售实价，否则仍旧。以后出书，以此为准。杂志停刊，继续《创造》。"②又如7月28日晚："六时，静庐、王靖商予，编辑全部实际解散，名仍存，另用一娘姨，其家眷仍不去，与予初意相反，议不成者。即商沫若暂返福冈，一切审定权仍归彼，月薪照旧，此间一人不留，否则宁同归于尽……"③而且，对于郭沫若、成仿吾等策划成立创造社，出版《创造季刊》和《创造周报》，赵南公都十分支持。

从初期创造社同人的角度来看，他们要想在文坛闯出一条路来，具备的各方面资本也是比较薄弱的。首先看文学资本，"这个团体的初期的主要分子

① 张静庐：《在出版界二十年》，第96页。
② 陈福康：《创造社元老与泰东图书局——关于赵南公1921年日记的研究报告》，《中华文学史料》（1），第38页。
③ 同上，第42页。

如郭、郁、成、张对于《新青年》时代的文学革命运动都不曾直接参加，和那时代的一批启蒙家如陈、胡、刘、钱、周，都没有师生或朋友的关系"。①长期在日本留学，对于国内文坛的交游较少。虽然郭沫若在国内的一些报纸副刊上陆续发表了一些作品，有了一些名气，但与鲁迅、胡适、沈雁冰等当时的文坛大将相比还是刚起步。郁达夫、张资平等都是刚刚在新文坛露面，郁达夫的小说处女作《银灰色的死》被《学灯》压了三个月不见发表，连回信都没有。成仿吾更是在《创造》季刊出版前从未发表过文章。其次看经济资本。初期创造社的同人都是留日的穷学生，不似留美的胡适、徐志摩等有大家族的依靠。他们靠官费度日，有的还要养活家人。据郁达夫回忆，他们当时在日本开会，"官费正在闹荒的时候，所以我们穷也穷到了极点。那一天午后，我和资平，二人合起来出了一块钱买了一块钱的橘子，打算开会的时候，大家吃的。"结果后来田汉没到，"我与资平，只好自认晦气，白花了一块钱。"②郭沫若也曾因为经济的紧张，"弄得来把买来的参考书又拿去进当铺"③，还得自己张罗为孩子接生洗澡，被田汉戏称为"往来有产婆"④。经济的拮据、文学道路的艰难，内心的压抑和"天才"的要求形成的张力需要肆意的发泄和大胆的创造。从1918年策划出版一种"纯粹的文学杂志"开始，将近3年的时间，新文学的各大出版社没有谁愿意为几个留日的穷学生出版他们自己的刊物。"像那时还未成型的创造社，要想出杂志，在上海滩是不可能的。""奔走了几家。中华书局不肯印，亚东也不肯印；大约商务也是不肯印的。"⑤而泰东书局赵南公不但承担了杂志的出版发行，对于编辑文章等内容均概不过问，这在当时的很多书局是不可能做到的。当时的几个大书局，资本雄厚，虽然控股的都是私人资本，但股东和董事的身份复杂，整个运营机制里有很多政治的、经济的势力角逐和渗透，对于刊物、书籍内容的审定是相对审慎和制度化的。换一个说法就是大资本的经济势力强大，足以渗透和支配文学创作的各个方面，作家，尤其是文学资本较少的作家，想按照自己内心的要求写作和出版刊物很不容易。

---

① 麦克昂：《文学革命之回顾》，《中国文学史资料全编——创造社资料（下）》，北京：知识产权出版社，2010年，第551页。

② 郁达夫：《创造社出版部的第一周年》，《中国文学史资料全编——创造社资料（下）》，北京：知识产权出版社，2010年，第547页。

③ 郭沫若：《学生时代》，《创造十年》，北京：人民文学出版，1979年，第92页。

④ 郭沫若：《创造十年》，《郭沫若自叙》，北京：团结出版社，1996年，第94页。

⑤ 同上，第106页。

创造社同人初期文章风格的多样和如狂风暴雨般宣泄被时代和文坛现状压抑的"内心的要求"①"奋然打破社会因袭，主张艺术独立"②的激烈呼吁、痛斥"到清水粪坑里去和蛆虫争食物去"③的"新闻杂志上的主持文艺的假批评家"的恶毒，这些被新文坛视为"异端"的风貌能够在新文坛集体亮相，发射出与众不同的耀眼光芒，无疑与泰东书局老板的支持有相当大的关联。郭沫若自己也承认："我们在创造社的刊物上也算说了不少的硬话，那些刊物你根本不要设想：能在商务出版！所以，在这些地方也应该感谢泰东。"④

经济与文学的辩证关系

以上的梳理可以让我们认清几个事实：一、创造社初期的成型和发展离不开经济资本的支持。试想，创造社的诸多刊物：《创造季刊》6期、《创造周报》共52号，如果没有经济资本的持续注入和运营，是无法形成创造社集体的亮相和持续冲击力的。二、经济资本的注入和运营没有对创造社的文学创作形成有力的挤压。泰东经济资本的基础薄弱，经济资本的运营方式散淡，从而为创造社自由创造开创了空间。是否可以说，在当时的政治经济和文学环境下，泰东书局小资本的运营需要大胆的"创造"才可能起死回生，创造社同人文学资本的运营同样需要大胆的"创造"方能取得大收获，两者之间资本逻辑的遇合成就了小资本大"创造"。

布尔迪厄认为，文学场内部的自主程度取决于它能在多大程度上抗拒外部政治、经济等决定力量。如果以创造社这个小文学场来看，创造社同人最初的想法就是与当时流行的功利主义文艺决裂，创办一份"纯文学的杂志"。他们所谓的功利主义的文艺，应该主要指鸳蝴派文学和文学研究会的文学。前者主要是经济场折射到文学场的反映，追求文学的"市场化"效果；后者主要是当时政治场力量的角逐渗透进文学场的逻辑，形成了"为人生"的文学。与功利主义文艺决裂，主张"为艺术而艺术"的"纯文学的杂志"，是创造社同人基于对国内其时文学文艺的理解，渴望建设一个独立自主的文学场的反映。而民国时期军阀混战的局面造成的行政空白和民国经济政策对民间资本的鼓励和

①　郭沫若：《编辑余谈》，《创造》季刊1922年8月25日第1卷第2期。
②　郁达夫：《纯文学季刊〈创造〉出版预告》，《时事新报》1921年9月29—30日。
③　郁达夫：《艺文私见》，《创造》季刊1922年3月15日第1卷第1期。
④　郭沫若：《学生时代》，《创造十年》，第93页。

扶持，形成比较宽松的外部政治环境；更重要的是泰东书局小资本的运营也没有形成具有大资本一般的超强决定力和渗透力，赵南公几乎从不干扰他们的创造，即使赵南公想要干扰创造社刊物的内容，他们也能在很大程度上抗拒这种干扰，因为赵南公并没有给他们相当的版税和酬劳。这样的局面无形中促成了创造社相对独立自由的小文学场的建设。这个相对独立自主的小创造社文学场，的确也成功地制造了其时文坛的先锋和异端，先锋和异端虽然没有为他们取得泰东书局更多的版税和稿酬，但实际上他们收获了先锋和异端的"象征利润"。所以，他们在最初三年愿意忍受泰东的经济"剥削"，也不愿意放弃难得的文学场建设的独立自由。他们从文坛的"新手"到文坛的"猛将"再到文坛的"名门"，就是"象征利润"不断兑现的结果。

在此层面上，我们是否可以说，泰东书局小资本的运营方式无意间暗合了经济与文学的辩证关系，经济资本可以丰富文学的种类和内容，但经济资本的多少和如何运用却关系到文学的创造力和革新精神。相反的例子可以从张恨水等作家被稿酬牵着走和鲁迅先生因为经济的因素放弃了长篇创作的文学选择和结果。

｜ 三、《新青年》广告传播及其媒介价值 ｜

广告是为了某种特定需要，通过一定形式的媒体，广泛而公开地向公众传递信息的宣传手段，其本质是传播。而媒体无外乎是一手抓"影响力"的传播，一手抓"广告商"的投放。1915年9月15日，《新青年》创刊。这本16开本、文字竖排的杂志，彩色封面，内文黑白印刷，无封底。一翻开封面，背后就是群益书社的图书广告。内文中，同样登载有大量的广告。广告成为这本杂志的重要内容之一。作为现代传播媒介史上的经典文本，《新青年》的广告传播及其实践，对中国五四时期的期刊有着重要的意义。本文即从传播学角度分析《新青年》广告传播及其媒介价值和意义。

《新青年》广告营销传播

纵览《新青年》1～9卷登载的各种广告，主要包括图书广告、杂志广告、社团广告及其他。图书与杂志广告是《新青年》广告的重要组成部分，这中既有自我宣传广告，也有商业广告，更有交换广告。《新青年》正是通过各种广告达到营销传播。

图书广告。《新青年》的图书广告主要包括群益自己出版的图书广告以及其他出版机构的图书有偿广告或交换广告。如《新青年》前期大多登载群益自己出版的教科书或参考书等，后期增加了亚东、中华、商务等出版社的图书或丛书，《新青年》中广告的各类图书共计达296部。①

---

① 李永中：《空间转换与民族国家话语——〈新青年〉上的广告》，《文艺理论与批评》2008年第4期。

这些图书广告，多以编译日本教科书为主，同时还有大量的英文工具书或英语教科书广告以及一些中国传统文化类图书。后期新青年社成立后登载了不少关于马克思主义思想类的图书广告。

杂志广告。《新青年》杂志广告包括自我宣传广告和其他杂志广告。这又包括：

自我宣传广告。《新青年》自我宣传广告主要以"通告"、"宣言"、"启事"、"再版"、"合卷本"、"社告"等方式来达到宣传和推广。

通告广告。《新青年》第3卷第1号《通告》云："本志自出版以来，颇蒙国人称许……自第二卷起，欲益加策励，勉副读者诸君属望，因更名为新青年。且得当代名流之助，如温宗尧、吴敬恒、张继、马君武、胡适、苏曼殊诸君……嗣后内容，当较前尤有精彩。此不可独本志之私幸，亦读者诸君文字之缘也。① "完全是一篇《新青年》本身的自我宣传和表扬稿。

宣言广告。《新青年》在第7卷第1号登载"本志宣言"，表明：《新青年》同人办刊理念及编辑方针在调整与变化，由"不谈政治"到充分明确地表白自己的政治主张，并通过"宣言"广而告之。

启事广告。《新青年》第6卷第6号"本报启事"："凡与本报交换的月刊周刊等，请寄北京北池子箭竿胡同九号本报编辑部。各报与本报交换的广告，请寄上海棋盘街群益书社本报发行部。敬求注意！② "1920年9月1日《新青年》出版第8卷第1号，由于与群益在印刷样式、成本方面的分歧，《新青年》由"上海新青年社印行"印刷出版，取代了原"上海群益书社印行"，同时发布《本志特别启事》，既交代了《新青年》内部经营发展的一些调整变化情况，其实也是一个推销的商业广告；既反映了编者出版经营方向与思路，也体现出编者对市场及读者的重视。

再版广告。早在1919年5月《新青年》第6卷第5号上，《新青年》特别就再版登载"再版预约"广告："提倡新文学，鼓吹新思想，通前到后，一丝不懈，可算近来极有精彩的杂志……是中国最有价值的出版物。于是买的一天多一天……③说明《新青年》蒸蒸日上，得到了读者的广泛认同与接受。12月，《新青年》第7卷第1号上，《新青年》1～5卷正式再版，又一次对《新青

---

① 《通告》，《新青年》1917年第3卷第1号。
② 《本报启事》，《新青年》1919年第6卷第6号。
③ 《新青年》1919年第6卷第5号。

年》大加赞赏，特别赞赏并强调《新青年》宣传新思潮、新文化的启蒙之功。第7卷每一号还登载广告，"劝未读者去读，已读者重读"，"现在和将来都值得看"，"平装价银五元，精装价银六元五角，邮费另付"，"五卷合卖，不能选择"①。从内容到价格，从装订形式到销售策略等全方位推销再版《新青年》。这些广告，形象而有力地塑造了杂志自我形象。

社告广告。《新青年》中的"社告"，不但是宗旨，也是更为市场化的广而告之。如"本志以平易之文，说高尚之理"的自我定位以及"本志执笔诸君，皆一时名彦"的自我表扬，真正将启蒙的效果贯彻到了商业运作中。

其他杂志广告。早期的《新青年》，主要以书刊广告为主，到了5卷5号以后，书刊广告大幅减少，而杂志广告逐渐增多。到了第7卷第2号后，主要以杂志广告为主。《新青年》后期，在《新青年》的影响下，很多报刊纷纷创刊。由于《新青年》的巨大影响力，这些报纸杂志创办前的创刊号广告，几乎都要在《新青年》上登载创刊号广告。据统计，除《科学》、《东方杂志》等杂志创刊早于《新青年》而没有在《新青年》杂志上广告外，其余有一百多种报纸杂志都被广告过②。很多曾和《新青年》因观点不同展开论争的杂志都在《新青年》上做广告。如《东方杂志》在《新青年》第9卷第5号就推出特刊太平洋会议号广告。渐渐地，这两种刊物的价值理念渐渐趋向一致，成为宣传新文化传播新思想的刊物。

《新青年》的这些广告，非常注重自我宣传与推销，广告策划很到位，广告语也很有吸引力，既增强了其市场号召力，又扩大了《新青年》的社会影响力，并最终达到了促销的目的。

交换广告。"交换广告"指各类报刊之间相互利用对方媒体平台宣传自己的广告。《新青年》上除群益自我宣传广告，还有很多"交换广告"。如前期一些图书广告，后期很多杂志广告等。如，《新青年》第5卷第6号登载了这样一则广告："一、北京大学之'新潮'二、看'新青年'的，不可不看'每周评论'……三、国民公报广告：本报刊发已届十年。现在力图顺应世界潮流，将内容大加改良。采访中外新闻，务极灵确。主张正义，以期促政治之改进，某思想之革新……特此通告。"③通过这些交换广告，拓宽了杂志间各自的宣

---

① 《新青年》1919年第7卷第1号。
② 《新青年》1920年第7卷2～3号。
③ 《新青年》1918年第5卷第6号。

传渠道，扩大了各自的影响力。

第6卷第1号，《新青年》登载的《新潮》广告，第7卷第3号的《新刊一览》刊登的33家新创刊刊物的广告都是典型的交换广告①。这些交换广告，对双方杂志的宣传和影响力的扩大起着重要的作用。

随着《新青年》的影响越来越大，要求交换广告的越来越多。《新青年》对交换广告的要求也越来越严格，对刊登的杂志也有所选择，并有规范要求。第7卷第1号《新青年》特别发布"交换广告的请注意"的消息："现在杂志种类既多，交换广告的事，很繁重了。广告原稿款式不合的，须要代为排列，排列功夫过大，与印出日期，很有妨碍。以后……交换广告，也请寄本志发行所。"

有偿广告。《新青年》上还有一类广告——有偿广告。在杂志经营中，广告是杂志第二生命线，无不引起经营者的重视。《新青年》从杂志创刊的第1卷第1号开始，每一期杂志版权页都有这样的文字："广告价目，另有详章，如蒙惠顾，即行奉告。"②《新青年》的广告主要以书刊广告为主，另外也有一些眼镜与医药类的有偿广告。不管是图书广告，还是杂志广告，或是其他商业广告，出版商或运营商都是希望利用《新青年》的影响力，扩大宣传，从而更好地维持经营。这类广告虽然没有太多具体运作详情，但对《新青年》的独立经营起着非常重要的作用。

社团广告。《新青年》上各种各样的社团、学会，包括研究会等，这些社团学会经常组织各类活动，常在《新青年》上登载很多"简章"、"宣言"、"启事"、"纪略"等章程性的广告。这类广告，更多的是反映社会底层民众的思想信息。从另一个角度而言，体现了《新青年》对底层大众及弱势群体关注的人本意识，是其社会责任感的显现。

《新青年》广告文化传播

对出版行业而言，广告是出版社制造文化影响力的一种手段和策略，出版商将出版物的内容和影响力，透过文字、图像和符号推广，达到预期目的。正因为如此，不能忽略书籍广告在文化传播与塑造过程中产生的作用。而杂志是

---

① 《新刊一览》，《新青年》1920年第7卷第3号。
② 《新青年》（1~9卷）。

出版物宣传的最便捷的途径。书籍广告具有导引性和强化讯息，以及制造文化影响力的作用。它们这些广告对杂志本身的品牌和形象有很好的宣传作用，同时更扩大杂志本身的文化影响力。

《新青年》上的广告，大多是文化类广告，且以书刊广告为主，即或是商业类广告，也是与文化相关。从这些广告类别中，可以看到这些广告显然是经过选择的，而且在追求文化气息及文化品位方面是非常讲究的，说明《新青年》的广告对文化品位有一定的要求。仅从《新青年》第7卷看，其中主要是各类报刊广告，包括新创刊的，或一些学报或专业杂志，还有一些基层或中小学报刊，完全都与文化有关。同时，这些广告大多是报刊之间相互交换的性质，没有商业味。

随着《新青年》的影响逐渐扩大，广告数量也不断增加。为了有效地控制广告的数量及质量，《新青年》开始刊发有偿广告。但从《新青年》广告刊载的内容看，即使是有偿广告，也大多局限在书刊及少量的与商业经济文化等密切相关如银行、通讯社、印刷所、文具，也有个别香烟广告等。

《新青年》曾针对晚清民初报纸杂志的低俗品位及商业气息过浓的问题提出了严厉批评："惟报社对于特别有害于社会底告白，也应该加以裁制……本志前几号因经济的关系登出该公司底告白……以后凡属用新名词来做赢利的广告，一概谢绝。"①这里既坦诚地道出《新青年》创办初期经济上的窘况，迫于无奈的别无选择，也表明《新青年》始终保持着一份警惕，对广告要有选择，作为一种介于商业生产和纯文化生产之间的生产方式，杂志不能违背办刊方针。

我们从《新青年》各种不同广告中，可以感受到《新青年》通过广告向读者传达出的不同的形象。如从《新青年》通告、启事、特刊或专号等广告中，可以感受到《新青年》的办刊方针及编辑宗旨等演变以及《新青年》如何从民营自主经营方式转向学院体制再转向机关刊物，由此而呈现出多种不同的言说方式。这些广告宣传，与《新青年》里的一篇篇文章，共同塑造了编者作者以及读者，构筑《新青年》的"想象共同体"。正如一位学者所言，广告成为"《新青年》呈现自我形象的一种手段，在公共舆论的兴起、民族国家的建构

---

① 《编辑室杂记》，《新青年》1920年第8卷第4号。

中发挥了重要的作用"。①

《新青年》广告传播的特点

从《新青年》上登载的各类广告并结合广告传达的内容，我们可以发现其广告传播的特点：

第一是广告传播形式丰富多样。 从前面的介绍中可以看到，《新青年》的广告，从媒体形式看，有图书广告、杂志广告、社团广告及其他信息等。而从商业角度分，《新青年》广告又分自我宣传广告、有偿广告、交换广告等。在自我宣传广告中，还有如"通告"、"宣言"、"启事"、"再版"、"合卷本"、"社告"大量不同形式的宣传与推广广告。

第二是广告传播内容涉及面广，涵盖各类学科。 《新青年》的广告，虽然大多是文化类的广告，但其广告传播的内容涉及广泛，包括政治、经济、文化、法律、文学等多个学科及领域，特别是图书广告中大量的编译教科书、英文类原版教材、工具书广告等。

第三是广告定位契合刊物宗旨理念。 结合《新青年》的各类广告及其发布的广告内容，我们可以发现，《新青年》的广告定位是瞄准青年学生，面向广大青年受众，这与《新青年》创刊宗旨与定位完全契合。

第四是具有浓厚的文化气息，呈现精英化倾向。 《新青年》中广告宣传具有学科的广泛性和内容的广博性、科学性、学理性、开放性，学术与学理性强，呈现出当时其他刊物难以拥有的为知识分子所青睐的精英倾向。尤其是在学习西方、注重翻译、倡导科学、启发民智等方面。

《新青年》广告的媒介价值及意义

作为一种传播方式，广告的作用与价值体现在——引起读者关注，搭建一个互动交流平台。《新青年》上刊载的大量广告作为一个重要的传播平台，对建构《新青年》的品牌形象、塑造品牌价值和提高媒介核心竞争力有着重要作用与价值。《新青年》广告在中国新文学发生期的传播实践中具有重要意义。

---

① 李永中：《空间转换与民族国家话语——〈新青年〉上的广告》，《文艺理论与批评》2008年第4期。

这包括：

媒介传播价值。马歇尔·麦克卢汉说："媒介即讯息。"广告既是一种促销手段，又是一种特殊媒介。作为传播信息的轨道，媒介使广告传播的价值从交换价值转换到公共传播的价值。《新青年》上的广告内容，涉及涵盖学科广泛，特别是在传播科学与民主思想，倡导新思潮新文化方面具有重要的传播价值及意义。正如一位学者所言，《新青年》"广告在输入新思潮与提倡新文学以及宣传人权、民主和科学等方面所做的舆论引导与广泛传播，满足受众的'求新'期待，不断地生发和辐散其文化信息资源的多元价值，使《新青年》与其他杂志共具精英性、学理性、批判性和大众性特征，促进文学革命和新文化运动的整合与影响，使刊物及新型知识精英队伍具有社会公信力与人文关怀的品格，扩展刊物的传播范围和媒介影响力，充分发挥了广告的传媒作用"。①

媒介营销价值。传播即营销。《新青年》广告，既是一个非常重要的传播平台，同时更是一个重要的营销方式。《新青年》广告从形式到内容，都与杂志的编辑宗旨与读者定位保持高度一致，通过精准的读者定位，发布具有丰富文化内涵的文化广告，"使刊物成为公共领域中为受众广泛接受且具有巨大参与意义和启蒙特质的公共资源"②。针对明确读者对象发布广告，重要目的就是通过这些广告，让《新青年》影响力得到空前扩大，市场效应也很快显现。

媒介舆论价值。媒介是信息传播的主体，受众是媒介效果的评价主体，而传播的最终目标是为了影响受众，《新青年》上的广告，与《新青年》上的文章内容一样，在输入新思潮，提倡新文学以及宣传人权、民主和科学等方面所做的舆论引导与广泛传播，通过灌输、导向、塑造、激励，在形成和引导社会舆论、建构《新青年》媒介形象方面起着重要的作用。

媒介品牌价值。《新青年》广告传播的内容与定位与《新青年》杂志本身的定位及宗旨一致，广告传播语境与广告内容一致，所以广告的传播与杂志的宣传形成很好的互动，信息进行了有效传播，受众越多，关注度就越高，杂志关注群、知名度就越大。传播渠道和媒介组合，既扩展刊物的传播范围，又增强了媒体的影响力，《新青年》的品牌价值也得到了有力的传播。

---

① 赵亚宏：《论〈新青年〉广告的媒介价值》，《文学评论》2010年第4期。
② 同上。

　　《新青年》杂志正是通过对广告的精心策划、组织及管理，促进了经营，扩大了杂志的影响力，扩大与提升了杂志的影响力与公信力，并最终转化为生产力，形成舆论与市场的双重喝彩。《新青年》的广告传播在中国新文化发展进程中具有重要价值及意义。

四、由文化商品到学术经典的转化
——以《中国新文学大系》（1917—1927）为例

现代文学作品不仅是作家人生体验的审美创造，也是现代出版业所生产出的文化产品。罗贝尔·埃斯卡尔皮认为："出版者虽不构成生命的起源，也不是生命的孕育者和提供者，但没有他，一部构思好了的、并已脱稿的作品就不能真正作为作品而存在。"[①]出版商从作家手中接收作品，在文化工业生产体系中，对作品进行再生产，通过出版发行，作品真正作为自主的、自由的现象开始在社会上流通，作品的文化和经济效应才能得到最大程度的发挥，出版商获得利润，稿酬和版税收入使作家的持续创作有了可靠保障。在现代文化经典的形成中，可以说处处都能见到出版商的身影。《中国新文学大系》（1917—1927）（以下简称"大系"）就是一个经由出版商的助产，由文化商品变为学术经典的典型案例。

文学作为商品的流传

随着五四新文化在社会上的广泛传播，作为凝结着新的文化信息和审美体验的现代文学作品，开始以文化商品的形式在社会上广为流传。新文学的初创者很早就认识到自己精神创造品的市场价值。20世纪20年代初，郑振铎在商务印书馆编辑《小说月报》时，一次和朋友交谈，曾感慨说："我们替商务印书馆工作，一个月才拿百圆左右，可是一本书，印书馆里就可以赚几十万，何苦来！还不如自己集资办一个书店！"他们以同人集资的方式，办了名为"朴

---

① 罗贝尔·埃斯卡尔皮：《文学社会学》，符锦勇译，上海：上海译文出版社，1988年，第71页。

社"的书店。①现代文化产品在市场上的巨大商品经济效益，让他们获得了空前信心，去实现人格独立和精神自由。

大约在1922年左右，五四新文学运动的文化人开始注重稿费、版税收入。此前的新文化倡导期，他们注重思想的宣传，而不注重自我精神产品的经济价值，如《新青年》的撰稿人就没有稿费。但是要实现真正的独立人格和精神自由，则待于著作权有法律的保证和言论自由公共空间的开辟。中国第一部著作人利益的著作权（版权）法，是宣统二年（1910年）清政府颁布的《大清著作权律》，但这部法律随着清政府的垮台而退出历史舞台。到了民国四年（1915年）北洋政府颁布了《著作权法》，1928年南京政府又颁布《著作权实施细则》，著作人的权益受到法律保障。自由言论空间的开辟则是在众多知识分子的不懈努力和斗争中逐渐形成。在这两方面的基础上，20世纪20年代中期，出现了一大批依靠写作为生的"自由职业者"，众多文学社团，诸如创造社、文学研究会、新月社、南国社等文学社团开始全面投入文化市场。特别是1925年五卅运动爆发，大大提高了中国劳动者（包括脑力劳动即文化人）的政治和经济觉悟。由于北洋政府拖欠薪俸，北京的诸多文化人开始南下，纷纷投入文化自由市场，以自己的文化创造实现经济独立。如鲁迅南下定居上海，逐步完全靠稿费、版税、编辑费来生活，由政府公务员变为自由撰稿人。而且为了摆脱对大出版公司的依附，开始了"读者和著作家合作出版"的时期，也就是民间集资办出版社和书店。这样一来可以减少出版和发行之间的层层盘剥，二来可以降低书刊成本，既有利于作者，也有利于读者。当时像创造社、新月社等民办文化企业到位的资金并不太多，但是由于新式印刷设备在上海被大量引进，民间兴办了许多小型专业印刷车间，为了招揽生意，普遍实行"三节算账制度"。中国民间所谓"三节"是春节、端午节、中秋节。两个大节日之间有三四个月的周期。一个大节以后印刷出版的图书，除了交付少量押金以外，作为成本的排版、纸张、印制、装订等费用，都由印刷厂垫付，到了一个大节再结账。这样只要较少的流动资金，便能出版书刊。②

相比那些有其他固定收入的文人所办的出版社如新月社外，由贫困的文学青年办起来的出版社，多半以不善经营而失败。如鲁迅支持柔石创办的"朝华社"，于1928年12月6日创刊《朝华周刊》，出版20期后，于1929年6月起，

---

① 陈明远：《文化人的经济生活》，上海：文汇出版社，2005年，第82页。
② 同上，第195页。

改为旬刊。但没多久就倒闭关门。同样丁玲、胡也频、沈从文于1929年在上海创办《红黑》月刊和红黑出版社，《红黑》月刊出版了几期以后，也停刊。丁玲回忆说："红黑出版社存在的半年多里，出版过6期月刊，7本书……出版社关门后，剩下的事便是还债。沈从文给了三百来圆，也频把在山东教书的工资拿了出来，还缺三百五十圆，最后由我向母亲要了来，才把本利一并还清。"（丁玲：《胡也频》）

相反，大的出版商则以雄厚的实力和对市场敏锐的把握，能在新文学作品身上赚到钱。在良友图书印刷公司当编辑的赵家璧，以对时代潮流的敏锐捕捉，则成功地推出一系列畅销书。赵家璧作为良友的文艺编辑，可以说在着手"大系"的组稿时，已经是相当成熟的编辑，他在编辑"一角丛书"和"良友文学丛书"的过程中积累了丰富的编辑经验，这其中包含着一个职业编辑对图书市场和当时文化气候的敏锐而精准的把握，可以说正是有了对这两套丛书编辑经验的总结，使他成为"大系"这套学术经典助产士的不二人选。

经济利益与话语权

到了20世纪30年代中期，随着文化自由市场的成熟，各种出版商、政府，以及不同政治立场的团体不但在思想观念上进行博弈，而且对文化商品所带来的经济利益的争夺也渐趋激烈。"大系"之所以能够出现，和它背后的经济利益与话语权的争夺密不可分。

"大系"作为良友这一民营企业的文化产品，它要在文化市场上出现，必然有待于公司对这一产品潜在文化市场的精准把握。资本的本性就在于对经济利益的追逐，作为自负盈亏的民营企业更是如此。因此我们必须首先分析主编赵家璧对当时文化市场的把握。我们在前面的分析中看到，赵家璧在编辑"大系"之前，已经成功地编辑了几套丛书，并获得不错的经济效益。使得他对当时的文化市场动向已经有了相当深入的把握。当编辑完《良友文学丛书》之后，他感觉到自己可利用的文化资源相当有限，意识到与其被动地编辑，不如主动地出击，自己得主动寻找新的文化资源以扩大公司的文化市场。正是在这样的编辑思路的调整下，赵家璧把眼光投到了"五四"以来的文学作品上。如果我们回到30年代的历史现场，"大系"表面上是赵家璧灵光一闪的偶然产物，其实究其根本，是30年代文化市场格局变动的必然结果。

20年代末，随着革命文学的兴起，以创造社和太阳社为骨干的一帮年轻人，在宣泄自己被压迫的精神情感的同时，用阶级论武器批判五四新文学，他们试图以打倒在五四新文学中已经成名的作家来开辟自己的话语空间，重新分配当时的文化市场。同时伴随着国民党政权的渐趋稳定，官方开始介入当时的文化市场，强行推行自己的意识形态和文化产品，试图在打压激进思潮的同时垄断当时的文化市场。1934年2月19日，国民党政府在南昌成立以推行封建道德为准则的"新生活运动促进会"；其后又规定孔诞日全国举行祭孔纪念；随着提倡读经，湖南、广东等省编制《中小学经训读本》，并举行以经书为题的中学毕业会考。曾在五四时期反对白话鼓吹文言的汪懋祖，此时已是国民党教育部官员，他在1934年6月21日的《申报》上发表了《中小学文言运动》。此文引发了新一轮的文言白话之争，五四新文学的代表人物鲁迅、茅盾等人都参与了这一论战，如何去遏制这股潮流，回到"五四"开启的文化和文学发展的正轨，是当时亟待解决的重大历史问题。

我们看到，无论是"左"或是右的思潮，对五四新文学都形成了潜在的压力，但是来自意识形态和政治权力的压迫，却从反面生产出了对五四新文学的文化消费需求，赵家璧精明的商业嗅觉敏锐地捕捉到了这一文化需求信息。当他意识到自己编辑资源有限，难以和官方强行推行的文化产品相抗衡的时候，他转身重新挖掘逐渐被人淡忘、甚至受到批判的五四新文学作品时，既满足了伴随新文学作品成长起来的作家和读者的需求，也以一种不同于官方的姿态，激活了文化人对抗意识形态和政治权力的反抗本能。因此当赵家璧把他的编辑设想通过同事、朋友的关系网络传播出去的时候，获得新文学创造者的一致拥护。

这种文化心理需求，我们从"大系"产生之前，先期出版的两部有关五四新文学的书所引起的社会反映中即可看出。一是刘半农编的《初期白话诗稿》。这部诗集一出版，即引起新文学初创者的强烈共鸣。刘半农的序言中提到他把这部诗稿送给陈衡哲看，"向她谈起要印这一部诗稿时，她说：那已是三代以上的事了，我们都是三代以上的人了"。①当年轰轰烈烈、席卷全国的五四新文学运动，十多年的时间已成为历史陈迹，如刘半农自己所言，"当初努力于文艺革新的人，一挤挤成了三代以上的古人"。在30年代中期，五四新文学从精神到文献的严重失落，引起了新文学创造者强烈的精神共鸣，作为他

---

① 刘半农：《初期白话诗稿序目》，《半农杂文二集》，上海：上海良友图书印刷公司，1935年，第353页。

们曾经创造的历史，转瞬间被遗忘或者说被后来者挤出历史舞台，在他们内心深处，不能不说是一种严重的冲击。因此当刚出道的年轻编辑赵家璧通过同事、朋友的网络关系，联络到当时的文化名人来做"大系"各集的编辑时，他们几乎都是异口同声地答应赵家璧的这一要求。甚至连身患重病、中途想退出的鲁迅也一改拒绝的态度重新加入编辑队伍，完成这一编辑宏业。

另一部著作是出版于1933年的王哲甫著的《中国新文学运动史》，此书一出，茅盾就在1934年4月号的《文学》书评栏里对其进行评论，认为用意虽好，但结果失败了。主要是未能全面反映五四新文学发展的历史面貌，认为总结这段历史意义非常重大，"倘使有这样的书出来，对于研究现代文学史的人固然得用，对于一般想要明了过去到现在的文坛情形的青年也很有益"。①

通过这两部书在社会上的反应，我们很清楚地看到30年代文化市场中已经形成了对五四新文学的潜在需求。五四新文学作为由民间运动自发而产生的文化产品，如何编纂，如何将其历史化，如何确立其经典意义，成为一个亟待解决的历史课题。在当时空前政治化的历史场域里，五四时期统一的文化阵营已经不存在，政见相左的文化名人难以走到一起，来完成这一他们心中都想实现的文化创举。而五四文学精神和官方意识形态相悖的矛盾，注定是要被政府文化机构所冷落。赵家璧的出现可以说恰到好处地补上了这一历史空缺。他作为民营企业一名编辑，其中立的政治立场刚好可以将矛盾重重的文化人黏合在一起，既满足了"五四"文化人的心理渴求，也实现了作为企业对利润的追逐。因此当他把编辑设想通过人际关系网和当时名望很高的文化人相交流时，很快付诸实施，煌煌五百万言的浩大编辑工程在短短一年的时间内就完成。

编辑与营销

一件文化产品要获得巨大的社会效益，必然有待于产品自身的质量。"大系"从编选体例到编辑人选，在当时都可以说集一流之最。赵家璧一开始的编纂设想，只是借鉴外国丛书体例，把"五四以来文学名著百种"集合成书。但这样的编辑设想显然过于简单，难以凸现自身特色，不能在竞争激烈的文化市场中脱颖而出。必须实现别人所无，自己所有的创造性编辑，才能实现对文化市场的占有。他要改变"作家写什么，我们出什么，也可以说你争取到什么

---

① 茅盾：《文学》1934年4月第3卷第4期。

出什么。这些书，良友不出，别的书店也会出"。①这种编辑赵家璧称之为从"有"到"有"，不能凸现良友自己的文化产品特色；现在他要变为从"无"到"有"的编辑。即"编辑是否也可以自己现有一个设想，要编成怎样一套书，然后主动组织许多作家来为这套书编选或写作；整套书完成后，不但具有它自己独特的面貌，而且是，如果不是为了适应编辑的这个特殊要求，作家本人不会想到要自己去花时间编写这样一本书。这种编辑方法是否可以称之为从'无'到'有'的创造性劳动呢？"②从这种编辑思想中我们可以看出赵家璧对图书市场的深刻洞察，他要以别人所无的文化产品来占有文化市场。在他设计的编辑体例中，他既要网罗五四新文学丰富的成果，又要凸现各个编辑者的编选眼光和对五四新文学的总结，要把选家之学和史家之学融为一体。这样"大系"就不是作品简单的罗列和拼凑。真正将得之于欧美日本出版物的大系体例精神落到实处。正是在独特而有创意的编辑体例中，把五四新文学的理论、作品、史料梳理成一个有机的整体，"始于理论而终于资料，以理论为首而张扬精神，以资料为足而站稳脚跟，中间以流派创作为体而显示实绩，从而形成一个严密而富有变化的结构完整的有机体"。③

有了好的作品，还要看好的宣传，才能把自己的文化产品推向市场。出版是基础，发行是关键。赵家璧在营销"大系"时也是极富创意。首先他利用多种媒体，如报纸、刊物等进行全方位的广告宣传。在他的营销策略中，最富创意的是推出《大系样本》这一利器。《大系样本》共40多页，开头是赵家璧亲自撰写的《编辑中国新文学大系缘起》，它具有现代书评的功能，接着影印了蔡元培的《总序节要》手迹、十位编选者的《编选感想》、文艺界知名人士冰心、叶圣陶、林语堂等人为"大系"所写的评语等，并配有编选者的近影和该集的内容简介。当然其中还有书影、预约办法说明和印好的预约单等。这样简要精到且直观的介绍既让读者对其全貌有较为完整的了解，起管中窥豹的作用，又直接促进图书的订阅。在印制精美样本的同时，赵家璧还将其内容缩印成单张，夹在畅销刊物中，分赠给读者，扩大宣传面。这些宣传很见成效，在"大系"尚未出齐时，预约定数即已超过初版数，以后又再版精装本和普及本各两千册。而白报纸纸面精装普及本的售价则减半为10元，预约仅7元，很大程

---

① 赵家璧：《编辑忆旧》，北京：中华书局，2008年，第104页。
② 同上，第104页。
③ 杨义：《新文学开创史的自我证明——为〈中国新文学大系导言集〉所作导言》，《文艺研究》1995年第5期。

度上满足了贫寒学子的需求。这也是赵家璧灵活地根据不同的读者细分市场，采取有针对性的策略的高水平出版营销思想与手段的显现。在再版加印期间，赵家璧又编印了《大系三版本样本》，厚达60页的样书，在原先的基础上加了《舆论界之好评摘录》，把当时《申报》、《大公报》等全国各地7种大报的评语，摘编了4页，利用他人评论，为本版书造势。其中还以近15页的篇幅编列全部目录，以供预约者参考。

"大系"营销的内容不仅包括宣传与广告技巧，还涉及装帧设计、出版周期等营销的外围内容。在当时出版界还并不重视书籍装帧的氛围下，赵家璧就不止一次地强调，在把稿子变成书本时，"一定要有新意"，"需要编辑多动这方面的脑筋"。①厚厚十卷本的"大系"，内容与形式相统一，全书版式一致，且外观的精美装帧与内文的整齐秀逸交相辉映，既显厚重凝练的气派，又给人舒适泰然的美感，不愧为学术类出版物的典范。而十巨本"大系"一年零五个月的高效出版周期，至今令人赞叹。

"大系"作为成功的文化产品，我们可以从当时的销量中即可看出，1935年5月陆续发售4万册精装本，每套售价20元，到年底销售近90%，9月开始发售白报纸纸面精装普及本2万册，为适应学生读者，售价减为10元，三个月销售近40%。一次可以看出"大系"作为一个文化产品的成功。

"大系"从赵家璧的编辑构思到出色销售，可以说在实现它学术著作的文化商品属性上获得极大的成功，正是在这种成功基础上，它本身所包含的学术经典意义开始在其后的历史发展中慢慢显露出来。它所包含的将理论、思潮流派、作品和资料融为一体的写作方式，对小说、散文、诗歌、戏剧文体的划分方式，甚至在现代文学的起源确定上，都为后来的文学史写作所继承，用刘禾的话说："'大系'的概念范式——分期、体裁等——在后来中国大陆学者所写的文学史中几乎没有任何改变。"②这样"大系"不但以本身的经典性成为后来文学史写作的参照，而且随着它作为经典不断在大学文学教育和研究中不断被征引和学习，其所包含的五四新文学的文学观念和文学知识，也一同随它的传播被一代代后继者所接纳。这种影响力，我们可以从具有血缘关系承续者的不断产生，即可看出它的深远影响力。它不仅在当时反响巨大，且隔了半个

---

① 华水：《赵家璧的书橱——一位老编辑的过去和现在》，《编创之友》1983年第1期。

② 刘禾：《跨语际实践——文学、民族文化与被评介的现代性（1900—1937）》，北京：三联书店，2002年，第327页。

世纪之后，仍起"轰动效应"，创下影印本两万套和个别品种五万册的销售业绩，并在2003年再次影印三千套，展现了经久不衰的魅力与价值。后世的编辑家更是循着赵家璧的编辑思想，又续编了"大系"第二辑（1927—1937）、第三辑（1937—1949）、第四辑（1949—1966）、第五辑（1966—1982）和《中国近代文学大系》（1840—1919）等。

┃ 五、"京派"美学追求中的经济因素 ┃

　　30年代大量文化人南下，上海成了文化上的中心，然而北京（1928年后称北平）的众多高校却仍然滞留了一大批安于学院的文人，常常是作家、学者、教授集于一身。他们通过共同的爱好、趣味以及地缘、业缘、学缘等关系纽带，形成了多个交往圈子，如以周作人为核心的"苦雨斋"、林徽因的"太太的客厅"、朱光潜的"读诗会"、沈从文等在"来今雨轩"代表《大公报·文艺副刊》召开的宴请茶会等。尽管这些被称为"京派"的成员间个性、主张、旨趣都有不同程度的差异，但他们之所以能被称作"京派"也反映出在一些根本问题上态度、倾向的趋同，比如在思想上追求个体的独立自主、精神自由，在文艺的美学追求上体现出某种"超越"、"纯粹"、"完美"、"静穆"、"和谐"的倾向。"京派"美学追求的形成自然是有各种各样的因素与机缘，但民国时北平的现代大学所提供的学院环境是一个重要的因素，学院体制中优越的经济条件、舒适的日常生活对他们而言不仅仅是一种物质的庇护，也是影响他们文艺上美学追求特征的重要原因。下面试分析"京派"群体30年代的经济生活状况。

新教育体制中大学教师待遇的定位

　　西方的现代大学体制，按照哈斯金斯的说法，是在欧洲中世纪12至13世纪时期兴起的以意大利博洛尼亚和法国巴黎为代表的新式学校的基础上发展演变而来的。[①]而中国现代大学体制的建立则几乎是照搬了西方的这种模式。有研究者已经指出，"20世纪初年以来，文化人、知识分子逐步从原有的'士大夫

---

　　①　哈斯金斯：《大学的兴起》，上海：上海人民出版社，2007年，第1—2页。

阶层'蜕变而来，也从原有的市民和务农阶层上升而来，主要的途径是通过新式学校教育，进入各种文化机构。他们仍在一定程度上继承了'士大大阶层'的某些遗传基因"。①因此，西方大学教授的社会位置与传统士大夫的超然地位共同促成了中国近代大学教师的良好经济待遇的开端。如1917年5月北洋政府教育部颁订的大学教师薪金标准：学长分四级，最高450元，最低300元；本科教授分六级，最高280元，最低也有180元；预科教授最高240元，最低140元。②这种收入状况对于当时北京相当低的物价水平而言，应当是非常丰裕宽绰的生活了。可靠优厚的收入来源既使得教授们具备优越的衣食住行条件（如鲁迅能购置"八道湾"这样的大宅子），而没有经济上生活上的压力，使得这些教授们可以合办像《新青年》那样的同人刊物。

1922年的"壬戌学制"吸收了五四新文化运动的某些理念，另外，"美国式的自由主义、民主主义教育，多层次多系统多渠道的办学体制，对实际应用的注重，一批归国留美学生（如胡适、陶行知、郭秉文、蒋梦麟、张伯苓等）的社会影响与就职重要行政岗位，加上杜威、孟禄、推士、麦柯尔等美国教育家来华讲学后产生的轰动性效应，使中国教育界经过明辨择善，把教育改革的参照重心由日本转向美国"。③

教育系统的现代化改进也随着其他方面的革新而进行。在教师的待遇方面，1927年规定，教育界待遇如下④：

教授月薪400—600银圆（请读者自行换算，下同）
副教授月薪260—400银圆
讲师、中学教师月薪160—260银
助教月薪80—160银圆
小学教师月薪40—120银圆

可见，在教师待遇上，尤其是高校教师方面，的确很高。所以"20至30年代我国知识分子的生活水平并不低于日本，在京津沪宁杭一带的高等教育和出

---

① 陈明远：《百年来中国文化人的经济生活变迁》，《名作欣赏》2011年第13期。
② 参见《教育部公布大学职员任用及薪俸规程令》（1917年5月3日），中国第二历史档案馆编：《中华民国史档案资料汇编》（第三辑 教育），南京：江苏古籍出版社，1991年，第166页。
③ 李华兴：《论民国教育史的分期》，《上海师范大学学报》1997年第1期。
④ 参考陈明远：《文化人的经济生活》。

版事业是跟国际水平接轨的"①。而且"30年代中国学者在北平的收入，跟在美国的工作相比是差不多的"，这也是为什么"当时到欧美日本进修的中国留学生得到硕士、博士学位后大多回国报效中华文化事业，人才，特别是高级人才不外流"的原因所在。②

30年代"京派"群体的经济生活实景

下面我们来看看当时"京派"成员现实生活中的实际情形，因为要弄清他们的经济状况的性质，不是单方面从收入的数字上就能体现出来的，还要考察当时北京的物价水平、消费水平；另外也还要将教授与社会其他阶层（如普通劳动者、学生、中小学教师等）的生活进行对比才能对其生活的优越程度有定性的认识。

在大学教授的收入方面，先看北京大学的情况。北京大学在"五四"退朝后，尤其是20年代末教育部欠薪及北洋政府对教育界的迫害使得许多文人教授纷纷南下后，呈现某种程度的没落，但30年代初蒋梦麟与胡适先后回到北大之后，做了多方面的努力将北大由学生运动的中心成功向学术中心的地位过渡。其中一项重要的举措就是提高教授待遇延揽人才。如他们直接推动中华教育文化基金董事会对北大进行资助，以"合款"的方式设立研究教授席位、扩充实验设备、设立奖学金等，研究教授最低年薪为4800元。③1931年4月9日在北大合作研究款委员会上，傅斯年曾提议降低教授月薪，胡适极力反对，经商谈研究教授最高月薪降到600元，而最低的400元仍旧未动。④从胡适20年代参与商务印书馆的待遇制定到30年代对北大教授待遇的推动，可以看出他是一贯秉承了西方通行的高薪留人的理念。因而像胡适这样的名学者兼中文系主任月薪为600元，普通的教授月薪也在300元以上。而清华大学的情况可能更好，30年代的清华经费最为充足这一点是公认的，梅贻琦在1931年上任后给出的待遇是：教授300～400元，最高可达500元。前者如闻一多1934年月薪340元，而到1937

① 陈明远：《百年来中国文化人的经济生活变迁》，《名作欣赏》2011年第13期，第30页。
② 陈明远：《抗战前夕北平文化人的经济生活》，《读书文摘》2011年第8期，第59—60页。
③ 转引自曹伯言整理：《胡适日记6》，合肥：安徽教育出版社，2001年，第95—96页。
④ 曹伯言整理：《胡适日记6》，第95—96页。

年则增至400元，[1]后者如冯友兰。清华教授待遇的特殊之处还在于学校为每位教授都提供一栋免费入住的新住宅。燕京大学的教授薪金也与北大清华大体相当，如顾颉刚1929年任教燕京时月薪290元，而次年即升为320元。而且，以上分析的仅仅是教授的工资，而他们的实际收入还包括以下几个方面：兼职收入，如胡适除北大外还兼任北平图书馆的董事委员长、中华教育文化基金董事会的名誉秘书、中央研究院的院长、协和医学院的校董等职位；兼课收入，当时北平的三座高校北大、清华、燕京三校教师流动、兼课的现象较为普遍，而且各大学为竞聘著名学者虽名为兼课、兼职仍支付全薪，有些学者收入可达1500元[2]；稿费版税收入，如他们在《大公报·文艺副刊》等杂志上的作品文章会有一定的稿费，若是出版专著或编书还会有版税的收入。

陶孟和的《北平生活费之分析》调查12家小学教员，平均月薪41.25元，最高50元1人，最低38元1人，9人均为40元[3]，小学教师的实际工资范围大约是30~50元不等。可见，虽然陶孟和的《北平生活费之分析》取自1926年的调查，但从20年代后期到30年代，由于社会各阶层的收入整体上、制度上没有明显的变动[4]，且当时也没有40年代的恶性通货膨胀，币值和物价都比较稳定[5]，因而《北平生活费之分析》一书中的调查材料也可以作为评判30年代社会各阶层收入的重要参考。

以上不难看出，教育系统中收入的等级差异还是非常明显的，大学教授的薪水差不多是小学教师的10倍。即使薪水只有大学教授收入的1/10左右，但调查显示，12家小学教员每家平均必需的生活支出仅为35.33元，而收入则为56.39元。[6]可见，小学教员的生活虽然还不能简单地认为是较为宽松的，但一般的生活水准还是可以保障的。即便如此，小学教员的数量也非常有限，大约仅为800余人[7]，和大学教授一样仍然属于小众群体。中学教员收入更为可观，大约100~200元，如果初、高中都授课的主要课程如国文、英语、算学的教员月薪

---

① 闻一多：《闻一多全集》第12卷，武汉：湖北人民出版社，2004年，1934年致饶孟侃及1937年致高孝贞的书信，分别见第272、294页。

② 陈明远：《抗战前夕北平文化人的经济生活》，《读书文摘》2011年第8期，第60页。

③ 陶孟和：《北平生活费之分析》，北京：商务印书馆，1933年，第83页。

④ 如这里给出的小学教员的薪金，以及上文提到的1927年之后大学教授待遇标准等，都没有大的改动。

⑤ 陈明远：《30年代中国文化人的经济生活》，《纵横》2000年第2期，第58页。

⑥ 陶孟和：《北平生活费之分析》，第85页。

⑦ 同上，第11页。

可超过200元。另值得一提的是，无论在大学还是中学任课教师的薪水绝对是最高的，其行政人员薪水每月大概30~100元，而勤杂人员则有时低至10元左右，最高不过40元。①

真正占社会中多数的还是最普通的劳动者。以陶孟和的调查为例，1926年北平贫富家庭的分布为：极贫户42,982、次贫户23,620、下户120,487、中户56,992、上户10,350；他给出的标准是：极贫户乃毫无生活之资者，次贫为收入极少若无赈济则不足以维持最低生活者，下户为收入仅足以维持每日生活者；而他重点调查的48家的收支情况是：收支相抵而有盈余者27家，入不敷出者21家；②这48家主要是由次贫户以及下户组成，所以全市有62.5%（极贫户、次贫户、下户占总数的百分比）的家庭低于或等于这48家的状况。该48家6个月的收入中：70元以下3家，70~110元28家，110~150元14家，150~190元3家；48家6个月内四组平均工资为：55.78、82.18、110.92、154.83元；6个月平均收入分别为：64.65、90.29、124.58、163.40元；月平均数字分别为：9.29、13.69、18.48、25.81元；10.78、15.05、20.76、27.23元。调查的48家中有36位人力车夫，半年工作平均时日为174日，每日平均净得工资为0.40元，一月全勤方得12元。③如此庞大的低收入人群的存在，使得当时的物价水准、消费水平也比较低，如该48家6个月平均每家4.58人，食品费支出72.25元，房租支出7.68元，衣服费支出6.94元，燃料费支出11.48元，杂费支出3.16元。月平均数字为食品12.4元、房租1.28元、衣服1.16元、燃料1.91元、杂费0.52元。④

以上的统计代表着的生活水准是北平市62.5%的家庭都未能达到或者刚刚达到的状况，由此看来，大约800人的小学教员的生活水平甚至可以归入中户一层，而为数更少的大学教授的收入则理所应当属于上户阶层（仅占总数的4.07%）。

"20世纪30年代物价低，香油与上等鲜猪肉等价，都是1圆钱4斤半，或每千克4角4分。比如三四个人吃炸酱面，自做肉丁炸酱一碗，5分钱就够了。红烧肉3斤下锅，成本不到1块银圆。"⑤由于物价的便宜以及币值的稳定，一直

---

① 参考陈明远：《抗战前夕北平文化人的经济生活》、《30年代中国文化人的经济生活》，分别见《文化人的经济生活》，第58、59—60页。
② 陶孟和：《北平生活费之分析》，第7—9页。
③ 同上，第8、32、78页。
④ 同上，第33页。
⑤ 陈明远：《抗战前夕北平文化人的经济生活》，《读书文摘》2011年第8期，第2页。

从20年代后期到30年代抗战前夕，北平普通一家人的生活开销大概在20～30元之间，而北平的较有名的文化人其生活水准远远超出此标准，四五口之家一月包括食品、房租、交通、娱乐、应酬在内，大约在80元甚至100元以上。他们的住宅常常是10多间房的四合院，如林徽因、周作人等人；而当时清华大学提供给教授们的免费住房更是豪华，如"闻一多所住46号'匡斋'是中式建筑，共有14间房屋。到了1935年初，闻一多、俞平伯、吴有训、周培源、陈岱孙等教授又迁入清华新南院，这是30栋新盖的西式砖房，每人一栋。条件更好，有书房、卧室、餐厅、会客室、浴室、储藏室，电话、热水一应俱全"①。在膳食方面当时的教授一般都雇有专门的厨师仆佣，有的甚至还聘请西式厨师，如金岳霖在回忆中写道，"我那时吃洋菜。除了请了一个拉东洋车的外，还请了一个西式厨师。'星六碰头会'吃的咖啡冰激凌和喝的咖啡都是我的厨师按我要求的浓度做出来的……这样的生活维持到七七事变为止"②。因为对于这些从欧美留学归国的教授来说，吃西餐、喝咖啡、茶会等都是日常生活中必不可少的元素，通过这些形式学者们虽然身处仍旧落后的中国，却可以"象征性"和"周期性"地缅怀和重温西方式的生活方式。③

小　结

以上对"京派"学院群体的收入概览以及和当时其他阶层的对比分析可以表明，他们处于国家教育系统中的最高层，经济状况在30年代北平的生活消费水平下，确实相当优越，至于优越到什么程度，可以参考海伦·斯诺（埃德加·斯诺的妻子）的记录，她曾在家信中写下这样的话"有时我以为东方最大的诱人之处，就是一切东西的价格都极其低廉，几乎不用花什么钱就可以过上皇后般的生活，"④这还是在她的生活消费水平比北京高不少的上海时的感觉，当1933年她和斯诺迁居北京后，特别提到了他们当时的生活状况：

① 陈明远：《30年代中国文化人的经济生活》，《纵横》2000年第2期，第58页。
② 金岳霖：《金岳霖文集》第四卷，兰州：甘肃人民出版社，1995年，第728页。
③ 许纪霖等：《近代中国知识分子的公共交往》，上海：上海人民出版社，2008年，第323页。
④ 海伦·斯诺：《旅华岁月——海伦·斯诺回忆录》，北京：世界知识出版社，1985年，第42页。

在北京时期，日常生活费大约是每月50美元——我们过的是王侯般的生活。每月买食品需80块银元，折合20美元，这还包括正式宴请在内。当汇率变化时，我们的花销更少了。房租是15美元，两个佣人每月8美元，中文教师5美元。①

请注意这里有海伦·斯诺形容他们的这种每月花费50美元（折合200～250银元）的生活为"皇后般的"和"王侯般的"，并认为"北京有一点象古罗马，同样是被媚居的好客的女主人和知识贵族阶层统治着。在辛亥革命推翻清王朝以后这座帝王之城变成了学生和学者之城"②，她口中的"知识贵族阶层"便主要指的是当时清华、北大、燕京的三校教授们。

所以，大体可以这样说：以大学教授这帮学院中人为主体的"京派"这样一个松散却又有相似的美学追求的群体的形成，与他们共同的日常生活情境有很大的关联；他们的经济收入大致都属于30年代北平的上层，待遇优厚生活优越，没有普通小市民生活的辗转、劳累之苦；他们在由多数生活贫困的大众所组成的北平社会中的位置，与传统的上层士大夫群体以及古希腊罗马的贵族阶层有某种程度的相似性；形成了既与古希腊那种追求纯粹、鄙视功利的贵族精神类似，又与传统文人的"君子不器"、情致高雅的士大夫情操相近的对于文学、艺术的一种超越性的态度。这种态度虽然排斥文艺这个"象牙塔"之外的诸多因素的干扰，如政治的、经济（商业）的等，但它的形成本身却反而恰恰依赖于一定的政治的（松散的意识形态）、经济的条件。

---

① 海伦·斯诺：《旅华岁月——海伦·斯诺回忆录》，第80页。
② 同上，第72页。

｜ 六、"绅"的嬗变
——《动摇》的一种解读 ｜

　　茅盾的首部长篇小说《蚀》三部曲之一的《动摇》，是鲜有的及时反映国民革命风貌的文学创作。这部小说触及了"他人所不敢关注的重大题材"①，又恰恰发表于国民革命失败这样敏感的时间段。因此，作品问世以后，饱受左翼阵营内文艺人士的激烈批判。面对革命文学派的攻击，茅盾的自我辩解，依然囿于阶级观念的定则，②这便进一步坐实了《动摇》反映阶级矛盾与阶级斗争的事实。

　　新中国成立后大陆学界对《动摇》等作品的解读，承继了左翼文艺批评的基本观念，并进一步强化了阶级斗争与阶级对立的色彩。新时期以后，学界对于曾经"唯此独尊"的阶级视角与分析方法进行了深入反思和全面否定。随着"阶级论"在文学研究阵地中的失守，文学研究回归审美成为新的主潮，茅盾作品也逐渐遇冷，甚至曾被一些研究者剔除出现代文学经典之列。近年来，随着海外汉学对国内现代文学研究影响的增强，茅盾笔下旖旎艳丽的时代女性所体现出的"现代性"，取代了民国社会激烈变革、冲突中显现的"阶级性"，成为国内茅盾研究的新特点。诚然，对《动摇》充满阶级对立和党派色彩的解读是以政治属性代替了小说人物形象的丰富性，陷入了政治窠臼而流于刻板；而对《动摇》中现代性的阐释却因对外来批评概念的放大化使用而往往流于片

---

　　①　茅盾：《英文版〈茅盾选集〉序》，丁尔纲编：《茅盾序跋集》，北京：三联书店，1994年，第218页。
　　②　茅盾在回应文坛对《蚀》的攻击时，承认自己所描写的对象是小资产阶级，但又指出面对大革命失败的动摇幻灭情绪，并非小资产阶级所独有。此外，他还强调"中国革命的前途还不能全然抛开小资产阶级"，并反驳了革命文学派对小资产阶级文艺的否定态度，进而为文艺描写小资产阶级正名。参见茅盾：《从牯岭到东京》，《小说月报》1928年第19卷10号，茅盾：《读〈读倪焕之〉》，《文学周报》1929年第8卷。

面，这都在不同程度上模糊了茅盾呈现社会历史演变的执着努力。

这两种对整个现代文学研究影响至深的解读模式，都遮蔽了《动摇》呈现的"动乱中国的最复杂的人生的一幕"①，脱离了现代文学发生发展的具体历史情境。

《动摇》中的士绅

正如有学者所指出的那样："几乎全部的茅盾小说，都有这么一个自觉意识到的政治革命或社会变动的背景。"②《动摇》正是这一特征的集中体现。因此，我们有必要回到《动摇》中茅盾所着力呈现的国民革命时期的社会风貌中去，重新认识和解读小说中的人物形象，深化对这部小说及茅盾整体创作的认识。

那么，茅盾究竟是从什么样的角度来揭示这一社会变动的？如果不是简单的阶级论，又是什么呢？

尽管，新时期以后，学界逐渐摒弃了秉持阶级论的文学研究范式，但曾大行其道的小资产阶级、封建地主阶级这样的概念却没有得到足够的清理。新中国成立后相关研究所使用的"小资产阶级"这一概念，更偏向于一种意识形态上的划分。其含义与毛泽东同志40年代发表的《在延安文艺座谈会上的讲话》中的观念密切相连。相关研究中使用的"小资产阶级"这一概念和茅盾与革命文学派论争时的"小资产阶级"，在内涵和外延上都存在差异，因而《动摇》中以方罗兰为代表的革命者归入小资产阶级范畴加以讨论，显然并不可取。至于所谓的封建地主阶级，是马克思主义传入中国以后出现的概念，指"占有土地，自己不劳动或只有附带劳动，而靠剥削农民为生的阶级"。③然而，《动摇》中反面人物胡国光的塑造大都是通过他的政治活动来完成的。关于他的叙述并没有任何经营土地、剥削农民的表述。封建地主阶级这样的概念显然无法阐释这个活跃于民国初年地方政界的人物。因此，我们有必要返回当时的具体历史情境，以中国社会自身形成的社会阶层概念重新描述小说中的人物形象。

在《动摇》中，茅盾对主要人物的身世背景做了明确的交代和细致的暗

①　茅盾：《从牯岭到东京》，《小说月报》1928年第19卷10号，第1138页。
②　王富仁：《现代作家新论》，太原：山西教育出版社，1998年，第53页。
③　金炳华主编：《马克思主义哲学大辞典》，上海：上海辞书出版社，2003年，第330页。

示。而这些身世背景的叙述正揭示了作者对于人物身份属性的认识。这些对不同人物的身份叙述共同指向了一个在中国传统社会中延续千年，新中国成立后逐渐消失的阶层——"绅士"。

绅士是中国现代文学中一类常见的人物形象，乡绅、士绅等称谓也常被用来指称这类人。在"绅"的身份认定上，史学界和社会学界存在不同的观点，对这一阶层也有绅士、士绅、乡绅等不同称谓。但中外学者基本上一致认为传统的"绅"这一阶层，是由退居乡里的官员、拥有科举功名者及其亲眷构成。①鉴于国内外学者的相关专著、国民革命时期的各类文献以及茅盾自己的小说文本和回忆录等都采用了"绅士"这一称谓，下文将统一使用"绅士"来指称这一阶层。

在科举制度废除之前，下层的绅士是由以"正途"的科举考试或者"异途"的捐纳获得较低等级功名者组成。上层的绅士阶层则由在科举正途中递升至较高功名，或者是有仕宦生涯者充任。②在传统四民社会，绅士阶层是中央政权与地方社会的中介。绅士阶层一方面是国家官员的后备力量，以国家意志管理地方事务；另一方面又代表地方和平民阶层与国家官僚机构沟通。"绅"与"民"之间界限明确，是一个有着有独特政治地位和社会地位的特权阶层。③

尽管绅士阶层往往占有相当数量的土地，但是"绅士之所以为绅士，并不是由于其必然地占有多少土地，而是由于其具有独特的政治地位和社会地位"④。单纯依靠占有土地剥削农民的封建地主阶层，无法享有绅士阶层的地位和特权，不能参与地方行政，在社会实际生活和户籍制度中，不过与庶民同列。⑤将绅士定性为封建地主阶级显然与当时特定社会历史背景不符。

在清季民初的现代化进程中，绅士阶层在政治权利结构的转型中发生了剧烈的演变分化。《动摇》中的人物形象所展现的正是国民革命背景下，传统绅士阶层的嬗变。

---

① 参见吴晗、费孝通：《皇权与绅权》，天津：天津人民出版社，1988年，第8、66、131页；张仲礼：《中国绅士——关于其在19世纪中国社会中作用的研究》，上海：上海社会科学院出版社，1991年，第18页；王先明：《近代绅士——一个封建阶层的历史命运》，天津：天津人民出版社，1997年，第6—10页；谢俊贵：《中国绅士研究述评》，《史学月刊》2002年第7期。
② 参见张仲礼：《中国绅士——关于其在19世纪中国社会中作用的研究》，第6—21页。
③ 杨小辉：《传统士绅与知识阶层的近代转型》，《学术界》2007年第6期。
④ 王先明：《近代绅士——一个封建阶层的历史命运》，第18页。
⑤ 瞿同祖：《清代地方政府》，范忠信、晏锋译，北京：法律出版社，2003年，第282—290页。

传统绅士阶层的三种嬗变

绅士作为国家官员后备军和平民意见领袖，是中国传统社会所特有的政治精英阶层。在中国的现代化进程中，绅士阶层往往处于时代变革的风口浪尖。在清末的改良革新运动中，"兴绅权"被视作"兴民权"的重要内容和救亡图存的中坚力量。①辛亥革命爆发以后，绅士阶层又成了各地光复的主要参与者。而在国民革命这场政治权利再分配的大规模政治军事行动中，与政治权利密切相关的绅士阶层又再次被推到了历史前台。国民革命初期，社会上就出现了关于绅士阶层的广泛讨论。在国民革命的整个过程中，绅士阶层更是成了革命政府所必须面对的既有政治势力。

茅盾作为深入参与国民革命工作的政治家，绅士阶级显然是他必然关注的革命对象。而对于小说家茅盾来说，要实现以《动摇》展现国民革命整体风貌的创作初衷，绅士阶层则同样是其中不可或缺的人物形象。小说中国民革命时期的社会乱象也正是在传统绅士阶层嬗变的底色上铺展开来。

传统绅士阶层在民国时期的嬗变所体现的是传统与现代两种不同社会结构之间的冲突与对话。在茅盾笔下，这种嬗变表现为三种不同的样态：一部分传统绅士在新兴的国家政治体制下，虽谨守正派绅士的道德节操，却丧失了参与现代政治的能力，失落了以往的特权和地位；一部分传统绅士家庭子弟则通过接受符合时代需求的新式教育，完成了向现代知识分子的转换，但这一新兴的社会精英阶层却疏离了先辈曾牢牢把控的基层社会；一部分传统绅士在辛亥革命和民国初年的政治变革中投机获利，继续充当地方政治的实际掌控者，并逐步劣质化。茅盾所亲历的社会风貌也正是在传统绅士阶层嬗变的三种样态中得到了生动的呈现。

在清季民初社会政治的剧烈震荡中，传统绅士阶层上层的一部分正派绅士疏远地方政务，其身处的旧式望族也因之逐渐衰颓。《动摇》中对县城陆氏一门的叙述正是对当时传统正绅隐退、旧式贵族失落的真实反映。国民革命背景下的小县城，除了革命者与劣绅的对阵之外，作者用了有别于整部小说的语言风格和叙事节奏来描述这支没落的贵族。这些对陆氏一门精雕细琢的叙述，蕴

---

① 王先明：《历史记忆与社会重构——以清末民初"绅权"变异为中心的考察》，《历史研究》2010年第3期。

含了许多值得玩味的细节。陆府位于"县城内唯一热闹的所在"①，坐落在以陆家姓氏命名的陆巷。陆府门前挂着"翰林第"的匾额，府内则是个三进的大厦。陆氏先人在前清极为显赫："陆家可说是世代簪缨的旧族。陆慕游的曾祖是翰林出身，做过藩台，祖父也做过实缺府县。"②清代，在科举殿试中获得一甲的状元、榜眼、探花可直接进入翰林院。"翰林作为科举制度所产生的金字塔形人才排列的顶类层次，备受世人的青睐与推崇，对明清两代尤其是清代的社会生活产生不可忽视的影响。"③顶级科场功名和高层仕宦生涯使陆氏一门获得了绅士阶层上层的尊崇地位。

此外，有学者曾测算，19世纪晚期，绅士加上直系亲属，约占当时全国总人口的2%，但却获得了国民生产总值的24%；绅士人均收入为普通百姓的16倍。④陆氏一门这样世代簪缨的绅士阶层上层，不但拥有极高的政治地位和社会地位，而且持有大量的社会财富。陆家就在县城最繁华地段有显赫府邸。小说处处在细节上凸显陆氏高门巨族的旧式繁华。

《动摇》中的陆氏一门被塑造为充满旧式风雅气息的贵族之家，是过去一个时代的缩影。茅盾以典丽古朴的语言风格和舒缓绵长的叙事节奏，塑造起一个正派传统上层绅士温文尔雅、正直豁达的形象，建立起高门巨族诗礼美德的传统氛围。

然而，小说在彰显陆府簪缨之家的贵族气质时，又不断暗示绅士阶层上层现下的落寞。陆府的古色古香是充满"伤感"的。"折桂"有科举高中之喻。而陆府"正厅前大院子里的两株桂树，只剩的老榦"⑤，无花堪折。陆府中的蜡梅"开着寂寞的黄花，在残冬的夕阳光下，迎风打战"⑥，显出明日黄花一般时过境迁的怅惋。因东汉大儒郑玄而扬名的书带草，本为后学儒生仰慕先贤的信物。但陆府的阶前书带草"虽有活意，却毫无姿态了"。⑦陆府的景象正暗示出陆三爹这样出身上层绅士家庭的读书人只能苟活乱世，而无力作为。陆府的人丁单薄更显出传统绅士阶层上层的衰退凋零。

---

① 茅盾：《蚀》，上海：开明书店，1941年5月普及本六版，第21页。
② 同上，第22页。
③ 邸永君：《清代翰林院制度》，北京：社会科学文献出版社，2007年，第6页。
④ 张仲礼：《中国绅士的收入——中国绅士续篇》，费成康、王寅通译，上海：上海社会科学出版社，2001年，第324—326页。
⑤ 茅盾：《蚀》，第23页。
⑥ 同上。
⑦ 同上。

晚清的变革与中华民国的建立，使如陆三爹一般身处时代骤变的传统正派绅士由于种种主、客观原因失去了掌控地方的地位和能力。"辛亥革命后，传统绅士借以安身立命的功名、学历和身份等级失去了制度支持和'合法性'。"①"民国建立，倡民权平等，绅士曾经拥有的传统特权和利益不复存在。"②出身翰林之家的陆慕游，虽然幼承庭训，却连一篇就职讲话稿也要假手于人。陆三爹本人也早已沉溺旧学，不问世事。出身于传统绅士阶层而缺乏现代教育背景的世家子弟，在民国的政治体制下，已不具备基本的政治技能。传统绅士阶层政治地位的丧失，使陆家这样的簪缨望族也不得面临着家计逐渐拮据的窘况。

在国民革命中经历了种种反绅浪潮和政治运动的茅盾，在《动摇》中，以明显带有偏袒与溢美的笔调塑造了与"劣绅"相对的"正绅"形象。从中我们可一窥出身于中下层绅士家庭的茅盾，对簪缨世家的正派绅士挥之不去的尊崇与敬畏。

在传统社会中，"正绅是社会秩序的维护者"，"又是百姓的楷模"，对传统基层社会发挥着领导、教化的作用。③伴随着清季民初的社会变革，陆三爹这样的传统正派绅士虽恪守道义品格，却在客观上失去了参与地方政治的条件，且在主观上也完全隐退于故家旧宅，无心世事。这也正是当时的湖北省"士绅阶级乃退于无能。公正人士，高蹈邱园"④历史局面的缩影。当正绅退出了基层管理以后，一些品行低劣者开始填补这些空缺。于是，有了胡国光这样假公济私，钻营奔走，危害地方的劣绅充斥于基层社会。

《动摇》中刻画的曾煊赫一时的陆家，在新时代中虽失落萧条，却仍充满旧式贵族的才情道德。小说对传统绅士阶层上层的细腻刻画，隐隐透露出亲历国民革命动荡局势的茅盾对正绅隐退的叹惋以及对正绅主事的怀想。同时，这部分叙述也避免了作为革命者的现代知识分子和作为反革命者的劣绅之间简单的二元对立局面。陆府这一门隐退的正绅，失落的贵族，构成了《动摇》所展现的国民革命时期基层社会乱象中一道深邃幽隐的背景，赋予了整部小说历史

---

①　王先明：《历史记忆与社会重构——以清末民初"绅权"变异为中心的考察》，《历史研究》2010年第3期。

②　肖宗志：《清末民初的绅士"劣质化"》，《贵州师范大学学报（社会科学版）》2004年第6期。

③　同上。

④　湖北省民政厅编：《湖北县政概况》，第1039页。转引自王先明：《历史记忆与社会重构——以清末民初"绅权"变异为中心的考察》，《历史研究》2010年第3期。

的纵深感。

当传统正派绅士在新兴的国家政体下逐渐隐退时，新兴政治力量也在其中暗暗生长。其实，《动摇》中作为革命"新贵"的现代知识分子，就正是从传统绅士阶层中蜕变而生的现代政治精英。然而，小说中这种民国时期特有的新旧社会精英阶层衍生关系，却长期被阶级立场和党派对立所遮蔽。

新中国成立以后，将方罗兰这样在国民革命中懦弱、动摇的青年革命者归入国民党左派，不免有规避政治风险之嫌。党派或阶级的身份定性，在很大程度上掩盖了方罗兰这一国民革命时期青年革命者典型形象丰富的层次性，也干扰了我们对这一小说主要人物的全面解读。

《动摇》中对方罗兰的家世背景有明确交代。时任县党部商民部部长的方罗兰是县城本地人，出身世家。世家即"旧时泛指门第高，世代做官的人家"①。他的家族与县城内簪缨望族陆家是世交，他的妻子是和他门当户对的贵族小姐。由此可知，这位青年革命者其实也出身于传统绅士阶层。小说中一方面暗示出方罗兰的家庭背景与属传统绅士阶层上层的陆府相当，另一方面又在书写他与陆氏这样没落贵族的区别。方罗兰出场之前，小说就借劣绅胡国光之口描述了他家的府邸。同样是世家，他的住宅已经没有了古色古香，家居摆设一应是新派气象。他的妻子是新式女性，他的家庭是新式家庭，他的职位是新式政权。在个人生活和革命工作两条平行的叙事线索中，我们所看到的已然是一个现代知识分子。若不是作者刻意点明他的传统绅士阶层出身，我们已经很难把他与纯然旧学背景的绅士联系在一起。这位出身于传统绅士家庭的革命者，已然完成了由传统向现代的转换。而实现这一转换的最重要环节就是方罗兰所接受现代新式教育。对于方罗兰这样出身于传统绅士阶层的青年知识分子而言，接受新式教育为他们提供了参与现代国家政治的基本资格。在国民革命时期，接受了新式教育的现代知识分子更是以社会精英阶层的身份成了革命政府的中坚力量。

从小说中，我们不难发现，现代教育赋予了方罗兰进步的政治观念和现代政治技能。与传统绅士阶层分化出的劣绅，将政治变革视为投机营私的契机不同，方罗兰这样传统绅士阶层中接受了新式教育的知识分子，对于革命和现代政治理念有着较为深刻的理解与认同。方罗兰对于自己的革命工作，是真心地信仰并愿意为之奋斗。

---

① 夏征农等编：《辞海》，上海：上海辞书出版社，2009年，第2070页。

在政治活动之外，小说对人物情感生活细腻、生动的表现也历来受到较多关注。方罗兰的婚外情也常被视作除革命工作外，小资产阶级革命者空虚、动摇的又一力证。[①]但抛开单一的阶级观念来看，这一情节本身体现了青年革命者方罗兰在思想观念上的进步意义。小说中方罗兰却无法坦然地直面自己对妻子之外的女人萌生爱意。相比之下，劣绅胡国光却能自然地游走于妻妾之间，左右逢源。这并不是一个反面人物卑劣之处的体现，而是旧有生活模式使然。

无论是从职业技能，还是思想观念来看，方罗兰这样出身于传统绅士家庭，并接受了高等教育和进步思潮洗礼的现代知识分子，都堪称现代意义上的社会精英阶层。若是抛开民国初年和国民革命时期的混乱无序局面，方罗兰这样的现代知识分子是能够成为常态社会中合格的地方管理者。阶级或党派的弱点和缺陷，显然无法解释这类人物在国民革命中的失败。

诚然，现代新式教育赋予了这些革命青年参与政治的"合法"身份。国民革命的深入和发展，更让他们获得了取代传统绅士阶层管理地方事务的机会。但是，当革命深入至基层社会时，小说中又透露出这些革命青年所依傍的现代教育背景构成了他们在处理地方事务时的严重局限。相对于传统的科举功名而言，新式现代教育在普通民众中极为缺乏认可和敬畏。《动摇》中即便是目不识丁的钱寡妇都对前朝簪缨之家的陆氏一门报有溢于言表的艳羡之情。但方罗兰这样的现代知识分子，在民众中却得不到基本的尊重和认同。从小说对他日常生活的叙述中，我们看不到他与平民阶层的区别。在政治工作中，他也只能依靠激进的革命言论来获得狂热民众的欢呼，且时时有被民众摒弃唾骂的危机。完成了传统绅士阶层向现代知识分子转换的方罗兰，尽管具备参与现代政治的能力，却已经丧失了传统绅士阶层在民众中的特殊地位与崇高威信。

另一方面，与传统的经学教育不同。这类现代学科教育旨在赋予新一代知识分子适应现代化工业社会的职业技能，使他们能够成长为新的社会体制和经济形态下的精英阶层。但这种新的教育背景却使他们疏远了蕴含在传统经学教育中的世情人伦。此外，与分散于乡镇的传统教育不同，新式学校大多集中于城市，特别是大都市。出身世家的方罗兰，其生活方式和观念已经在接受城市现代教育的过程中发生了极大的转变。

---

① 参见樊骏等：《茅盾的〈蚀〉》（节选自1955年《文学研究集刊》，第四辑《茅盾的〈蚀〉和〈虹〉》），见孙中田、查国华编：《茅盾研究资料》，北京：知识产权出版社，2010年，第529页。

知识背景和生活轨迹的巨大差异，使方罗兰这样出身于本县绅士家庭的革命者在基层社会中极度缺乏群众基础。连在地方政界经营多年的绅士胡国光也一直与他没有交往。在县城社会发生剧烈变动时，他仍一无所知地走在县城街道上，可见其在县城人脉关系的缺失。方罗兰在县城中的革命工作几乎都是通过集会演讲、开会讨论、投票表决、发电请示上级这几项程序完成。而这些程序实质上也只在革命者内部发生作用。从小说对方罗兰在县城革命工作的叙述中，我们几乎看不到民众的身影，民众仅仅是各种革命风潮下的抽象背景。

可以说，新式现代教育与传统社会顽固观念之间的矛盾，是传统绅士阶层分化出的现代知识分子在基层社会开展革命工作时，手足无措的重要原因。小说中流露出了对国民革命中这些现代知识分子现实困境的真诚同情与深切理解。这种情感也使《动摇》在发表之初饱受左翼阵营的攻击。但是，正因茅盾没有以刻板的阶级立场来规约自己的文学创作，才使得这部意在客观呈现社会历史的小说，展现出了社会历史本源的真实性与复杂性。

过去秉持阶级立场和党派观念对方罗兰这个人物的解读，漠视了清季民初社会骤变的特殊局面，也忽略了国民革命期间的具体社会形势。因而不免对《动摇》中塑造的方罗兰这一革命者形象造成误解。事实上，《动摇》中方罗兰这样的青年革命者，在国民革命中所犯的错误并不是小资产阶级这样的阶级属性和国民党左派这样的政治派别所造成的。国民革命失败后陷入悲观、失望情绪的茅盾没有落入之后革命现实主义的窠臼将革命者神化，而是真实描绘了他们在陌生鄙陋的基层社会展开革命工作时的无措与迷茫。同样出身于绅士阶层又接受了新式现代教育，并在国民革命中有深入实践的茅盾，以自己切实的生命体验与生动笔触，塑造了方罗兰这样一个出身传统绅士阶层，又通过新式现代教育完成身份转型的典型新兴精英阶层的形象，细致、真切地呈现出了这一类革命者在取代传统绅士阶层治理基层社会时的困局。

在中国由传统社会向现代社会的转换中，缺乏现代政治技能的正派绅士在国家体制激变的湍流中退居自守；接受了新式教育的绅士家庭子弟又在业已陌生的基层社会中水土不服。然而，在这新旧交替之间，一些半新半旧的人物却在政治权利再分配的乱局中通过投机钻营，填补了基层社会的政权真空。《动摇》中劣绅胡光国就是这一类人物的典型代表。

尽管茅盾自己否认胡国光是《动摇》的主人公，并声称"这篇小说里没有主人公"①。但胡国光却被评论者认作小说中"作者最着力的人物"②，他的活动也占据了大量篇幅。即便是严厉的批评者也承认，胡国光这一人物形象是国民革命中的典型。

小说在胡国光一出场就点明了他是本县的一个绅士。民国时期《动摇》的相关评论中，也都未将胡国光归入封建地主阶级。即便左翼批评家也只是将胡国光定性为"豪绅阶级的投机分子"③。小说其实对胡国光的身份属性有着明确的交代，并一直对其"家世背景"做了种种细致微妙的暗示与描述。但可惜的是，小说对此人身份的叙述一直未能引起研究者的足够重视。在人物出场不久，作者就谈道："这胡国光原是本县的一个绅士……辛亥那年……他就是本县内首先剪去辫子的一个。那时，他只得三十四岁，正做着县里育婴堂董事的父亲还没死……他仗着一块镀银的什么党的襟章，居然在县里开始充当绅士。"④这寥寥几笔的交代，提示了一些十分重要的信息。小说介绍胡国光身世时，其实暗示了他与传统绅士阶层的密切关联——当他借辛亥革命之机发迹时，他的父亲正做着县里育婴堂的董事。育婴堂在我们看来是个陌生的名词，但在清代却是地方常设的慈善机构，其主要功能是收养弃婴。⑤清嘉道以降，中央政府财政见绌，地方绅士力量兴起，育婴堂的建设管理逐渐由地方绅士掌握。⑥育婴堂的董事是"'孝廉方正'、'老成有德'的一人或数人……由正派士绅接办"。董事作为育婴堂的管理者，都是"品行端方，老成好善，家道殷实之士"，且"只尽义务，不拿薪俸"。⑦由胡国光的父亲出任育婴堂董事这一细节，我们可想见，胡国光大抵出自一方乐善好施的正派绅士之家，而非一般的地主。

在传统社会中，无论是客观实际还是法律规定，绅士的声望与特权都是能与家人分享的。⑧但胡国光却并非依靠父辈的传统绅士地位，参与基层社会政治事务。出身于传统绅士家庭，发迹于辛亥革命的胡国光，在民国初年的地方自治中确立了自身地位，完成了从旧式绅士阶层到掌控地方局面的新式绅士的

① 茅盾：《从牯岭到东京》，《小说月报》1928年第19卷10号，第1142页。
② 钱杏邨：《〈动摇〉书评》，《太阳月刊》1928年，停刊号。
③ 同上。
④ 茅盾：《蚀》，第4页。
⑤ 万朝林：《清代育婴堂的经营实态探析》，《社会科学研究》2003年第3期。
⑥ 参见常建华：《清代的国家与社会研究》，北京：人民出版社，2006年，第316—324页。
⑦ 万朝林：《清代育婴堂的经营实态探析》，《社会科学研究》2003年第3期。
⑧ 瞿同祖：《清代地方政府》，第301页。

演变。动荡时局下，胡国光这类地方绅士拥有比政府官员更强的稳固性："省当局是平均两年一换，县当局是平均半年一换，但他这绅士的地位，居然始终没有动摇过。他是看准了的，既然还要县官，一定还是少不来他们这夥（伙）绅士；没有绅就不成其为官。"①

而《动摇》中全然没有胡国光从事土地生产经营或与农民接触的叙述。反倒是用了相当的篇幅叙述这只"积年老狐狸"在国民革命动乱局势下的政治活动。可见封建地主阶级对于胡国光这类人物是极不适用的。胡国光这一人物所要展现的，是民国初年及国民革命时期，绅士阶层操控地方这一突出的社会特征。

胡国光不仅能够操纵民主选举，在革命者们为店员工会与店东的冲突左右为难，局势剑拔弩张的紧要关头，胡国光借着一番迎合过激群众运动的革命言论迅速"蹿红"，成了革命新贵。靠着这样的名声和口才，胡国光在县党部改选中被选为执行委员兼常务。他通过民主选举这样合乎现代政治体制的方式，进入了县一级国民革命政府的核心组织。靠着纯熟老练的政治手腕，胡国光不但摆脱了"劣绅"的罪名，还成了"激烈派要人，全县的要人"。②在个人生活上，他依旧畜养妾室，不懂得与新式女性打交道。在政治观念上，他也并不认同民国建立后民主与宪政的意义。新的政体不过是新的钻营游戏规则而已。

胡国光这一绅士形象的典型意义不仅体现在他的政治能力，还在于他展示了民国初年地方绅士的突出特征——"劣质化"。"作为社会恶势力，土豪劣绅历代皆有，但成为一个庞大社会群体，却是民国时期特定历史环境下的畸形产物。"③民国初年，地方劣绅假公济私、作恶多端成了一种普遍现象。各地广泛存在的劣绅是国民革命的主要对象。旨在表现国民革命现实的小说《动摇》全篇都贯穿着劣绅胡国光在革命中的投机与破坏。

传统社会对于绅士阶层的言行品德有严格规范。绅士阶层受到自身群体思想文化取向的影响，在品行方面需要为平民阶层做出正面的示范。除了道德上的约束外，绅士阶层还会受到制度上的管控。然而，"民国时期，绅民之间的

---

① 茅盾：《蚀》，第4页。
② 同上，第113页。
③ 李涛：《士绅阶层衰落化过程中的乡村政治——以20世纪二三十年代的浙江省为例》，《南京师大学报（社会科学版）》2010年1月第1期。

界限不复存在，法律和制度也不再对绅士阶层的行为作特别的约束"。①民国劣绅作恶多端所依仗的却是民主选举这样的现代政治制度。小说结尾部分，胡国光投靠反动军阀，攻打县城机关的血腥暴行，又是民国初年常见的乱象——军绅勾结。从小说中关于胡国光的叙述来看，我们显然无法用"地主"指称他的身份。在《动摇》中，胡国光实质上是民国特殊社会运行机制中，由传统地方绅士阶层演变分化出来的劣绅典型。

茅盾与绅士阶层

我们不难发现无论是秉持阶级论和党派立场对《动摇》中人物形象的解读，还是以"现代性"对"时代女性"形象与"革命"历史语境之间关系的阐释，都极大地曲解或简化了小说所极力呈现的社会历史图景。实际上，茅盾在《动摇》中以小县城为时代缩影，生动而深刻地展现了民国初年，激烈分化演变后的传统绅士阶层，在国民革命洪流中不同的人生样态，勾勒出了"绅"的嬗变——这一民国初年典型的社会风貌。

茅盾对绅士阶层的兴趣和关注也并没有止步于《动摇》这部早期创作。之后的《子夜》、《霜叶红似二月花》等小说创作也不同程度地展现着传统绅士阶层在民国社会中的演化、转型与坚守。

《子夜》中吴荪甫的舅父曾沧海就是当地"土皇帝"一般的老乡绅。公债市场投机者冯云卿也是"前清时代半个举人"②，属于有正途科举功名在身的绅士③。瓦解工潮的精干工厂管理人员屠维岳，其父是吴家祖辈老侍郎的门生④，故他也属于传统绅士阶层子弟。而因着吴老太爷的"祖若父两代侍郎，

---

① 肖宗志：《清末民初的绅士"劣质化"》，《贵州师范大学学报（社会科学版）》2004年第6期。

② 茅盾：《子夜》，上海：开明书店，1933年，第209页。

③ 乡试中副榜者，俗称为半个举人。清代在乡试除正榜外，另取一定名额的"副榜"，又称副贡。虽然，中副榜者一般不能如正榜者直接参加会试，但也算获得了正途的科举出身。参见刘成禺著，蒋弘点校：《世载堂杂忆》，太原：山西古籍出版社，1995年，第9页；李树：《中国科举史话》，济南：齐鲁书社，2004年，第284页；徐一士：《亦佳庐小品》，徐禾选编，北京：北京出版社，1998年，第341页。

④ 科举时代考试中式者对主考官自称门生，主考官则为座主。参见颜品忠等主编：《中华文化制度辞典·文化制度》，北京：中国国际广播出版社，1998年，第530—531页；李树：《中国科举史话》，第23页。

皇家的恩泽不可谓不厚"①。就连吴荪甫这位"二十世纪机械工业时代的英雄骑士和'王子'"也有着传统绅士阶层上层的身世背景。在《霜叶红似二月花》中，茅盾虽已不在人物出场时介绍他的身世背景，但结合文本细节及其所反映的历史时期来看，却更是地方绅缙阶层的故事了。

茅盾小说中有不少这样具有传统绅士身份的人物，即便是接受了新学教育的现代知识分子或是民族企业家也免不了要加上一个传统绅士阶层的出身。其实，不仅是茅盾，许多现代作家也都在自己的文学创作中，展示了民国社会中绅士阶层有别于以往时代的生活面貌和心理样态。鲁迅的小说中就常常直接以秀才、举人、绅士来指称其中的人物。这些小说以平淡的日常细节勾勒出了"绅"、"民"格局之下的风土人情。生长于前清高门巨族的张爱玲更是毫不避讳地揭着簪缨旧族华服之下的疮疤，展现出传统绅士阶层在皇权倾覆后的家族生活的种种畸形。此外，京派作家中的沈从文、师陀，左翼作家中的艾芜、沙汀等人也都在自己的创作中对绅士阶层有细致、独特的表现。

可以说，现代文学作品中的许多人物形象也都可以借助绅士这一概念加以重新解读。如果我们对传统社会绅士阶层的行为模式、心理样态和社会地位有一定的认识，那么我们就不能简单地用顽固、迂腐来描述那些现代文学中被归类为封建地主阶级的人物。对现代文学作品中绅士形象谱系的发掘与阐释，能让我们重新描绘现代文学的人物形象谱系。只有放弃过去以阶级为中心的人物形象界定，寻找民国时期自身的社会分层来观察现代文学，才能克服固有政治观念和西方文艺理论对中国现代文学研究的误导，从而切实地感受现代文学作品所展现的丰富而复杂的历史风貌。也只有进入民国时期的具体社会图景，众多现代作家不为人知的精神世界才有机会得以展现。

从茅盾小说中对劣绅这样负面形象的精细刻画，对传统正派绅士执事的美化与怀想以及对现代知识分子传统绅士阶层背景的刻意暗示中，我们会发现茅盾对绅士阶层有着满怀兴趣的把握和难以自拔的偏好，并在他的回忆录中对家世叙述部分与绅士有关的情节比比皆是。茅盾的外祖父为当地名医，但"要求正途出身的愿望依旧强烈。五十岁以前，每逢乡试，必然去考"，收门生也要求必须是秀才。②茅盾的曾祖父经商之余也抽空读书，还曾靠着捐纳的异途谋得官职。他的祖父虽乡试屡考不中，但也有秀才的功名。茅盾的父亲十六岁时

---

① 茅盾：《子夜》，第7页。
② 茅盾、韦韬：《茅盾回忆录》（上），北京：北京华文出版社，2013年，第5页。

也考中了秀才。回忆录中，茅盾多次提及自己的曾祖父希望儿孙辈能够从科场发迹，改换门庭。

茅盾父母的媒人是镇上的名望极高的绅缙卢小菊。茅盾幼年就读的乌镇第一所初级小学也为卢小菊创办。①茅盾的姑母嫁与卢小菊的儿子秀才卢蓉裳续弦后，卢小菊的孙子卢鉴泉也就成了茅盾的表叔。卢鉴泉与茅盾的父亲同年应考，有着前清举人的科举功名。在茅盾从幼年到青少年的求学经历中，卢鉴泉给予了各种方式的支持和帮助。茅盾进入商务印书馆编译所也得益于卢鉴泉的举荐。②此后，卢鉴泉在民国初年的商界、政界取得的地位和成就，也在无形中为茅盾树立了传统正绅在现代社会成功转型的范例。而传统社会向现代社会转型过程中的独特氛围又进一步强化了茅盾对传统绅士阶层的情结。"科举制废除本使道治二统分离，学术独立的观念从清季起便颇有士人鼓吹，到民国更成为主流；但民国教育反而呈现出比以前更政治化的倾向：知识界议政不断，也不乏直接参政者。"③而茅盾不但长期以文议政，而且在具体政治活动方面也有深入的实践。

茅盾自1920年十月间加入上海共产主义小组以后，就长期从事党的工作。④在国民革命中他担任过国民党中央宣传部秘书，⑤国民党湖北省党部机关报《汉口民国日报》主笔⑥。有学者从台湾地区搜集的"国民党特种档案"也显示，茅盾对国共两党党务的参与情况，远比学界目前掌握的更多。⑦可以说作为中国共产党的最早一批党员，茅盾参与政治活动的深度和广度是大多数现代作家难以企及的。而从新中国成立后茅盾所担任的政治职务上看，似乎可以说，他以科举仕途之外的道路实现了祖辈几代人改换门庭的愿望。

然而，茅盾终究是传统绅士阶层中接受了新式教育的现代知识分子，而无法如传统绅士阶层一般圆融知识与政治于一身。茅盾的长篇小说处女作《蚀》一经发表，就被中共视为"退党宣言"⑧。此后，茅盾积极主动地将政治意识

① 参见茅盾、韦韬：《茅盾回忆录》（上），第55—56页。
② 同上，第10—15页。
③ 罗志田：《清季科举制改革的社会影响》，《中国社会科学》1998年第4期。
④ 茅盾、韦韬：《茅盾回忆录》（上），第156页。
⑤ 同上，第261页。
⑥ 同上，第280页。
⑦ 杨扬：《台湾所见"国民党特种档案"中有关茅盾的材料》，《新文学史料》2012年第3期。
⑧ 陆定一：《大文学家茅盾》，见《陆定一文集》，北京：人民文学出版社，1992年，第867页。

渗透于文学创作的努力几乎从未停步。他的文学作品中满溢而出的政治思考总是与抑制不住的感性认识相互撕扯。传统绅士阶层参政济世的愿望使他自觉致力于政治思想的表达。现代知识分子独立思考的特性又让他不自觉地偏离政治意识形态预设的轨道。这种政治家与文学家的双重身份使茅盾的文学创作使呈现出了政治理念与感性认识的此起彼伏、错综纷扰，也导致了茅盾纠缠一生的矛盾。

｜七、是教育还是革命？
——历史情境中的《倪焕之》｜

毋庸置疑，无论给小说《倪焕之》贴上"教育小说"、"革命小说"或是"小资产阶级知识分子小说"等任何一个标签，都不能否认，小说的主要角色倪焕之在身份设计、心理活动以及人生轨迹上，都有叶圣陶个人经验的印记，这不是一般意义上的"一切的文学作品都是作家的自传"这样具有艺术化与抽象化的泛化描述与概括，这部小说内嵌的作者叶圣陶个人的经验与人生的历程使这部小说关联着作者所遭遇的社会历史变迁。

尽管收录于开明版《倪焕之》中夏丏尊的《关于〈倪焕之〉》和茅盾评论节选的《读〈倪焕之〉》①这两篇评论文字对这部小说有诸如"扛鼎之作"、"划一时代"这样的赞美之辞，但叶圣陶还是对这两位好友的批评性文字做了一次回应，他在1929年初版的《倪焕之》的《作者自记》中谈道："他们两位（按：茅盾和夏丏尊）的文字里，都极精当地指摘我许多疵病。我承认这些疵病由于作者的力量不充实，我相信这些疵病超出修改的可能范围之外。现在既不将这一篇毁了重来，在机构上，这些指摘竟是必不可少的部分。"②

"教育"与"革命"：不协调中的协调

茅盾对这部小说前后两部分不协调的观点，发展出是"教育小说"还是"革命小说"的争论。当然也有人将其归纳为"教育—革命小说"，这种观点

① 夏丏尊的《关于〈倪焕之〉》，节录茅盾的《读〈倪焕之〉》，与叶圣陶的《作者自记》，均附于开明书店十三次出版的《倪焕之》前后。
② 叶圣陶：《倪焕之·作者自记》，引自《叶圣陶集》（3），南京：江苏教育出版社，2004年，第285页。

在尝试弥合前后两部分不协调感的解释也远未抵达这部小说真正的追求。虽然这两种阐释都是基于这部小说的两个核心关键词，但在"教育小说"和"革命小说"的阐释过程里体现了完全不同的解读目的。"教育小说"的阐释者主要站在"教育学"的角度，突出这部小说涵盖的教育知识、教育意义和教育发展史，这样既突出了特点，进入了"部分历史"，又跳出了时代语境的某些"泥潭"，获得了一定的收获。"革命小说"阐释者的历史语境则更为复杂，这部小说被认为是"革命小说"主要是为了说明其革命的不彻底性，对于小说中片段的择取与阐释，成了重构历史的方式，"它形象地启示人们特别是知识分子：倪焕之所走的道路，是一条死胡同；主观上要求革命的知识分子，如果还想沿着倪焕之的道路走下去，其结局，也只能是悲观绝望，碰壁而死"。[1]本文同样认为，过去研究中"革命小说"的接受视野失去"拓新"的意义，在建立于新中国成立后三十多年的那类"革命"语境中，贴上"革命"标签进行读解，今天看来，已然毫无再深究的价值和意义。[2]这里的"革命小说"的标签由于具体历史语境，与小说中提及的"辛亥革命"、"国民革命"、包括《倪焕之》写作之年兴起的"革命文学论争"中诸多"革命"的话语立场显然是不同质的，还其本源，或对这个"革命"标签有崭新的发现。

  站在"教育"角度的有所发现和站在"革命"角度的有所批判都离不开这些阐释语境的对这部小说分析过程产生的影响，这两个角度本身，也反映出在研究过程中文本的"不协调"带来的解读契机。也有台湾学者这样批评道，"整部《倪焕之》的后三分之一，乃是草率的急就章，与前三分之二相对照，显然头重脚轻"。[3]诚然，在描绘前半部分倪焕之从事乡村"教育事业"的时候，作者以诗意的笔触，柔缓的叙事节奏描绘了倪焕之的生活，第二十章以后，叙述的节奏"仿佛"加快了。事实上这里包含着一个时间的跨度，这部小说文本描写的时间范围大约是1916年到1927年，算上借主人公回忆进行描写的辛亥革命前后，前二十章叙述的时间范围可以看成1909年到1919年这十年间倪焕之的生活状况。第二十一章表述了1920年前后倪焕之重逢王乐山，第二十二章直接跳到了1925年五卅运动。用前二十章叙述了将近十年的状况，之后的九

---

① 金梅：《"五四"前后小资产阶级知识分子思想历程的真实写照——读叶圣陶的长篇小说〈倪焕之〉》，《文史哲》1979年第3期。

② 参看陈思广：《〈倪焕之〉接受的四个视野》，《辽宁大学学报》2012年第3期。

③ 周锦：《中国新文学史》，台北：长歌出版社，1976年，转引自《中国现代作家作品研究资料丛书·叶圣陶研究资料》，北京：十月文艺出版社，1988年，第768页。

章内容描绘了1925年到1927年的倪焕之遭遇，按篇幅和描绘的时间跨度来看，事实上后半部分本因用近十章写两年间的事情会更深入一些，但"头重脚轻"这种直观感受的产生，包括评价者认为的前半部分比后半部分人物塑造更为得力的普遍认识，形成一种颇有趣味的观感上的矛盾。事实上这个矛盾的解答在于如何看待"教育"与"革命"这两大主题在小说中的变奏效果以及叶圣陶围绕的并非"经历"而是"心灵"的叙事风格。

　　从小说中，我们可以看到，"教育"的端倪，并非是倪焕之自觉的人生追求，辛亥革命的"种族的仇恨，平等的思想"带来的"新鲜强烈的力量"催生出倪焕之"要做一点儿事"的冲动，"一面旗子"、"一颗炸弹"、"一支枪"的暴力冲动与光复后"随即失望了"，"感到了人生的悲哀"使倪焕之过早地感受到了"革命"后并未带来理想的生活，甚至使他有了"跳下池塘去死的强烈欲望"。从"反感"开始，倪焕之当了小学教员，起初因种种不满让他感到从事的这份"教育"的工作是"堕落的"，从教三年后因一位同事的教育理念的影响，有了"严饰"、"地狱"而成"天堂"的转变，认准了"教育"这项事业是实践理想的途径。[1]通过开头这部分的描述，可以发现"革命"带来了倪焕之心态从高潮到低谷的一系列变化，辛亥革命以后带给他的失落感甚至绝望感，恰好是被"教育"曲折地拯救了。所以这部小说所谓前半部分的教育主题，也缀连着一个密不可分的命题，那就是"革命"！

　　这里描绘的场景源发于叶圣陶个人的经验，倪焕之投射出了叶圣陶的人生轨迹，辛亥年中学毕业没钱升学，小学教员"一连当了十年"，"职业的兴趣是越到后来越好"[2]，叶圣陶还谈到过一个"朋友"曾"萌生"跳入池塘的"怅惘"，是与倪焕之相似的境遇。某些学者甚至将其描述为叶圣陶个人萌生的自沉的冲动，这里面体会到了这样的情感，也罔顾了叶氏的自述。[3]叶圣陶这种失落的感情完全是个人经历的积淀，辛亥革命后，叶圣陶欢欣鼓舞，参加了江亢虎组织的中国社会党，抱有朴素的所谓"社会主义"的观念，这种观念在"不妨碍国家存废的基础上主张纯粹社会主义"[4]。在日记中，他满怀激情地记载了江亢虎的"社会主义"的演说，"无贫富之阶级"、"提倡社会教

---

① 叶圣陶：《倪焕之》，《叶圣陶集》（3），第15、16、17、18、22、25页。
② 叶圣陶：《过去随谈》，《叶圣陶集》（5），第304—305页。
③ 叶圣陶在《过去随谈》中明确说到，"这样伤感的青年心情我可没有"。
④ 参看周海乐：《江亢虎和中国社会党》，《江西社会科学》1989年第1期。

育"、"提倡工商实业"，"于是绝对的平等，绝对的自由方达"。①吸引叶圣陶的未必是某个宏大的"主义"，而是里面确凿的观点，其中的如"女性问题"、"教育问题"的思考也一直伴随着叶圣陶。二次革命的失败，北洋政府的专制，包括江亢虎个人的命运变迁，影响了叶圣陶，让他发现了"世界的虚伪"，"高悬五色之徽"，不过是"逢场作戏"②。从带有民族主义的"起我同胞扬轩辕，保护我自由，张我大汉魂"到"此是人间罪恶府，悲风惨日怪魔横"③的绝望，可以看到辛亥革命前后叶圣陶的心路变迁，正基于这点，才有了倪焕之的"在辛亥那年，曾做过美满的梦，以为增进大众福利的政治立刻就实现了。谁知道开了个新局面，只把清朝皇帝的权威分给了一般武人！"④。

这里并非要说明倪焕之乃是叶氏本人的自画像，而是通过叶圣陶个人的体验，再体会倪焕之这个角色塑造过程中作家构造的"镜像"之中内嵌的意义，可以发现"革命"未曾远离过倪焕之，只不过这一层"革命"的概念，包含了巨大的时间跨度和社会事件，而非某一特定观念就可解释，历经辛亥、"五四"、"五卅"、国民革命等事件的倪焕之对"革命"的理解，尤其值得重视。在小说中，"革命"是被拉长了其刻度的，可谓贯穿始终，而与这种"革命"的叙述相辅相成的，就是"教育"。

叶氏借蒋冰如与倪焕之的对话，道出了倪焕之最初的教育观念，"在各个人懂得了怎样做个正当的人以后"，世界会变得更具有"谅解与同情"，"养成正当的人，除了教育还有什么事业能够担当？一切的希望在教育。所以他不管别的，只愿对教育尽力"。蒋冰如则从反面谈道："教育兴了也有好多年，结果民国里会演出帝制的丑戏；这就可知以前的教育完全没有效力。办教育的若不赶快觉悟，朝新的道路走去，谁说得定不会再有第二回第三回的帝制把戏呢！"⑤从这方面来看，"革命"的后续工作，或者说"革命"之后的工作，从倪焕之们的角度来看须得要"教育"来完成。可见，上半部分尽管有很大篇幅，来叙述倪焕之的"教育理想"，但这个教育理想的出发点是"革命"。

---

① 叶圣陶：《辛亥革命前后日记摘抄·十五号》，《新文学史料》1983年第2期。

② 参看邓程：《叶圣陶的早期"革命"叙事》，《文艺报》2012年2月15日。

③ 叶圣陶：《大汉天声》、《送颉刚北行》，《叶圣陶集》（8），第6、23页。

④ 叶圣陶：《倪焕之》，《叶圣陶集》（3），第34页。

⑤ 同上，第35页。

"革命的教育者"

在军阀混战尤其是让倪焕之有更真切感受的江浙战争的背景之下，通过王乐山的引导，倪焕之又更新了自己的教育观，"教育该有更深的根柢吧？单单培养学生处理事物应付情势的一种能力，未必便是根柢"。叶氏参加国民党的经验与文本中倪焕之的经验又产生了契合，倪焕之找到了"组织"，重温了"革命"并生发出了崭新的意义，分辨了"今后的革命与辛亥那一回名目虽同，而意义互异，从前是忽略了根本意义的"，"如今已经捉住了那根本"，"根柢到底是什么呢？同时他就发现了教育的更深的根底：为教育而教育，只是毫无意义的玄语；目前的教育应该从革命出发。教育者如果不知革命，一切努力全是徒劳；而革命者不顾教育，也将空洞地少所凭借。十年以来，自己是以教育者自许的；要求得到一点实在的成绩，从今起做个革命的教育者吧"。倪焕之发现，教育的前面必须加以限定，即要做"革命的教育者"。[①]

事实上，在文本中的1924年至1925年春倪焕之思考"革命的教育"，并计划奔赴上海"工作"之际，叶圣陶本人也对"革命"这一命题进行了思考。

> "革命"这个词含着极广泛的意义。一切人物和行为，用"革命"这个词来形容这一部分，又用"反革命"这个词儿来形容另一部分，那就包括净了。拿治国故来说，墨守某先生的一家言，是反革命；打破家法，唯求研究对象的真际，是革命。拿行为习惯来说，拘泥礼俗，懦懦地唯恐逾越，是反革命；唯正确是求，唯意识之伸，是革命。拿社会常识来说，相信某阶级可以压制某阶级，宰割某阶级，而某阶级应该受某阶级的压制和宰割，是反革命；不相信上述的那些情形是正当的，要是当前有那些情形，就竭力反抗，竭力扑灭，是革命……反革命是以当前的状况为完美无缺的，革命是认为这些是尚待加以完善的；反革命像静定不波的湖泊，革命像包罗万象的海洋；反革命的前途像一幅白布，或者是一幅黑布，革命的前途却是真和善的国土，美的花园。
>
> ……所以我们歌颂革命，愿意推行革命，对于一切种种都希望永远

---

①　叶圣陶：《倪焕之》，《叶圣陶集》（3），第206—207页。

革命。①

从这段论述来看，这一时期叶圣陶对于"革命"的理解，是超历史、超政治、超文学的。这一方面有"反者道之动"的古老哲思，另一方面包含着叶氏依据个人经验的一个清晰判断，"革命"作为精神的"根柢"断然是极端必要的，但外化为一种自我解释的名目，则是有问题的。在历史文化方面，求真的态度展现革命；在行为方面，贯彻自由意志是革命；在社会政治方面，反对专制和极权是革命；在思想方面，批判精神则意味着革命。在这个解释的基础上，反观倪焕之要做"革命的教育者"，并非是"知识分子遭遇政治"的想象形态，而是保有上述的思想情态之后的自主选择。倪焕之当然不是叶圣陶，但倪焕之亦存在获得这种思想状态的可能，倪焕之身上浸润了叶圣陶的所思所想。

这种可能性出现在夏丏尊批评的与整篇小说不调和的第二十章，"抽象的"叙述"'五四'后思想界的大势"那里。叶圣陶写到，青年们被"五四"惊醒，"知道自己锢弊得太深了，畏缩得太甚了，了解得太少了，历练得太浅了"，"虽然自己批判的字眼不常见于当时的刊物，不常用在大家的口头，但确然有一种自己批判的精神在青年的心胸间流荡着。革新自己吧，振作自己吧，长育自己吧，锻炼自己吧"，从这般自我了解开始叙述，叶氏将自己的"五四"与倪焕之的"五四"进行对接，一方面这是叶圣陶自我心绪的表达，另一方面，也为解释倪焕之的人生选择与心理状况，奠定了基础。"一切价值的重新估定，渐渐成为当时流行的观念。对于学术思想，对于风俗习惯，对于政治制度，都要把它们检验一下，重行排列它们的等第；而检验者就是觉悟青年的心。"②在这里，反思精神和批判精神承接了"辛亥"以来的不安与探索的心理状态，演化着20年代以后直至"国民革命"时期的精神脉络。在这个篇章中，叶圣陶对"五四"精神涤荡的文化、政治与个人生活的各个方面进行的描绘，几乎可以看成是《"革命文学"》中观点的精神源头。

小说在洋洋洒洒地描绘了令人激动的"五四"以后，笔锋一转，让倪焕之遭遇王乐山。按照推断和历史的一般情况的演绎，倪焕之在经历"五四"以后

---

① 叶圣陶：《"革命文学"》，原载《文学》129期，1924年7月5日作，转引自《叶圣陶集》（9），第98—99页。

② 叶圣陶：《倪焕之》，《叶圣陶集》（3），第186—190页。

出现了一个人生的低潮。在小说中，叶氏将其描绘为倪焕之过了一段"隐士一般的生活"，王乐山的建议让倪焕之考虑到上海去"有组织的干"①。到上海去，也就是告别乡镇，到"革命"的中心去。对于倪焕之而言，他到底是去干什么的？借王乐山的回信，可以看到，倪焕之抱着的，还是"教育"的理想。王乐山回信"所述革命与教育的关系，也颇有理由"。倪焕之琢磨，"用到'也'字，就同上峰的批语用'尚'字相仿，有未见十分完善的意思"。倪焕之并未介意这语言背后的不屑，去到上海，按照王乐山的安排"不失教育者的本分"，去了一所女子中学任教。在任教期，"到'五卅惨案'发生时，他已习惯他的新生活"，②可是"五卅"又带给了他新的认知和经验。

此时，叶圣陶在描绘倪焕之时又夹杂了真实的个人境遇。发表于《文学周报》179期（另刊《小说月报》16卷7期）的《五月三十一日急雨中》，和小说的第二十二章和第二十三章以同样的情感和相似的基调，描绘了五卅惨案带来的惊心动魄以及叶圣陶的思考。删繁就简，可以发现在这两个文本中，同样出现了一个形象和这个形象说的一句话，"中国人不会齐心啊！如果齐心，吓，怕什么！"和这句话一同在响起的，还有倪焕之与"他们"那"咱们是一伙儿"的呼吁。③《倪焕之》文本中，作者借此让倪焕之进行自省，对自己知识分子身份的自己进行批评，对"青布大褂"的劳动者加之以崇拜，在《五月三十一日急雨中》，这种感情表述为"你喊出这样简要精炼的话来，你伟大！你刚强！你是具有解放的优先权者！——我虔诚地向他点头"。按照学界的某些观点，现代文学自"五四"以后，第一次由这一方面发现了知识者与劳动者的距离：知识者在革命中看到了拥有巨大的行动力量的劳动者群众。同一瞬间，知识者人物有了"自我渺小感"。④这一发现在20年代中后期开始，逐步被放大、凸显、利用，成了20世纪中国文学发展的一种思潮。

这两处文本的契合，事实上就是叶圣陶人生经验与小说创作的又一次重要的互动。小说写作的背后，不仅有大历史驱动的因素，更为具体和真切的，是这一代、这一类、这一个知识分子具体的生活与思考，这也使小说塑造的

---

① 叶圣陶：《倪焕之》，《叶圣陶集》（3），第198页。

② 同上，第207—208页。

③ 叶圣陶：《倪焕之》，《叶圣陶集》（3），第214页。另见叶圣陶：《五月三十一日急雨中》，《叶圣陶集》（5），第176页。

④ 赵园：《知识者"对人民的态度的历史"——由一个特殊方面看三四十年代中国现代小说》，《中国现代文学研究丛刊》1985年02期。

"象"背后有了一个真切的对应主体。

国民革命的乡村图景，倪焕之在国民革命期间接收学校，思忖着如何改良教育、提出乡村师范的计划，充满了激情与干劲，然而"四一二政变"之后的现实又使他陷入了失望与迷惘。"王乐山"被杀，密斯殷被凌辱，作为对历史的描述与回应，作者设计了这两处情节。这两个角色引起了很多人对于其现实指涉的追问，柳亚子1929年9月27日、10月2日、10月6日、10月8日致信姜长林，询问"王乐山"是否为侯绍裘，密斯殷是谁，在1931年的《左袒集》中，柳亚子写道，"刎颈侯嬴漫怨哀，已从稗史证丰裁"，稗史指的就是《倪焕之》，另诗写道："光轮未转骨先糜，一语深悲倪焕之。"[①]可见这部小说对于柳亚子而言，其中的现实指涉带来的冲击力和感染力远比其在艺术方面获取的成就更重要。

"知识分子"与"革命"

从一定意义上看，《倪焕之》的阐释史背后有个深刻的历史背景，即20世纪20年代末期知识界的精神状况的转变。事实上这一转变自20年代中期就已然出现，包括创造社在内的诸多作家，将自己的"理论、知识兴趣逐渐由文学转向社会和革命"[②]。背后的动机不一，在国民革命期间倪焕之的精神历程，夹杂着兴奋与软弱、希望与绝望。最终，叶圣陶让倪焕之死于伤寒（"肠窒扶斯"）——这种因为苍蝇、蟑螂等带病菌传播的疾病，结束了倪焕之的个人理想探索之路。

夏丏尊提到的"流于空泛的疏说"和茅盾的"文气松懈"，恰好是倪焕之精神状况和现实际遇的写照，"五四"、"五卅"、包括大革命失败的这些章节出现的文本裂缝，恰恰是我们进入叶圣陶精神世界的门径。作为"五四"一代知识分子，其人生历程与社会变革之际的诸多大事件有着纷繁的交叠，叶圣陶采用的回溯式的写作方式，先陈列大事件，再探究心灵史，更侧重的是心灵探索。在历史事件面前，知识分子既是启蒙者，也是被启蒙者。《倪焕之》几乎是作者对自己之前的小说创作生涯的一次总结，妇女与儿童、社会的边缘与底层人、乡村的教员、动荡之际的芸芸众生，在这部小说中，得以集中的展

① 商金林：《叶圣陶年谱长编·第一卷》，北京：人民教育出版社，2004年，第415—416页。
② 程凯：《1920年代末文学知识分子的思想困境与唯物史观文学论的兴起》，《文史哲》2007年第3期。

示。在"革命"这个词的召唤下，各色人等登上舞台，逃避"革命"的蒋冰如，拥抱革命的"王乐山"，利用革命的"蒋老虎"等，当然最重要的是在"革命"的名义之下充满希望又收获绝望的倪焕之。有研究指出：这部小说的结构应该是倪焕之的心理活动，而不是他的外部人生历程。①"教育"与"革命"这两个关键词汇，一方面是倪焕之人生历程中不断追求、不断认知的实践理想的方式，另一方面又是叶圣陶探索心灵的一种方式。茅盾对这部小说"时代性"特征的赞美，一定程度上偏离这部小说探索的方向。茅盾那种对于时代新人在不可逆转、不断进步的历史中承担宏大、庄严、广阔的历史责任，在倪焕之中，只是叙事结构中的焊点，而非主干。在这部小说中，主要展示的是"辛亥革命"后，倪焕之激动而又幻灭了，"五四来临"倪焕之激动而又幻灭了，"五卅"事件和"四一二清党"以后，倪焕之激动而又幻灭了。在这一基础上，叶圣陶描绘的是不断寻找、不断失去，在历史变革面前踌躇满志、雄心勃勃，却又在现实的面前被打击得粉碎的形象。倪焕之不断转换着生活的场景和生活的主题，职业的理想、爱情的理想、革命的理想，不断地破灭，"唉，死吧！死吧！脆弱的能力，浮动的感情，不中用，完全不中用！一个个希望抓到手里，一个个失掉了；再活三十年，还是一个样！"在"命运""循环"之中，倪焕之彻底失望。②德国汉学家顾彬将其解释为倪焕之"在面对中国社会向现代性转换中所承受的不能解脱的彷徨"，"现代性"在"根本上改变了中国作为一个诗歌古国的内在基础——民族文化的整体感"，③他的解释将这部小说的认知推向了"现代人状态"这个研究的视阈中。④亦有学人将叶氏的小说命名为"生存状态小说"⑤，这也是在现代性的视阈中的一种发现。从个人经验史的角度看，这部小说不仅是呈现"现代人状态"，更是凸显了叶圣陶个人经验与小说人物互动，开拓另一种视角。上述分析叶圣陶个人经验与小说文本中人物的精神契合，旨在点出"个人精神史"之于文学研究的意义，只有分析叶氏个人的"五四经验"、"五卅体验"、"认知革命"，才更为真切地理解塑造这一形象的动机和小说人物的性格发展。

---

① 冯鸽：《现代长篇小说之知识分子心灵叙事——重读〈倪焕之〉》，《西北大学学报》2010年5月第40卷第3期。

② 叶圣陶：《倪焕之》，《叶圣陶集》（3），第266、270页。

③ ［德］顾彬：《德国的忧郁和中国的彷徨：叶圣陶的小说倪焕之》，《清华大学学报》2002年第2期。

④ 陈思广：《〈倪焕之〉接受的四个视野》，《辽宁大学学报》2012年03期。

⑤ 阎浩岗：《重新认识叶绍钧小说的文学史地位》，《文学评论》2003年04期。

第三编
权力政治与中国文学的艰难开拓

中国现代文学的产生与发展，从始至终都负载着中国人民建构现代民族国家的理想诉求。在现代文学30余年的历史中，文学与政治的关系总是难解难分，政治权力场域成为影响和制约文学发展的重要力量。民国时期的政治权力场域一直处于风云变幻之中。从北洋政府时期的政权频繁更迭，到20年代后期开始的国共两党的朝野对立，再到日伪政府的出现，直至最后共产党的胜利和建国，各种政治势力之间的较量此起彼伏，由此也决定了文学发展的潮起潮落。

｜一、新文学开创史艰难的自我证明
——国民党的文化统制政策与《中国新文学大系》
（1917—1927）的诞生 ｜

　　当我们需要探究中国现代"文学"史、现代学术史的建构过程时，《中国新文学大系》（1917—1927）（以下简称"大系"）对学术研究视域的不可替代性价值，从近年来的诸多研究成果已可见出[①]。当然，对于大系，我们还可从赵家璧及其编辑艺术、大系的经济运作等角度作出研究，但"要论作家的作品，必须兼想到周围的情形"[②]，更遑论鲁迅先生特意指出过：评论者若不了解1933—1935年的文化政策的大略，"就不能批评近三年来的文坛。即使批评了，也很难中肯"。[③]当我们细读大系编辑与出版（1934—1936年）的资料时会发现，研究大系的出版与当年国民党的文化统制政策，尤其是1934年5月至1935年6月期间存在于上海的图书杂志审查委员会之间的关联，是深入探究大系除历史意义、学术意义之外的战斗意义、大系编辑者赵家璧的编辑艺术等方面的必要角度，也是窥测作为"中国新文学开创史的自我证明"[④]的大系艰难的诞生历程的一个可能性角度。

---

　　① 如徐鹏绪、李广：《〈中国新文学大系〉研究》，北京：社会科学文献出版社，2007年；罗岗：《解释历史的力量——现代"文学"的确立与〈中国新文学大系（1917—1927）〉的出版》，《开放时代》2001年第5期；温儒敏：《论〈中国新文学大系〉的学科史价值》，《文学评论》2001年第3期；杨义：《新文学开创史的自我证明》，《文艺研究》1999年第5期；李广：《现代文学研究视野中的〈中国新文学大系〉》，青岛大学2005年硕士论文；岳凯华：《知识分子与中国现代文学经典的建构》，《中国文学研究》2002年第3期，等等。

　　② 鲁迅：《且介亭杂文二集·后记》，王世家、止庵编：《鲁迅著译编年全集》第20卷，北京：人民出版社，2009年，第6页。

　　③ 同上，第16页。

　　④ 杨义：《新文学开创史的自我证明》，《文艺研究》1999年第5期。

1934：大系编辑理想的诞生与国民党的文化统制政策

　　与赵家璧编辑的前两套丛书——一角丛书和良友文学丛书——相比，第三套丛书，即今日所言说的大系，是他追求更有意义的编辑工作的成果。这"更有意义的工作"，就是"把编书当做一种具有创造性的劳动来干"，即"先在编辑头脑里酝酿形成一个出版理想，然后各方请教，奔走联系，发动和组织作家们拿起笔来，为实现这个出版计划而共同努力，从无到有，创造出一套具有特色的丛书来"。①大系是赵家璧的编辑理想自然生长的结果，但其出现的背景，显然不只存在这样一个单一的解读向度。细读赵家璧的《编辑忆旧》，我们可以发现他就读高小时《阿丽思漫游奇境记》、《新青年》与《新潮》对他的文学启蒙——《小说月报》、《学生杂志》、《弥洒》对他文学视野的拓展——大学期间半工半读，创办《中国学生》的尝试——毕业后专事文艺编辑，编辑出版了收录左翼作家、进步作家的新文艺等作品的"一角丛书"——进一步向新文艺作家组稿，编辑"良友文学丛书"②这样一条明显的线索。在这个意义上，赵家璧的编辑出版大系，正是其接近新文艺、编辑新文艺丛书这个链环上必然的一环。但问题在于，对于前者而言，为什么是赵家璧而不是其他以编辑为终生事业的文化人，最终编辑了大系？对于后者而言，为什么赵家璧于1934年而非其他年份萌发了编辑大系之志？

　　我们发现胡愈之、罗隆基、周扬等左翼作家和进步作家的著作使得"一角丛书""起死回生"的重要意义。正是在丛书销路的峰回路转这一过程中，赵家璧虽身处此时如"世外桃源，什么政治风浪都吹打不到它"③的良友图书印刷公司内，意识到了"考虑时代的和群众的呼声"，"必须大胆地冲向社会，向具有影响的作家组稿"④的重要性；而创造社元老之一的郑伯奇于"一·二八"事变后加入良友公司，又为"一角丛书"的组稿对象进一步偏向左翼作家提供了现实可能性。这套80种丛书的出版和热销，使作为编辑的赵家璧形成了与进步作家密切联系这个基本理念。丛书中丁玲的《法网》、郑伯奇

　　① 赵家璧：《从爱读书到爱编书》，《编辑忆旧》，北京：三联书店，1984 年，第19页。
　　② 参见赵家璧《我是怎样爱上文艺编辑工作的》、《使我对文学发生兴趣的第一本书》、《我编的第一部成套书》、《鲁迅为〈良友文学丛书〉开了路》等文，均见《编辑忆旧》一书。
　　③ 赵家璧：《我编的第一部成套书》，《编辑忆旧》，第22页。
　　④ 同上，第29页。

的《宽城子大将》、钱杏邨的《创作与生活》先后被国民党查禁，使得良友公司不再是国民党中宣部的免审对象。当"良友文学丛书"出版了鲁迅的《竖琴》、《一天的工作》，并于1933年6月"把刚刚被捕的丁玲创作未完成长篇小说《母亲》，大事宣扬地出版了"①之后，因为其"出版'赤色作家所作文字，如鲁迅、茅盾、蓬子、沈端先、钱杏邨及其他作家之作品'"②，"一向平安无事的良友公司也开始引起国民党特务机关的注意了"，而这体现，就是11月13日上午，良友公司门市部的大玻璃被国民党派去的暴徒用大铁锤击破③这一事件的发生。

1934年，在赵家璧眼里，这是"正当中国黎明前最黑暗的年代"④；在茅盾眼里，这是"动荡"的一年，是"练拳的人""把一个一个扑上身来的'沙包'打开去"的，"'文坛'在荆棘满布，枭狐窥伺的路上挣扎"⑤的一年，是国民党施行文化围剿与左翼作家在党的领导下进行反文化围剿斗争的一年；在林风眼里，1934年就是一个"复古年"⑥；在郭沫若眼里，1934年就是一个"历史年"⑦……所有的这些"命名"，都来自作家们在1934年痛苦的文学/生存体验。而其共有的大背景，正是国民党为配合第五次军事围剿而发动的文化围剿。

这种文化围剿分为两个向度，围剿进步书店、书刊、著作，以及发动全国范围内的"新生活运动"、推行民族主义文艺，并且同时展开。

对前一个向度而言，1934年的核心动作，是图书杂志审查委员会的成立与开展工作。

承接着1933年的逮捕左翼作家如丁玲（5月14日）、强迫《申报·自由谈》

---

①　赵家璧：《鲁迅为〈良友文学丛书〉开了路》，《编辑忆旧》，第62页。

②　同上，第63页。

③　同上，第62—63页。值得注意的是，赵家璧在该文中所言事件的发生时间是12月13日，验诸他的其他回忆文字、鲁迅《〈准风月谈〉后记》、茅盾《我所走过的道路》（中）的相关叙述，可知时间是11月13日。

④　赵家璧：《编辑生涯忆鲁迅》，北京：人民文学出版社，1981年，第54页。

⑤　茅盾：《我走过的道路》（中），北京：人民文学出版社，1984年，第266页。

⑥　林风在《辟复古》一文中说："民国二十三年不是什么妇女年，也不是什么儿童年。民国二十三年应该叫做复古年。从提倡礼义廉耻到举行祭孔大典，颁布保护孔裔命令，复古运动已达到最高潮了。"《清华周刊》42卷第1期，1934年10月22日。

⑦　郭沫若说："一九三四年这个年头大约是历史年。读者只消把日本报纸的第一面所登的书籍广告来一看，便可以知道这一个年头所出的关于历史一门的书籍是怎样的多……我们大中华民国呢……人们在主张'读经救国'了，岂非'青出于蓝'吗？"，谷人（郭沫若）：《历史和历史》，《太白》第1卷第6期，1934年12月5日。

主编黎烈文发表《多谈风月》的声明（5月25日）、暗杀中国民权保障同盟总干事杨杏佛（6月18日）、捣毁艺华电影公司摄影场（11月12日）、击破良友图书公司门市部的大玻璃（11月13日）、捣毁《中国论坛》（11月14日）、袭击神州国光社（11月30日）、查禁《生活》周刊（12月）等而来的是，1934年2月19日，国民党上海市党部向上海各书店发送了其奉国民党中宣部查禁"反动"书刊的正式公文。当时查禁书籍有一百四十九种之多，牵涉书店二十六家，牵涉的作家有鲁迅、茅盾、郭沫若等数十位。于是"书店老板，无不惶惶奔走，继续着拜年一般之忙碌也"。① 于是，2月25日，上海出版界以中国著作人出版人联合会出面，派出代表向市党部请愿。应国民党上海市党部的要求，随后又举行了鲁迅所言的"党官、店主和他的编辑们"的会议，

> 这时就有一位杂志编辑先生某甲，献议先将原稿送给官厅，待到经过检查，得了许可，这才付印。文字固然绝不会"反动"了，而店主的血本也得保全，真所谓公私兼利。别的编辑们好像也无人反对，这提议完全通过了。②

接着，上海书店老板们就再次呈文。在第7条中，他们提出："以后出版书籍，除一律遵照出版法于出版后呈送内政部外，如商店等认为出版后或许发生问题者，得将原稿呈请中央党部或各级党部指定之审查委员会或审查机关先行审查，俟奉准许后再为印行，并将准许证刊入书中。"③这样的建议，正中中国民党中宣部官员们的下怀，于是，1934年4月5日，《中央宣传委员会图书杂志审查委员会组织规程》被讨论通过，并且还决定了"审查的范围先限于文艺和社会科学"、"先在上海试办"这两条。紧接着，国民党中宣部在上海成立了图书杂志审查委员会，并于1934年6月1日正式开展工作。就在6月1日这一天，国民党中宣会特意颁布了《图书杂志审查办法》。

"事前送审制"与以前的《出版法》、《出版法施行细则》、《宣传品审查标准》一起，形成了一个更为严密的文网。而且，较之其他审查法律，原稿

---

① 鲁迅1934年2月24日致郑振铎信，王世家、止庵编：《鲁迅著译编年全集》第16卷，第63页。

② 鲁迅：《〈且介亭杂文二集〉·后记》，王世家、止庵编：《鲁迅著译编年全集》第16卷，第13页。

③ 转引自倪墨炎：《图书杂志审查委员会从产生到消亡》，《现代文坛灾祸录》，上海：上海书店出版社，1996年，第215页。

送审制更为严酷：检察官们可以把一切他们认为反动的图书杂志扼杀于摇篮之中，使事后送审制下书店老板因试图收回成本而想方设法销售所出书刊的可能性成为妄想。

对后一个向度而言，1934年的核心动作，是国民党在推行民族主义文艺的同时，于1934年2月19日开始发动的全国范围内的"新生活运动"。以"礼义廉耻"这所谓的"四维"为核心，而以尊孔读经运动的进一步推行为外表的"新生活运动"，凭借着政府的强力推行，在1934年内开展得轰轰烈烈，以至于最初一个月后，胡适就感觉到"新生活的呼声好像传遍了全国"[①]，鲁迅则说："今年的尊孔，是民国以来第二次的盛典，凡是可以施展出来的，几乎全都施展出来了。"[②]如果说成立图书杂志审查委员会是为了禁止反动言论的流布，那么，国民党自己推行民族主义文艺以及新生活运动，则是为了宣传其法西斯主义，并试图以之来统治国内思想、文化界：两者正是国民党实施文化围剿的文化统制政策中最重要而又相辅相成的两个维度。

这两个维度的同时展开，对进步文化界施行的正是经济、文化、思想三个层面的压迫。在这种多重压迫搅动之下，上海出版界出现了"翻印古书的风气正在复活，连明人小品也视同瑰宝拿出来翻印"[③]、"大量古书成批翻印，报上经常刊出满幅广告"[④]的怪现状。当我们关注到赵家璧编辑大系的动议出现时背后宏大的思想——文化之网，我们或许就不会将他的编辑大系，简单地看成是他的编辑理想或者既往编辑经验的自然发展。或许，这样的判断才比较符合事实：国民党文化统制政策导致的出版界"翻印古书"的现实，启动了赵家璧进行"整理编选"的思路；他作为出色编辑的锐敏直觉，既往的编辑经验和与进步文坛已有的交流，使得他将整理编选的对象锁定为五四新文学运动以来的文艺作品；此外，他那编成套书的编辑理想，最终使得他一步步地将自己将要进行的工作，从编辑"五四以来文学名著百种"慢慢过渡至编辑"中国新文学大系"（1917—1927）。

---

① 胡适：《为新生活运动进一解》，《独立评论》95号，1934年4月8日，第18页。
② 公汗（鲁迅）：《不知肉味和不知水味》，《太白》第1卷第1期，1934年9月20日。
③ 甘乃光为《中国新文学大系》（1917—1927）的出版而写的感想，赵家璧：《话说〈中国新文学大系〉》，《编辑忆旧》，第211页。
④ 赵家璧：《话说〈中国新文学大系〉》，《编辑忆旧》，第160页。

1934—1935：大系角色的配搭与图书杂志审查委员会

大系之所以成为文学经典，与赵家璧所组织的编选者队伍的权威性密切相关——编选《建设理论集》的胡适、《文学论争集》的郑振铎、《小说一集》的茅盾、《小说二集》的鲁迅、《小说三集》的郑伯奇、《散文一集》的周作人、《散文二集》的郁达夫、《诗集》的朱自清、《戏剧集》的洪深、《史料·索引》的阿英，在现在的我们看来，正是各集编选者的不二人选，而为大系写总序，更是非蔡元培莫属。"倘使拿戏班子来作比喻，我们不妨说《大系》的'角色'是配搭得匀称的。"①姚琪在大系的小说一集出版之后，在评论文章《最近的两大工程》中作出的如此评价，在现在看来依然是精准的。

但当我们详细追溯大系的建构过程时，我们有必要追问以下两个问题：一是大系这个"戏班子"为何是这些人的配搭？二是这些人的配搭过程与当时的思想—文化背景有何关联？

其实，大系这个"戏班子"内角色的配搭，经过了漫长的调整过程。由《话说〈中国新文学大系〉》一文我们知道，1934年3、4月至7、8月间，赵家璧在自己查阅图书馆资料、参观阿英的藏书的基础上，经由郑伯奇和阿英的帮助，明确了编辑大系的必要性和基本轮廓问题，"但如何分卷，请那些人来担任编选，全未着落"。②在随后一段时间里，赵家璧逐一确定了各集的编选者。大系编选角色的确定及其如何配搭，是在郑振铎、郑伯奇、茅盾、阿英以及施蛰存的相互推荐与往返讨论中初步确定的。其人选确定的标准有三：一是所选对象在五四新文学发生发展过程中的贡献、地位；二是所选对象的个人优长；三是基于平衡政治立场的考虑。事实上，正是这样一份包括了左、中、右不同阵营作家的编选者名单，才受到了良友总经理伍联德的高度赞赏，也才没受到图书杂志审查委员会的项德言的更多刁难。

说没受到"更多刁难"，是因为赵家璧于1934年12月将编选名单送给项德言审核时，曾被要求"更换"鲁迅和郭沫若这两位原拟定的编选者。当良友公司以500大洋买下项德言拙劣的书稿《三百八十个》，他才答应了"鲁迅的名字不动，将来《大系》全部文稿，必须予以照顾，不能有意挑剔"③的条件。

---

① 姚琪：《最近的两大工程》，《文学》5卷1号，1935年7月。
② 赵家璧：《话说〈中国新文学大系〉》，《编辑忆旧》，第169页。
③ 同上，第193页。

但是"郭沫若的名字绝对不行"，因为"郭沫若写过指名道姓骂蒋委员长的文章"①。基于打压郭沫若的文网如此严密的事实，为了发行大系，赵家璧唯有选择"临阵换将"：一方面他自己和郑伯奇"分别写信去日本向郭沫若郑重道歉，说明实情后，蒙他鉴谅"，另一方面，"请教了茅盾和郑振铎，改请在北平清华大学的朱自清担任……他和郑振铎都在北平执教，这件事，我又函托郑振铎代邀"②，朱自清虽感意外，但最终还是答应了。于是我们才看到了朱自清编选的大系之诗集。

综上可见，正是由于国民党图书杂志审查委员会的存在，才使得朱自清代替郭沫若进入了编选阵营，也才使得胡适与周作人进入了编选者这个"戏班子"，形成了一个立场复杂的名单。然而，更重要的问题在于，即便就是郑振铎、茅盾、阿英、鲁迅、郑伯奇等之所以答应加入编选者阵营，也并非与国民党图书杂志审查委员会及国民党的文化统制政策无关。

另一方面，郑振铎、茅盾、阿英、鲁迅、郑伯奇这几位的加入，还与他们意在抵抗当时国民党实行的文化围剿相关。

阿英听说赵家璧的编辑构想后，特意强调了编辑这套书除有"久远的历史价值和学术价值"之外，"在当前的政治斗争中具有现实意义"③，而在为《大系样书》写的《编选感想》中，他指出："良友图书公司发刊《中国新文学大系》，其意义可说是高于翻印一切的古籍，在中国文化史上这是一件大事。"④在与赵家璧的第一次交流中，郑振铎"对最近掀起的一股读经、祀孔的逆风极表愤慨，认为这样做，无异在走回头路，把过去的革命运动视为多此一举。因而对编辑《大系》之举，认为非常及时，极有意义"。⑤并且认为，有了"文学论争集"，"至少有许多话今天省得我们重说，也可以使主张复古运动的人省得重说一遍"⑥。而在后来所写的《编选感想》里，郑振铎说的是："将十几年前的旧账打开来一看，觉得有无限的感慨……然而更可怪的是，旧问题却依旧存在（例如'文'、'白'之争之类），不过旧派的人却由防御战而突然改取攻势了。这本书的出版可以省得许多'旧事重提'，或不为

---

① 赵家璧：《话说〈中国新文学大系〉》，《编辑忆旧》，第192页。
② 同上，第194页。
③ 同上，第164—165页。
④ 同上，第175页。
⑤ 同上，第171页。
⑥ 同上。

无益的事罢。"①而茅盾这位对大系的成型提供过诸多帮助之人，在其编选的小说一集出版前夕，发表了名为《十年前的教训》这一值得重视的文章。他以隐晦之笔，从刘半农的《初期白话诗稿》讲起，其核心却在于说些"小说一集《导言》中不便讲的话，即对比一下新文学运动的前十年和后十年"②。茅盾通过总结既往的旧账而批评甚至批判现在，而对现在国民党的文化统制政策进行清算，这与其将《中国新文学大系》的编辑纳入1934年的反文化"围剿"斗争之内来叙述③，正相吻合。而他对"现今"事态的提示，再次提醒我们，应注意大系与当时国民党的文化统制政策的关联。

此外，大系这个"戏班子"的重要角色——鲁迅的确定过程，直接与图书杂志审查委员会相关。

1934年11月间，赵家璧在郑伯奇陪伴下，去内山书店看望鲁迅，大胆请他编选"杂牌军"——新潮、语丝、莽原、未名等社团作家的小说选，鲁迅"仅略略表示谦让，当场就答应了"。④但临别时，他表示了忧虑："你们来找我同意为你们编选这本集子还是一件容易的事，检察官是否同意，你们倒要郑重考虑的。"⑤赵家璧深知必得过审查会这个鬼门关，总经理伍联德也提醒他把这份组稿名单先送给审查官们审，并嘱咐赵家璧见机行事，结果，项德言在穆时英的帮助下敲诈了良友公司500大洋。

但在12月26日，鲁迅因《病后杂谈》一文被检察官删得只剩四分之一，大怒之下，决定不再参与编选大系了。在写给赵家璧的信中，他说：

> ……我决计不干这事了，索性开初就由一个不被他们所憎恶者出手，实在稳妥得多。检察官们虽宣言不论作者，只看内容，但这种心口如一的君子，恐不常有，即有，亦必不在检察官之中，他们要开一点玩笑是极容易的，我不想来中他们的诡计，我仍然要用硬功对付他们……⑥

忐忑的赵家璧，在1935年新年前后，请郑伯奇陪同着去看望鲁迅。

① 赵家璧：《话说〈中国新文学大系〉》，《编辑忆旧》，第172页。
② 茅盾：《我走过的道路》（中），第283页。
③ 茅盾：《一九三四年的文化"围剿"和反"围剿"》，《新文学史料》1982年第4期。
④ 赵家璧：《话说〈中国新文学大系〉》，《编辑忆旧》，第181页。
⑤ 赵家璧：《鲁迅怎样编选〈小说二集〉》，《编辑忆旧》，第227页。
⑥ 鲁迅致赵家璧信，王世家、止庵编：《鲁迅著译编年全集》第17卷，第286页。

他又把关于审查官如何乱删《病后杂谈》的事更详细地谈了一遍。他担心照此下去，什么好书都不用出了。……我们恳切地要求他体谅编辑出版者的苦衷，收回成命。至于将来《小说二集》送审时，选材问题，估计不大，导言方面，我们说，将尽一切力量争取做到保持原来的本来面目。鲁迅思索了很久，最后点头答应了。但是对审查制度的愤懑之情仍然溢于言表。临别之前，他对我们说，将来序文和选稿送审后如有删改之处，可由我们代为决定，不必再征求他的同意了。①

在随后的1月8日，鲁迅收到了赵家璧寄去的出版合同。于是才有了我们今日所见的《中国新文学大系·小说二集》。

综上可见，赵家璧在郑伯奇等的帮助下配搭大系的"角色"时，有明确的平衡政治倾向以通过审查的考虑，其诗集"角色"的调整，更是图书杂志审查委员会的"功劳"；而这些被配搭的角色之所以认可赵家璧的这一编辑动议，也是基于他们反抗国民党的文化统制政策的深层动因；鲁迅答应参与大系编选阵营的波折，更表明了大系诞生与国民党图书杂志审查委员会的关联。在这个意义上，正是图书杂志审查委员会与国民党的文化统制政策，促成了本已分属左、中、右不同阵营的新文化先驱们的一次重新集结，而编辑赵家璧此期所起的作用，一是提出编辑大系这个具有足够魅惑力的计划，二是穿好针，引好线。

1935：大系的编选与图书杂志审查委员会

经过"临阵换将"、高价购书、鲁迅退出这几大风波之后，大系各集的编选者终于尘埃落定。各位编选者接着进行选材与编辑，并写就导言，这就成就了我们现在所见到的全套大系。

由于大系编选的是1917—1927年间的文学理论以及作家作品，所以在选材上并没有多少可以触碰到审查官们敏感神经的地方，这从项德言和赵家璧的言说中可以看出②。从现有资料来看，唯有鲁迅曾担心过所选材料——黎锦明、台静农和向培良三位的作品——会被审查官们抽、删。对于黎锦明、台静农的

---

①　赵家璧：《鲁迅怎样编选〈小说二集〉》，《编辑忆旧》，第232—233页。

②　项德言说："整理五四以来十年的旧作问题不大，将来可尽量帮忙。"赵家璧向鲁迅说："至于将来《小说二集》送审时，选材问题，估计不大。"见赵家璧：《编辑忆旧》，第192、232页。

作品，鲁迅的做法是将二者各多选一篇，"如果竟不被抽去，那么，将来就将目录上有×记号的自己除掉，每人各留四篇"。而对向培良的《我离开十字街头》，他觉得是其代表作，所以选入了，但由于担心版权问题，所以特意向赵家璧提出，请他"酌定"，又说："假使出版上无问题，检阅也通过了，那就除去有×记号的《野花》，还是剩四篇。但那篇会被抽去也难说。"此外，鲁迅还说：

> 此外大约都没有危险。不过中国的事情很难说，如果还有通不过的，而字数上发生了问题，那就只好另选次等的来补充了。①

与选材比起来，更容易受到删削的，是编选者们的序言。"今年设立的书报检查处，很有些'文学家'在那里面做官，他们虽然不会做文章，却会禁文章，真禁得什么话也不能说。"②这是鲁迅由实际斗争经验得出的结论。事实上，所有编选者在写导言时，都或多或少注意到了图书杂志审查委员会官员们的存在。所以当我们读各位选家所写的导言时，看到阿英、郑振铎、茅盾等一再提及"大系的编辑体例"字样，从他们当时所处的思想—文化语境出发，我们当能看出这种自我约束的努力③。比如，鲁迅在写给赵家璧的信中就说："序文总算弄好了……但'江山好改，本性难移'，无论怎么小心，总不免发一点'不妥'的议论。如果有什么麻烦，请先生随宜改定，不必和我商量了。"④这"无论怎么小心"，正透露了鲁迅在写作序言的过程中的自我警醒。其实，这种自我约束之下写就的序言，只能是"死样活气"的，因为鲁迅在回复徐懋庸请其作序的信中就曾说过："序文我可以做，不过倘是公开发卖的书，只能做得死样活气，阴阳搭戤。"⑤鲁迅为大系所写的序言，不仅是"公开发卖"，而且还关系到其他各集能否通过审查，所以，自己把"骨头"抽去，正是必然的选择。而茅盾则因为有太多"小说一集《导言》中不便讲

---

① 鲁迅致赵家璧信，王世家、止庵编：《鲁迅著译编年全集》第18卷，第94页。
② 鲁迅致刘炜明信，王世家、止庵编：《鲁迅著译编年全集》第17卷，第317页。
③ 例如，阿英《序例》中说："依照《中国新文学大系》的整个编辑计划，和《史料·索引》册所能容纳的字数的关系，在这里，我只能很简略的说一点关于本册编制经过的话。"茅盾则说："写这一篇'导言'的目的，只想说明新文学第一个'十年'里创作小说发展的概况，以及这一时期文学上几个主要的倾向。"
④ 鲁迅致赵家璧信，王世家、止庵编：《鲁迅著译编年全集》第18卷，第116页。
⑤ 同上，第148页。

的话”，①特意写了《十年前的教训》这篇文章，曲折隐晦地提出了自己对国民党文化统制政策的批判，发于《文学》第4卷第4号上。即便最宜联系当时政治、思想状况加以阐说的《文学论争集》的编者郑振铎，也仅仅是多次引用刘半农《〈初期白话诗稿〉序》里所言的斗士们“被挤成了三代以上的古人”之说，认为“他们只在‘妥协’里讨生活，甚而至于连最低限度的最初的白话文运动的主张也都支持不住。他们反而成了进步的阻碍”。②这样的表述，很显然仅仅触及到国民党文化统制政策的冰山一角，不足以引起审查官们的禁、删热情。

但即便有些序文写成了鲁迅所言的“无可观”③的模样，那些序言也并非全都是“今天天气哈哈哈”之类的文字，所以反围剿斗争经验丰富的鲁迅，给赵家璧提了一个非常关键的意见：

> 序文的送检，我想还是等选本有了结果之后，以免他们去对照，虽然他们也未必这么精细，忠实，但也还是预防一点的好罢。④

这使得赵家璧修改了把导言和选稿一起送审的计划，从而扰乱了敌人耳目，避免了序言和选材受到审查官的无理宰割，较好地保持了选家所选各集的原貌，于是也才有了我们现在所见到的十卷本《中国新文学大系》（1917—1927）。

从1934年3、4月间，赵家璧有了整理编选“五四”以来的文学创作这个编辑理想，到1936年2月，大系的最后一本——阿英编选的《史料·索引》正式出版，在不到2年的时间里，年轻的赵家璧编辑大系这个“从无到有的创造性劳动”⑤得以酝酿并最终完成。对于编辑赵家璧来说，这是他挚爱的编辑生涯最灿烂的一段；对于“中国新文学”来说，大系第一个十年的理论、创作、史料的全面梳理，有效地完成了“中国新文学开创史”的自我证明，有力地建构了中国现代“文学”史、现代学术史；对于试图从民国法律形态角度探析现代中国文学的建构机制的我们来说，这正是一个探究国民党文化统制政策与现代文学的艰难生长之间的关系的最佳角度。

① 茅盾：《我走过的道路》（中），第283页。
② 郑振铎：《五四以来文学上的论争》，《中国新文学大系导言集》，香港：香港文学研究社，1968年，第78页。
③ 鲁迅致王冶秋信，王世家、止庵编：《鲁迅著译编年全集》第19卷，第437页。
④ 鲁迅致赵家璧信，王世家、止庵编：《鲁迅著译编年全集》第18卷，第116页。
⑤ 赵家璧：《话说〈中国新文学大系〉》，《编辑忆旧》，第162页。

二、政治权力场域与中国左翼"自由撰稿人"作家

国家机器与文学发展

中国现代文学的产生与发展，从始至终都负载着中国人民建构现代民族国家的理想诉求。在现代文学30多年的历史中，文学与政治的关系总是难解难分，政治权力场域成为影响和制约文学发展的重要力量，为了掌控文学这一意识形态国家机器，作为政治权力场域中长时期的主导力量的国民党当局，主要是依靠强制性的国家机器，即通过政府文化管理机构制定相关的政策法规，来约束和规范文学的生产和流通。

1914年，袁世凯政府颁布《出版法》，对出版自由和言论自由严加控制。袁世凯政府倒台后，国内军阀混战、政权更迭频仍，统治阶级对思想言论的控制相对松懈。这时的政治权力场域对文学的干预较少，现代文学因此在第一个十年中获得了相对自由的发展空间。国民党统治时期，政府频频出台政策法规并成立专门机构干预图书杂志的出版发行，文学的生长空间逐步恶化。1928年，国民政府颁布《著作权法》。1930年颁布《出版法》，加强了对文化出版的登记、审查和限制，并规定了严厉的处罚措施。1932年，国民党中央执行委员会增订1929年国民党中央宣传部制定的《宣传品审查条例》为《宣传品审查标准》，把宣传分为"适当的宣传"、"谬误的宣传"、"反动的宣传"，其中把"宣传共产主义及鼓动阶级斗争者"、"宣传无政府主义、国家主义及其他主义，而有危害党国之言论者"，诋毁国民党的"主义政纲政策，及决议"和"淆乱人心"等都被视作"反动的宣传"。对这类宣传要"查禁查封或究办之"①。1934年又出台《修正图书杂志审查办法》。1938年7月制定《抗战期间

---

① 张之华：《中国新闻事业史文选》，北京：中国人民大学出版社，1999年，第524页。

图书杂志审查标准》，同年10月在重庆成立中央图书杂志审查委员会，专门负责审查管制全国的图书、杂志、演剧、电影，并指导和考核地方的图书杂志审查委员会。1940年颁布新的《战时图书杂志审查办法》，1944年又颁布《战时出版品审查办法及禁载标准》，1947年还有《出版法修正草案》出台。在图书杂志的审查方面，国民党设置了严格的程序。如报纸上的电讯和稿件由新闻审查处审查，图书杂志类的稿件由图书杂志审查处审查，剧本则要由戏剧审查委员会和图书杂志审查处共同审查。这些审查机构都直属国民党中央宣传部，在各省市都有分处或分会①。除了制定政策法规、设置层层审查机构外，国民党当局还直接动用警察、侦探等强制性国家机器推行文艺上的白色恐怖，打击破坏左翼文艺运动，抓捕甚至杀害他们认为反动的作家、报人。

对出版发行的严厉控制，对图书杂志的严格检查，是统治者加强舆论监督、控制社会舆论最为有效的办法，其根本目标是统一思想、排除异端，从而实现意识形态国家机器对国家政权的维护和巩固。尽管国民党政府出台的各种政策法规在一定程度上保障了创作、出版的有序和有法可依，但同时也给现代作家的创作、发表和出版造成了极大的阻碍。尤其是书报检查制度，"它与统治、国家权力之间存在着因果联系，能够阻碍或改变创作"②，它让许多作家的作品要么被删，要么被勒令修改，要么被禁止出版，对作家的创作、读者的阅读以及信息的流通都构成了极大的制约。如沈从文的小说《长河》，由于"作品的忠实，便不免多触忌讳"而遭遇了坎坷的出版经历，"作品最先在香港发表，即被删节了一部分，致前后始终不一致。去年重写分章发表时，又有部分篇章不能刊载。到预备在桂林印行正式送审时，且被检查处认为思想不妥，全部扣留。幸得朋友为辗转交涉，径送重庆复审，重加删节，方能发还付印"。③尽管饱受书报检查之苦，沈从文在抱怨之后仍能理性地指出："国家既在战争中，出版物备个管理制度，个人实无可非难。因为这个制度若运用得法，不特能消极地限止不良作品出版，还可望进一步鼓励优秀作品产生，制度有益于国家，情形显明。"④但是，事实证明，国民党对书报检查制度的运用

---

① 光未然：《蒋介石绞杀新闻出版事业的真相》，张静庐编：《中国现代出版史料》丙编，北京：中华书局，1956年，第92页。

② 菲舍尔·科勒克：《文学社会学》，张英进、于沛编：《现当代西方文艺社会学探索》，福州：海峡文艺出版社，1987年，第37页。

③ 沈从文：《〈长河〉题记》，刘洪涛编：《沈从文批评文集》，珠海：珠海出版社，1998年，第252页。

④ 同上。

并不"得法"，既没有起到积极的导向作用，也没能限制那些不良作品的出版。书报检查仅仅是国民党当局消灭异己、实行文化专制、维护其政党政权和利益的工具。据统计，1929年至1936年，国民党政府共查禁社会科学类书刊676种，去掉重复统计的，共662种，查禁理由主要是宣传共产主义、鼓吹革命、讽刺政府①。而在同一时期内，被国民党当局先后查禁的文学作品有309种，其中最多的是左翼作家的作品，如蒋光慈的作品12部，几乎包括他出版的全部小说；鲁迅的作品8部（包括翻译）；郭沫若的作品11部②。

尽管采取了方方面面的文禁措施，但总体上看，国民党政权对文学这一意识形态国家机器的利用很不成功，共产党领导的左翼文艺运动的勃兴和国民党推行的"民族主义文艺"的失败，就是很好的例证。

政党斗争与文学创作

国家机器之外，在朝在野的政党之间的权力争夺，同样构成政治权力场域制约文学创作的重要方面。在三四十年代的政治权力场域中，共产党领导的工农政权作为一股强劲的政治力量，与当权的国民党一直处于对抗之中。由于文学具有意识形态国家机器的性质，"朝野都有人只想利用作家来争夺政权巩固政权"③，作家就成为双方争夺的一个重点。共产党对作家积极争取，国民党却对作家实行暴力专制。在这样的政治权力场域关系中，左翼作家尤其是有左翼倾向的"自由撰稿人"作家受到的制约就更为严重。

1930年初，"中国左翼作家联盟"的成立，以及鲁迅、郁达夫、茅盾、郭沫若等众多著名作家的支持，中国左翼文学在30年代迎来了蓬勃发展的时期。尽管没有合法的权力资本，缺乏经济资本的支撑且饱受政府当局压制，左翼文学却凭借其反叛与革命的激情，对很多初登文坛、向往革命的文学青年构成了强大的吸引力，很多青年作家都在30年代初加入了左联。左联是中国左翼文学运动的核心机构，它虽然在组织上受共产党的领导，在经济上却并没有相应的经费来源，其日常经费主要来自成名作家的捐助。如鲁迅每月捐助左联20元，茅盾每月捐助左联15元。在每月定额的20元之外，鲁迅有时还要给予左联一些

---

① 《国民党反动派查禁六百七十六种社会科学书刊目录》，张静庐编：《中国现代出版史料》乙编，第205—254页。
② 王本朝：《中国现代文学制度研究》，重庆：西南师范大学出版社，2002年，第119—120页。
③ 沈从文：《再谈差不多》，刘洪涛编：《沈从文批评文集》，第42页。

额外的资助。左联的刊物大多维持不久，除了政府当局的压制，也与经费有限有极大关系。胡风曾这样描述左联的办刊情况，"照例是，谁弄到了一点钱，也不过一两百元的数目，想出刊物，发表他们自己的，不能或不愿在大刊物上发表的作品"，"这种刊物总是出过一两期，钱完了，刊物也被禁止了"。①左联的经济运作状况说明，这个组织并不能为加入其中的作家提供经济上的支持。已经成名的左翼作家尚能偶尔谋得其他收入②，但这类收入不一定能长久维持；那些初登文坛的左翼青年作家，如柔石、胡也频、丁玲、艾芜、叶紫、关露、戴平万等人，大多都来自社会底层，没有固定的职业和稳定的收入，生活极其贫困，卖文为生就成了他们唯一的生存方式。因此，可以说，无论名气大小，写作都曾经是大多数左翼作家谋生的主要手段。也就是说，左联存在期间，大多数左翼作家都曾经有过卖文为生的经历，曾经是"自由撰稿人"作家。

左翼"自由撰稿人"作家卖文为生的写作环境极为艰难，不仅受到文化生产场域的制约，而且还要受到国民党当局的残酷压制。30年代，国民党政府的一系列文禁措施主要就是为了打压左翼文艺运动，"书店一出左翼作者的东西，便逮捕店主或经理"③。作为政治权力场域中占主导性地位的政治力量，国民党当局禁毁书籍、查封报刊书局、删改送检文章，动用各种行政手段来控制文化生产场域，压制、破坏左翼作家的创作，甚至直接以残酷的暴力手段逮捕、暗杀左翼作家。因为有左翼倾向，作品被检查和被禁的可能性就越大，如鲁迅所说："禁期刊，禁书籍，不但内容略有革命性的，而且连书面用红字的，作者是俄国的……也都在禁止之列。"④而作为"自由撰稿人"作家，面临着生活的压力，要卖文为生，就必须要让作品得到发表和出版的机会。在这种情况下，左翼"自由撰稿人"作家只能想尽办法去应付政府机构的书报检查。"既要革命，又要吃饭，逼得大家开动脑筋，对抗敌人的文化'围剿'，于是有各种办法想了出来：化名写文章；纷纷出版新刊物；探讨学术问题；展

---

① 胡风：《胡风回忆录》，北京：人民文学出版社，1997年，第50、51页。
② 1933年7月，田汉、阳翰生开始担任上海艺华影业公司总顾问，月薪200元左右。1932年夏天，郑伯奇、钱杏邨、夏衍开始担任上海明星影片公司的编剧顾问，每月有车马费50元。不久后，夏衍、周扬又担任艺华影业公司的编剧顾问，每月车马费30元。陈明远：《文化人与钱》，天津：百花文艺出版社，2001年，第114、116页。1933年至1934年10月，胡风曾担任中山文化教育馆《时事类编》半月刊的日文翻译，只上半天班，月薪100元。胡风《胡风回忆录》，第26页。
③ 鲁迅：《320911致曹靖华》，《鲁迅全集》第12卷，第327页。
④ 鲁迅：《黑暗中国的文艺界的现状》，《鲁迅全集》第4卷，第293页。

开大众语、拉丁化问题的讨论；再就是翻译介绍外国文学。"①这印证了布迪厄的判断，即"艺术家和作家的许多行为和表现（比如他们对'老百姓'和'资产者'的矛盾态度）只有参照权力场才能得到解释，在权力场内部文学场（等等）自身占据了被统治地位"。②茅盾上面那段话也最能说明，政治权力场域中的统治力量对文学这一意识形态国家机器的掌控和干预，是如何制约着左翼"自由撰稿人"作家写作的内容和方向。

除了占主导地位的国民党权力结构外，政治权力场域中的其他权力结构同样是制约左翼"自由撰稿人"作家创作的重要因素。在生存空间极其逼仄的情况下，左翼"自由撰稿人"作家还要接受来自共产党方面的权力与组织的规训。抗战后，有不少左翼"自由撰稿人"作家投奔延安，延安工农革命政权在接纳了他们的同时，也规定了他们的写作界限。而延安实行的供给制的分配方式，则直接终结了这些作家卖文为生的生涯，进而改变了他们以往的言说方式。同样，日伪政府作为抗战时期政治权力结构中的一元，其文化统治对于身处其中的左翼"自由撰稿人"作家，也有极大的影响。40年代，左翼"自由撰稿人"作家或者韬光养晦，或者离开上海，与日伪政权统治上海时只允许文学作品粉饰太平也有极大的关系。这些文学现象无一例外地证实了布迪厄关于文学场和权力场之间的关系的判断："文化生产场在权力场中占据的是一个被统治的地位：……艺术家和作家，或更笼统地说，知识分子其实是统治阶级中被统治的一部分。他们拥有权力，并且由于占有文化资本而被授予某种特权，他们中的一些人甚至占有大量的文化资本，大到足以对文化资本施加权力，就这方面而言，他们具有统治性；但作家和艺术家相对于那些拥有政治和经济权力的人来说又是被统治者。"③

"自由撰稿人"的分化

政治权利场对文化生产场的控制，让左翼"自由撰稿人"作家在应对的过程中逐渐分化。一些左翼"自由撰稿人"作家放弃左翼的政治文化理念，在

---

① 茅盾：《我走过的道路》（中），第235页。
② 皮埃尔·布迪厄著：《艺术的法则：文学场的生成和结构》，刘晖译，北京：中央编译出版社，2001年，第248页。
③ 皮埃尔·布迪厄著：《文化资本与社会炼金术——布迪厄访谈录》，包亚明译，上海：上海人民出版社，1997年，第86页。

政治权力场的压制之下转而寻求市场利益的最大化。这种投机性的人物，在每一次运动中都会出现。鲁迅在左联成立大会上的发言，就明确告诫左翼作家不要把文学当"敲门砖"，等功成名遂，即弃之不顾①。柔石也曾指出有些革命青年"于文学，只说卖钱。一边他们相信自己是天才，一边又不肯去坚毅地做，只说将来是没有人读长篇小说与长篇诗的，我们不必再做；谁做，谁是呆子！……饭是要吃的，人不能饿死，我知道；但他们却说'有跳舞热'，'打小麻将'，听来真不舒服！"②这些革命作家抱着投机性的目的，要么在获得名利之后，便不知所踪；要么一遇到压迫，便显露原形，走向革命的反面，成为统治者的爪牙和帮凶。如张资平、杨邨人之流。由于其投机性，这类左翼"自由撰稿人"作家卖文为生的生涯一般都不长久，文学方面的成就也大多无足称道。当然，真正以唤起民众、改造中国为理想，支持无产阶级革命运动的左翼"自由撰稿人"作家，在政治权力场域的压制之下依然不改其本色。这些左翼"自由撰稿人"作家始终坚持启蒙式的写作，在以文学谋生的同时，又对文学的精神影响力寄予了厚望，把文学作为思想启蒙、革命启蒙的利器。无论对革命还是对文学，他们的态度都是严肃而真诚的，更难能可贵的是，他们在以文学谋生、以文学宣传思想与革命的同时，能够积极应对政治权力场域的限制，力争保持现代知识分子的独立人格和自由精神。作为左联的精神领袖和从事启蒙式写作的左翼"自由撰稿人"作家的代表，鲁迅在应对政治权力场域的制约方面，就显示了机智的斗争策略和不屈不挠的战斗精神。鲁迅"自由谈"杂文的成功，就是鲁迅积极应对政治权力场域，在国民党当局严密的文网控制之下，改变言说方式从而机智表达个人洞见的结果。

30年代，左翼文艺运动的勃兴引起了政府当局的恐慌。国民党政权为了维护、巩固自己的统治，采取种种文禁措施，控制公民的言论自由。作为"自由撰稿人"作家，书报审查制度直接影响着鲁迅的收入和生存。为了应对政治权力场域的限制和言论环境的不自由，鲁迅积极寻找钻网的法子，以突破文网的限制，尽可能地获取言说的空间。援引新闻材料入文、隐曲表达、经常更换笔名，是鲁迅应对文艺专政而改变写作策略、获得言说空间的主要方法。

鲁迅喜欢以"抄新闻"的方式来进行社会写实和时事批判。这既是为了照顾报纸的风格需要，也是鲁迅应对文学检查的重要方法。他曾说："从清朝的

---

① 鲁迅：《对于左翼作家联盟的意见》，《鲁迅全集》第4卷，第242页。
② 赵帝江、姚锡佩编：《柔石日记》，太原：山西教育出版社，1998年，第107页。

文字狱以后，文人不敢做野史了，如果有谁能忘了三百年前的恐怖，只要撮取报章，存其精英，就是一部不朽的大作。"①鲁迅的"自由谈"杂文就称得上是一部"撮取报章，存其精英"的不朽大作。既然当局设置了重重的文网，那么就只能拿报上的新闻材料来说事了。鲁迅认为："只要写出实情，即于中国有益，是非曲直，昭然具在，揭其障蔽，便是公道耳。"②援引新闻材料，更能"写出实情"，从而"于中国有益"；进行评论，"揭其障蔽"，也就更能呈现"是非曲直"，见出杂文的批评效力。面对政府当局对言论自由的限制，鲁迅以"抄新闻"的方式批评时政、成功"钻网"，既及时地表达了自己的洞见，又有效地拓展了自己的言论空间。

除了援引新闻材料外，鲁迅的杂文在行文中还特别注重语言表达的隐曲。在《南腔北调集》的"题记"中，鲁迅说："《语丝》早经停刊，没有了任意说话的地方，打杂的笔墨，是也得给各个编辑者设身处地地想一想的，于是文章也就不能划一不二，可说之处说一点，不能说之处便罢休。即使在电影上，不也有时看得见黑奴怒形于色的时候，一有同是黑奴而手里拿着皮鞭的走过来，便赶紧低下头去么？我也毫不强横。"③在应对政府当局的书报检查方面，鲁迅既要发表文章，又要替报刊和编辑考虑，因此，他"毫不强横"，而是避其锋芒，"可说之处说一点"，并着重在"怎么写"上下功夫，迂回表达文章的意旨。1933年5月25日，《自由谈》编者迫于形势，曾经刊出启事，说，"这年头，说话难，摇笔杆尤难"，"吁请海内文豪，从兹多谈风月，少发牢骚"。对此，鲁迅指出："想从一个题目限制了作家，其实是不能够的"，"'月白风清，如此良夜何？'好的，风雅之至，举手赞成。但同是涉及风月的'月黑杀人夜，风高放火天'呢，这不明明是一联古诗么？"④在鲁迅看来，想从题目或题材上来限制作家的言论指向，根本就不可能。任何材料，都可以拿来做思想的载体，其关键在于"怎么写"。鲁迅收在《准风月谈》中的杂文，谈历史、文化、典故、洋人、文人、生活现象、儿童教育，题目和题材可谓五花八门，似乎都不关中国的社会时政，但文章的意旨却又无不与之息息相关。在艺术方面，比起《热风》时期的哲理化和《华盖集》时期的论辩色彩，这些文章明显地更趋隐晦曲折。鲁迅历来就反对杂文太直白，认为"猛烈

---

① 鲁迅：《再谈保留》，《鲁迅全集》第5卷，第155页。
② 鲁迅：《340125致姚克》，《鲁迅全集》第13卷，第17—18页。
③ 鲁迅：《南腔北调集·题记》，《鲁迅全集》第4卷，第427页。
④ 鲁迅：《准风月谈·前记》，《鲁迅全集》第5卷，第199页。

的攻击，只宜用散文如'杂感'之类，而造语还须曲折，否，即容易引起反感"。①运用隐曲的文笔寄托深沉的意蕴，是鲁迅杂文常用的艺术表达方式。在严密的文网之下，鲁迅的"自由谈"杂文更是经常采用戏仿、拼贴、反语、借代、比喻、象征、暗示、双关等叙述策略和修辞方法，以曲折隐晦的方式来实现对社会时政的批判和揭露。

经常更换笔名，也是鲁迅应付书报检查的重要方法。鲁迅一生共使用笔名140多个，1932年至1936年间使用的笔名就达80多个②，其中尤其以投稿《自由谈》期间使用的笔名最多。1933年5月25日《自由谈》的编者刊出了"多谈风月，少发牢骚"的启事以后，鲁迅投稿所用的笔名就更有20个之多③。鲁迅积极应对政治权利场域的限制，不仅反抗强权的压迫，而且还时时警惕政治权力场域中的各种势力对作家独立人格的侵蚀，难能可贵地保持着知识分子不懈的社会思考和精神探索。在上海的最后五年中，鲁迅身处严酷的政治文化环境却依然保持自己的独立精神，以"横站"的方式对付敌人和友军射来的冷箭。他那些犀利泼辣的杂文和形式新颖、内涵深刻的历史小说，以思想启蒙和社会批判为己任，批判专制与不公，揭露一切的瞒和骗，不仅体现了一个作家的文学才华与社会担当，还体现了一个经济自主、精神独立的"自由撰稿人"作家对知识分子自由精神和独立人格的坚守。王富仁认为，左翼文学可以以鲁迅、胡风、李初梨与郭沫若、周扬等四类人物为代表分为四个层次。不管他这种划分是否合理，但他指出的鲁迅之所以是左翼文学中的一个特殊的层次，原因在于鲁迅一直是作为"一个独立的知识分子"而"坚持着一种社会的批判"④，可谓真知灼见。而作为左翼"自由撰稿人"作家，鲁迅能够以"一个独立的知识分子"的身份和立场而实现其社会批判，与他应对政治权力场域的机智不无关系。

---

① 鲁迅：《250628致许广平》，《鲁迅全集》第11卷，第500页。
② 林贤治：《鲁迅的最后十年》，上海：东方出版中心，2006年，第75页。
③ 许广平：《十年携手共艰危——许广平忆鲁迅》，石家庄：河北教育出版社，2001年，第151页。
④ 王富仁：《关于左翼文学的几个问题》，《中国现代文学研究丛刊》2002年第1期。

三、政府规范与国家意识的强化
——论抗战时期国民政府对戏剧团体的组建与管理

　　"文化建设之于建国工作，与国防建设、经济建设同其重要。"[①]1938年3月31日国民党临时全国代表大会不仅对文化建设的作用给予了高度肯定，而且明确提出文化工作当以民族国家为本位，并对各个文化部门提出了要求。当戏剧成为国民政府建设文化事业、发扬民族意识的关键部门，政治权力的要求和具体管理就会接踵而至。据统计，抗战期间，全国戏剧团体有1013个，戏剧从业人员达到三四十万，[②]他们构成一支浩大的文化宣传大军，直接影响着政策措施的解释、施行以及社会舆论导向、民心向背。武汉时期，由于忙于战争准备和内迁工作浩大，对于这种重要的意识形态部门，国民政府还来不及进行规范管理，到了重庆以后，战争进入相持阶段，对于戏剧的各种管理条例也开始逐步制定和施行。由于戏剧艺术的特殊性，剧团管理成为国民党规范戏剧活动的重要环节，在不同的历史时期，管理剧团的行政部门更迭变换，剧团组织由民间自筹到官方组建，乃至对剧团的经济扶植与日常管理中的着重点，都体现了抗战时期国民党政府对于戏剧活动的强烈干预，戏剧作为文化事业的一部分被纳入国家建设的总体规划之中。

---

　　① 《国民党临时全国代表会议通过陈果夫等关于确定文化建设原则纲领的提案》，中国第二历史档案馆编：《中华民国史档案资料汇编》第五辑第二编文化（一），南京：江苏古籍出版社，1998年，第1—3页。

　　② 国立编译馆《抗战期间的中国戏剧概况》，中国第二历史档案馆编：《中华民国史档案资料汇编》第五辑第二编文化（二），第153—154页。该文有关戏剧团体的统计数据来自教育部剧本整理组在1941年底的统计，1941年以后成立的剧团还没有统计入内，实际应当超过这个数据。

从风化到宣传：剧团管理标准的悄然变更

抗战时期，对戏剧从业人员的管理主要分为三个方面：一是剧团管理，二是艺人的管理登记，三是剧作家基本情况的掌握。这三个方面涵盖了创作、演出和组织几个关键环节。在这三个方面中，戏剧团体的管理是重点，因为戏剧演出是演剧团体集体智慧的体现，单个艺人离开剧团就如离水之鱼，无所作为。而剧作家的创作只要没有被搬上舞台就只能作为普通的文本存在，其影响力自然十分有限。

不过，戏剧团体的管理并不从抗战起，早在北洋政府时期就有了先例。在北洋政府时期，剧团登记和管理主要由内务部警察厅负责，由于社会上坤角增加，男女同台演出成为风尚，北洋政府内务部出令禁止男女同台演出，于是女伶戏班增加，为了防止"流弊滋生"，1912年11月13日北洋政府拟定了《管理女班规则十八条》。1913年10月21日，北洋政府京师警察厅进而制定了《京师警察厅管理戏班规则》， 1922年4月，随着以白话演剧的新剧组织的增加，京师警察厅又制定了《京师警察厅取缔新剧规则》，这两个规则前后相差近十年，不过内容大致相同：要求班主及戏班的基本情况登记，排演前以剧情台词等呈报警厅以获批准，演出地点需报告，内容要求无伤风化。可见，北洋政府对于戏班管理的主要目的是维护风化，戏剧艺术还没有作为强有力的宣传工具获得当局的看重，戏剧团体主要在治安方面和人身安全方面交给警厅管理和维持。

和北洋政府比较，国民政府更注意运用戏剧进行意识形态宣传，剧团管理的重心由社会风化向党义宣传悄然转向。早在1931年2月，国民党中央宣传部在《关于省市党部宣传工作实施方案》中就将"剧社"纳入宣传机关，要求省及特别市党部应设立剧社，并招致有戏剧经验之人员为社员，以宣传党义、唤起民众、激发革命精神、改良社会习俗为主旨；对于戏院这样的娱乐场所，也劝导设备宣传标语，防止表演违反党义与有伤风化的戏，并于必要时候指导剧目及编发剧本，劝令戏园及游艺场照演，并派员前往检查。[①]可见，戏剧所具有的潜移默化的教育功能已经被国民政府自觉地意识并运用。

抗战初期，国民党政府曾经禁止戏剧演出，这种禁止主要是针对营业性

---

① 《国民党中央宣传部关于省市党部宣传工作实施方案》，中国第二历史档案馆编：《中华民国史档案资料汇编》第五辑第一编文化（一），第13—22页。

的和娱乐性的戏曲演出，宣传和支持政府抗战建国的戏剧不在此列。一时之间，戏剧团体纷纷成立，这些团体主要围绕抗战建国展开活动。它们的政治热情和活动能量令当局喜忧参半，高兴的是在民众动员方面，戏剧确实发挥了极大的作用，担忧的是，宣传作用越大的艺术形式，其潜在的危机也大，必须对之进行强有力的管制和引导。备战的忙乱过去之后，退守重庆的国民政府好整以暇，开始对遍地开花的戏剧团体进行整理。1939年11月，国民政府经由社会部、内务部、宣传部共同商讨后，拟定了《剧团组织要点》，开始统一全国剧院、剧团以及职业剧人登记办法，《要点》规定：剧团组织依照人民团体组织方案的规定，呈当地党部备案，并由各地党部逐级转呈中央社会部备案；剧团活动未超越一省之范围者呈省党部备案，超越一省之范围的呈社会部备案；要求具备完整的剧团章程，包括剧团名称、组织章程、团员资格与权利义务，以及入团出团职规定、职员权限及任免手续，经费之筹集和核销办法等，并有向主管党政机关报告工作的义务。[①]从此，戏剧团体正式进入国民党政府的管理体制之中。

需要说明的是，这次出台的规定只是对剧团登记的程序以及备案内容进行规范，并不意味着这之前就不需要剧团登记。在此之前，剧团成立也须进行登记方能获得演出许可。陕西铁血剧团1937年12月的申报程序和备案内容就比较正规、标准，不过它所申报备案的部门是中央训练部。其实，剧团组织作为人民团体，其开展活动均需获得政府部门的许可，只不过以前政府部门对剧团管理的职能还没有明确分工，导致剧团对主管部门的理解不一样，因此，有些直接向中央社会部备案，有的由省党部向社会部申报，有的在教育部备案，有的在政治部申报，管理部门的紊乱意味着抗战之前国民党政府还没有把戏剧团体作为管理重点，或者还未对戏剧团体的社会影响形成统一认识，同时也与抗战前戏剧发展的迟缓有关，战前戏剧发展几经挫折，远非抗战时的欣欣向荣可比。1939年，国民党政府规定由各地党部及中央社会部统一负责全国戏剧团体的登记，从而通过划分剧团管理的行政部门、规范剧团的登记程序、规定剧团的活动范畴等方式，避免重复管理或管理纰漏。值得一提的是，北洋政府时期负责登记戏剧团体的主管部门是警厅，国民党政府时期主管部门则变更为各省党部以及社会部，党部和社会部的行政职能是意识形态的宣传、灌输和管理社

---

① 《国民党中央社会部拟订剧团组织要点织中央宣传部函》，中国第二历史档案馆编：《中华民国史档案资料汇编》第五辑第二编文化（二），第1—2页。

会组织，戏剧团体引发国民党政府关注的不再是治安与风化，而是其宣传动向和思想倾向。

统一登记的规定便于国民政府了解全国戏剧团体的基本情况，把握各剧团的活动范畴，有效地把戏剧团体置于政府掌控之中。除了抗战宣传之外，对三民主义的灌输也成为宣传目的之一，某些剧团（如大地剧团）将实行三民主义写入剧团的宗旨之中，有些剧团（如民族剧团、沙驼业余话剧社等）则明文规定违反三民主义行为言论者不得为剧社成员。剧团登记虽然只是一纸空文，剧团活动的具体情形往往千变万化，难以一一体现其宗旨，但是它毕竟反映了一种基本情况，即戏剧宣传成为抗战宣传的重中之重，国民党政府对着重抗战宣传的剧团组织特别网开一面，有效地促进艺术与民族意识的紧密结合，而那些强调发扬和宣传三民主义的剧团不是投当局所好，就是一种自觉的意识形态定位，无论其对于戏剧的实际发展影响如何，都体现了国民党当局将剧团管理纳入思想统制的企图。

由民间到官方：剧团组织建设中国家意志的加强

在阿尔都塞看来，国际机器分为两种：压迫性的和意识形态式的。压迫性国家机器是统一的、公开的，由政府、行政机关、军队、警察、法院、监狱等组成，通过暴力和镇压发挥作用；意识形态国家机器是多元的、隐秘的，通过由资产阶级主导的意识形态整合其他意识形态发挥作用。[①]在某种意义上，官办剧团也是一种非强制性的国家机器，虽然官办本身不能保证剧团对政府意识形态倾向的绝对忠实，但官方对剧团的经费投入、人事管理以及行政指示都显示了政府对剧团的整体掌控程度。当然，这并不是说民间戏剧组织就不会受到政府主导意识形态的影响，因为民间社会与政府之间并不完全对立，即使对立，也是影响下的对立。但比较而言，官办剧团在整合社会意识方面往往会更加自觉地发挥作用。

抗战初期，进行抗战宣传的戏剧团体主要有三种情况：一是学生团体，二是旧剧团体，三是当地爱国青年。这些戏剧团体多为民间自发组织，它们为抗战初期的剧坛带来活跃的空气。然而，民间剧团多为非营业性质的演出，用

---

① 阿尔都塞：《意识形态和意识形态国家机器》，选自李恒基、杨远樱：《外国电影理论论文选》，上海：上海文艺出版社，1995年，第624—650页。

洪深的话说，它们的经济"有的由政府维持或补助，有的由军队，有的由学校由地方公团，有的由私人捐助，有的由工作者自行筹措"。①随着抗战的持久进行，这些流亡剧团的可持续性面临极大的困难，抗战初期很多活跃的剧团到了1939年以后就沉寂下去，不仅仅是因为缺乏专门的戏剧人才，也并非戏剧的宣传作用已经达到饱和状态，而是非营业性的宣传演出无法得到持续的资金投入。以量才剧团为例，它于1938年2月在武汉组建，所需经费没有固定来源，一切开支主要由团长程达设法维持，虽然有部分表演收入可以周转，但是生活费、工作费、纸张费、舟车费、化妆费、道具服装费以及租赁等杂费均是剧团的必要开支，四个月下来，该团负债144.42元。它向政治部申请按月补助国币八百元，最后仅获得一次性疏散费二百元和证明书一张。②大公剧社是附属《大公报》的戏剧组织，1937年它在武汉成功举办过一次公演后就偃旗息鼓，即使与经济因素关系不大，也与大公报自身业务繁忙、分身乏术有关。

戏剧演出需要剧本、经费、人才、文化市场，这是牵动整个文化艺术的大工程，任何个人或者组织都难以独立支撑，政府的扶持是必不可少的。要继续运用戏剧这一艺术工具，要使其持续地稳定发展，官办剧团应运而生。

一般来说，官办剧团主要有三种方式：一是整编改造条件优越的民间剧团。1938年国民党军委会政治部组建的抗敌演剧队便是在民间自发组织的戏剧团体，尤其在上海十三个救亡演剧队的基础上整编而成，这种收编在相当程度上维护了戏剧发展的有生力量。此外，被茅盾称为"抗战的血泊中产生的一朵奇花"的孩子剧团同样如此，这个剧团1937年9月3日在上海成立，当时最大的孩子19岁，最小的孩子才9岁，这些未成年人自身的生存温饱尚难以自保，如果不是得到政治部的资助，很难想象他们能够长途跋涉，由上海—武汉—长沙—重庆坚持抗战戏剧的演出。二是在社会招募贤才组织戏剧团体。以教育部实验戏剧教育队为例，该剧团1941年由教育部拨款培植，主要负责重庆周边的戏剧教育工作。成立之初，团长阎葆明便在重庆张贴招生广告，招收"思想纯正品行优良志在戏剧堪以造就之青年"，通过一定程序考录进来以后，便对队员进行必要的培训，形成剧团的基本成员。③三是利用政府机构中现成的艺术资源创办剧团。这是官办剧团中艺术水平最高的剧团，比如中国万岁剧团和中电剧

① 此处可参看洪深自述，《洪深文集》（4），北京：中国戏剧出版社，1959年。
② 《量才剧团报送工作报告、计划等并申请补助经费致军委会政治部呈及有关文件》，中国第二历史档案馆编：《中华民国史档案资料汇编》第五辑第二编文化（二），第40页。
③ 国民党中央教育部档案，中国第二历史档案馆，卷宗号5-11921。

团，中国万岁剧团（简称"中万"）的前身是怒潮剧社，是中国电影制片厂（简称"中制"）所属的剧团，中电剧团是中央电影摄影场（简称"中电"）所属剧团，中央电影摄影场是国民党"中央宣传委员会"的官方电影机构，这两个机构集中了当时国内最优秀的演剧人才，原本主要从事电影制作，由于战争期间胶片昂贵难觅，电影和戏剧是姐妹艺术，一群电影从业人员为增长自己的演技能力，也因为辅导社会教育的需要，便向戏剧舞台转移。

国民政府投入资金组建的戏剧团体大多附属政治部、教育部、三民主义青年团、各地方党部，暂且不论地方党部的官办剧团，以国民党中央直属剧团看，政治部下有中电剧团、中国万岁剧团、孩子剧团、抗敌演剧宣传队共10队、教导剧团（成立于1939年上半年，1940年9月因第三厅撤销而停办），教育部下有巡回戏剧教育队共4队、实验戏剧教育队，三民主义青年团直属的有中国青年剧团社，和"中万"与"中电"相比，"中青"是最年轻的官办剧团，但它在全国各地的发展却十分迅速，从1939年"中青"成立到1940年，一年之内全国各地的青年剧社达到100多个，其发展之速，人数和覆盖面之广，明显是有意的组建。①不同部门的官办剧团工作侧重点也可能有区别，政治部下的抗宣队主要在战区工作；教育部下的戏剧巡回教育队并不专侧重演出，而在培养戏剧干部，青年剧社则看重对青年的渗透。

无论是地方还是中央的官办剧团，它们不仅宣传抗战，也要以三民主义为宗旨，剧团的重要负责人均为政府指定委派。随着抗战的持续，许多自发组织的剧团纷纷因为资金筹集困难而倒闭，倒是官办剧团因为有政府资金资助和政策优惠而能保持一定限度的活动。一些职业剧团纷纷兴起，也是借助了官办剧团中的设备或人才。以中华剧艺社为例，其成立之初只有十几个基本成员，它的演出大量借用了"中万"、"中电"、"中青"中的优秀艺术人才，而只要有好戏可演，演员也乐意在不同的剧团中穿梭，职业剧团节省了一大笔日常费用的开支，对于官办剧团而言，演员能得到舞台历练，又何乐而不为。张骏祥就说过，在重庆演戏器材都是你借我我借你的，灯泡、幕布等都是互通有无。②其实，官办剧团因为资金运作较为宽绰，硬件设施较为齐备，专业人员

---

① 鲁觉吾的《一年来青年戏剧运动的总检讨》中写道，一年来"全国青年剧社的成立，不但已经达到了一百个的数目，并且已超过这个数目。三年计划，在一年之中完成，至少表现了全国青年团团员工作的热忱和工作竞赛的成绩"。可见，对青年剧社的组建早已纳入三民主义青年团的工作计划之中，《青年戏剧通讯》1941年第8期。

② 参看张骏祥：《张骏祥文集》（上），上海：学林出版社，1997年。

业务水平较高，为民间剧团借用的时候居多。

总的来说，官办剧团在整个抗战时期是比较活跃的，以重庆雾季演出为例，1941年雾季共演出大型话剧29出，官办剧团的演出占40%，1942年雾季共演出大型话剧22个，官办剧团的演出占41%，1943年雾季共演出大型话剧22出，其中官办剧团的演出占54%，1944年雾季共演出大型话剧25出，官办剧团的演出占32%，① 虽然以单个剧团论，1941年雾季中华剧艺社共演出8出大戏，1942年演出6个，1944年中国胜利剧社演出6个，活动非常频繁，但总体而言，接受了政府资助的官办剧团仍然占据了全部演出剧目的多数，这是无可否认的。在重庆以外的国统区，除了成都、桂林、昆明以外，话剧人才本来有限，民间话剧团体数量自然不多，比较活跃的还是官办剧团，湖南青年剧社自1939年成立以来，不到两年的时间先后于长沙、衡阳、浏阳、湘潭等地演出不下40余次，并且历次演出"成绩甚佳"，"获社会人士之好评"。② 广东青年剧社1940年成立后，不到一年时间公演次数就达13次之多，③对活跃地方文化功不可没。

相对而言，官办剧团的演出剧目比较注重意识形态的宣传，其演出重点在于：鼓动民众爱国热情，树立政府机构和办事人员的正面形象，鞭挞汉奸和宣传民族团结。一般来说，像《国家至上》、《不做顺民》、《民族公敌》、《包得行》、《光荣从戎》、《蜕变》等是各地剧团上演率比较高的剧目。《国家至上》通过抗日战争时期回、汉两族人们团结抗日的故事宣传民族团结、国家至上。剧中指挥民众抗日的县长虽然戏份不重，但体现了国民党基层官员的在处理民族问题时候的良苦用心。《包得行》虽然有对兵役问题的揭露，也涉及军民合作问题、下层机构问题、伤兵问题，但是政府办事人员的秉公执法和军民关系的融洽使得该剧欲扬先抑。《蜕变》、《刑》等都有对现实弊端的揭露，但是曲终奏雅，前者因"意义正确"1943年获得教育部颁发的优良剧本奖，后者则在演出之日于《中央日报》刊发特刊，由潘公展、叶楚伦等人操笔重点推出。

实事求是地说，这些官办剧团在抗战时期演出了大量进步话剧，陈白尘将原因归结为国民党文人拿不出像样的剧本以及有进步思想的演艺界人士居

① 该数据主要依据石曼《抗战时期重庆雾季公演剧目一览》统计，该文载《抗战文艺研究》1983年第5期。
② 《介绍各地青年剧社》，《青年戏剧通讯》1941年第10期。
③ 《各地青年剧社调查表（十二）》，《青年戏剧通讯》1941年第12期。

多。①但是，如果我们超越政党立场理解"进步"二字，就应当看到国民党政府抗战建国的主导意识形态大体上符合民族利益。民族主义的提倡无外乎两个目的，一是一致对外，二是淡化阶级矛盾，尽管国民党在此中仍然夹杂了政党利益的打算，但在中国飘摇不稳的政治格局中，民族利益与政党利益也并非泾渭分明，在这个意义上，国民党对国家意识的强调具有历史的合理性。它的问题不在于在戏剧舞台上宣传自我形象，而是在现实政治中的腐败丛生，不在于它对三民主义的提倡强调，而在于它用暴力手段对文化力量的摧残。

由统制到党治：剧团管理的意识形态动向

抗战时期，戏剧组织不仅作为文化团体和宣传机构被纳入政府使用、资助、监控的范围内，而且也成为文化事业的一部分参与国家建设。剧团登记的目的在于方便政府部门的管理。这种管理除了资金投入、人才培养之外，管理重点还是在意识形态的控制方面，甚至资金投入也与宣传动向紧密联系。虽然许多剧团都以抗战宣传为己任，但有党部背景的剧团获得的援助的机率更大，资金也更多，这是毫无疑问的。

国民党对剧团意识形态的管理标准来自1938年3月31日国民党临时全国代表会议通过的《确定文化建设原则纲领的提案》，该提案规定，戏剧需以"唤起民族意识"为主旨。复杂的政治利益的考虑秘而不宣地参与了剧团管理的程序中，国民党政府既主张抗日民主统一战线，进行全民总动员，又要以"一个主义、一个政党，一个领袖"的专制打压有其他政治背景的戏剧活动，而且越到抗战后期，党治文化色彩就越浓厚。过于苛严的政治要求原本不利于艺术的健康生长，排斥异己的政治手段也引发了艺术界的不满。

抗战时期国民党对于戏剧团体的管理主要是两种方式，第一是协助进步剧团深入内地继续抗战宣传，这个阶段主要立足民族利益发挥了国家统制的作用；第二是关注其意识形态背景，扶持亲和者，排斥异己者，这种方式主要立足党派利益进行政党统制。抗战初期，国民党政府由南京退守武汉再到重庆，文艺界人士也多由武汉到重庆或成都、桂林。各剧团组织莫不如此。在武汉时期，大多数剧团要求到后方继续抗战宣传，请求政治部发送遣散费或军用通行

---

① 陈白尘：《抗战文艺与抗战戏剧》，选自董健：《陈白尘论剧》，北京：中国戏剧出版社，1987年，第371页。

证。此时，无论新剧团体还是传统戏班，只要对抗战有宣传之功，具有比较翔实的工作计划和队员履历，都会程度不同地获得军委会政治部第三厅的有限资金支持，使其能顺利到达大后方继续工作。一般来说，政治部发放的疏散费数额不大，对整个剧团运作可谓杯水车薪，与其说是经济支援，毋宁说是政府表彰或爱国荣誉象征。疏散费和军用证明书是一种政府态度，体现了政府当局对抗敌宣传团体的扶植。把扶植剧团和抗战大业联系起来，这是国民党剧团管理的起码标准。在这个阶段，国民党政府主要是考察各个剧团致力于宣传抗战的努力程度，并根据其成效进行奖掖、收编、资助。

抗战进入相持阶段以后，国民党对剧团意识形态的控制明显加强。因为戏剧宣传不是空洞的政治口号，它必须落实在艺术舞台上，用具体的人物形象、社会时事评价、可歌可泣的事迹激发爱国热情。因此，一个群众拥戴的剧团往往会成为群众意识的优秀组织者。对当局而言，这正是需要加强思想控制的理由，因为国民党不仅看重群众对抗战的支持，更看重在不同的政治主张与政党较量中的民心向背。亲和政府、宣传三民主义、拥护最高领袖的剧团受到官方的特别关照，而不同政见背景的剧团则被限制活动范围甚至被取缔。

国民党政府对人民团体包括剧团的意识形态倾向十分敏感。对剧团活动的监视、调查成为一种日常工作。剧团一旦被认为是反对当局或思想"左"倾，则一律予以改编、取缔。以七七少年剧团为例，其活动被国民党社会部、教育部联手紧密追踪，"该团训练团员方法，除授以各种宣传技能外，并灌输CP主义，以养成队本党政府制恶劣印象，所到之处，采取各种有趣的集会方法，联络当地儿童、小学生、难童等，鼓吹共产主义，使儿童脑海中发生反对政府当局之思潮"。从而以该团团员尚在学龄为由，解散剧团，并将团员强制遣送入学，此举不得人心，团员仅有3人入学，政治部恼羞成怒，在文件中宣称其他成员"如在各地有越轨非法行动，自应由地方军警当局以严厉之制裁"。剧团解散之后，原剧团负责人罗修镛在江津九中任音乐教员，其思想言论收到校长的严加注意，后借口其在毕业生茶话会时"讲演措词失当"而未予续聘。① 实质上，这还只是一个主要以未成年人为主的剧团，最长者未满20岁，最小的孩子仅十一二岁，国民党如此防微杜渐倒显得自己底气不足。与七七少年剧团等形成鲜明对比的是有执政党背景的剧团，由于政治观点的契合，他们受到当局

---

① 《七七少年剧团请播发疏散费函及国民党中央社会部等密查取缔该团的文件》，中国第二历史档案馆编：《中华民国史档案资料汇编》第五辑第二编文化（二），第46—51页。

的礼遇和优待。建国戏剧教育巡回剧团成立于1937年"七七事变"以后，1940年向政治部请求补助经费时，教育部致社会部的公函中谈到，该团工作人员大半为国民党员，其"思想均尚纯正"，并要将其行踪、日程列表"分函川陕豫三省党部，随时随地加以指导"。① 如此党同伐异对文化事业的发展有百害无一益，对抗战宣传的推动也未能尽其力。其直接的结果之一就是挫伤了相当一部分青年的热情，他们出于纯真的爱国心参加戏剧活动，未必有明确的政党倾向，国民党对抗战阵营内部亲疏关系的划分极有可能促成其对文化专制的不满，收到的效果有时适得其反。

在剧团管理方面，国民党从立足民族利益的国家统制到立足政党利益的政党专制，走上一条与民主政治背道而驰的道路。过于苛刻的政治环境必定钳制艺术的发展，也会给主导意识形态的建设带来负面影响。此外，国民政府只重视戏剧团体的政党性质，没有将保护戏剧生存视为职责。石压笋斜出，1941年后剧坛开始盛行游击战，新生的剧团此起彼伏，它们不谈政治，只谈商业利润，有的仅仅演出一场便无影踪。这种现象说明：第一，剧团登记容易。只要没有明显不同的政治背景，哪怕纯粹追求商业利益，也不会受到主管部门的特别限制；第二，对于商业竞争下涌现的众多游击性质的剧团，国民党政府还没有从保护艺术健康发展的角度，通过严格剧团申报的角度进行有效干预，而是放任自流，伤害了严肃戏剧团体的艺术进取心；第三，剧团登记和营业性演出之间还没有真正形成有效联系，以至于商业运作有机可乘，影响了戏剧发展的良性环境。从这个意义上说，国民党政府剧团登记规定在某种程度上流于形式，有党同伐异的政治自私，却无建设与保护文化事业的开国之气。

---

① 《张仲友为组织建国戏剧教育巡回团报送章程等备案并请政治部收编呈》，中国第二历史档案馆编：《中华民国史档案资料汇编》第五辑第二编文化（二），1998年，第109页。

| 四、民国书报审查制度和对"违禁"报刊的处理
——以《生活》传媒系列为例 |

国民党的新闻统制与新闻检查制度

1928年，国民党执掌全国政权后，为推行党治文化，维护一党专制，根据"以党治报"的方针和"科学的新闻统制"的思想，制订颁布了一系列有关新闻出版的法律、条例，并成立了专司书刊审查的机构，颁布图书审查的条例和办法，以控制全国的新闻出版界。

国民党当局最初实行出版后审查制度。于1928年6月开始建立新闻宣传审查制度，先后公布了具法律效力的《指导党报条例》、《指导普通刊物条例》、《审查刊物条例》。根据这三个条例的规定："各刊物立论取材，须绝对以不违反本党之主义政策为最高原则"，"必须绝对服从中央及所在地最高级党部宣传部的审查"。1929年1月，国民党中央执委会常务会议以3个条例为基础，通过了专门的《宣传品审查条例》，明确规定包括"党内外之报纸及通讯稿"在内的7类宣传品，均须接受国民党中央及各级党部宣传部的审查；"各省、各特别市党部宣传部应负审查其所属区域内一切宣传品之责，并将审查意见检附原件呈报中央宣传部核办"；"各级党部及党员印行之宣传品及与宣传有关之刊物，均须一律呈送中央宣传部审查"。这些条令，使其对新闻界的管制日趋强化。同年国民党中央宣传部还颁布了《出版条例原则》和《查禁反动刊物令》等查禁书刊的法令。

1930年12月16日，国民党又以国民政府名义颁布了《出版法》，规定书刊在创刊前必须申请登记，批准后方可出版，还规定涉及"党义"的图书须交中央宣传部审查，其他文艺及社会科学方面的图书也同样要送审。1932年11月国民党中央执行委员会增订1929年国民党中央宣传部制定的《宣传品审查条例》

为《宣传品审查标准》，把宣传分为"适当的宣传"、"谬误的宣传"和"反动的宣传"。该条例规定处理办法条有："谬误者纠正或训斥之"，"反动者查禁查封或究办之"。这一《标准》的颁布，预示着注册登记制向审查制的发展倾向。自1933年起，国民党当局的新闻统制政策发生了较大的变化，不再实施原来的审查追惩制度，而开始推行旨在事前预防的新闻检查制度。国民党中央先后通过和颁布了《检查新闻办法大纲》、《新闻检查标准》、《重要都市新闻检查办法》、《各省市新闻检查所新闻检查规程》、《各省市新闻检查所新闻检查违检惩罚暂行办法》等一系列有关文件。据此，国民党当局先后在上海、北平、天津、汉口等重要都市设立了新闻检查所，由当地政、党、军三方机关派员组成。

1934年，国民党当局又将这一制度推广到图书杂志。4月5日，国民党中央执委会常务会议通过《中央宣传委员会图书杂志审查委员会组织规程》。6月1日，国民党中央宣传委员会发布《图书杂志审查办法》，根据上述文件的规定，"凡在中华民国境内之书局、社团或著作人所出版之图书杂志，应于付印前依据本办法，将稿本呈送中央宣传委员会图书杂志审查委员会申请审查"，审查委员会有权删改稿本，删掉的地方不许留下空白。国民党当局首先在上海设立了图书杂志审查委员会，然后推向全国。1934年6月6日，国民党中央设立了中央图书杂志审查委员会，由著名的特务潘公展任主任委员，开始对图书杂志在付印前进行审查，用潘公展的话说，"稍有不妥，就要删改；宁可多删多改，不可放松过去"。当时担任中央图书馆杂志审查委员会社会科学组副组长的戴鹏天承认，他是"做了文化上的刽子手"。国民党还在中央专门成立了新闻检查处，由贺衷寒担任处长，负责全国新闻检查工作。1935年7月15日，国民政府立法院颁布了《修正出版法》，规定报刊应于"首次发行前，填具登记申请书，呈由发行所所在地之地方主管官署核准后，始得发行"。这两个法规，实际上将由原《出版法》规定的注册登记制改成了干涉舆论自由的审查批准制。这一改动一直延续到国民党退出大陆。①

据统计，1927年4月至1937年7月10年间，被国民党政权各检查机构查禁的社会科学书刊达到1028种、进步文艺书刊458种。其罪名是："含有反动意识"、"攻击党政当局"、"挑拨阶级斗争"、"宣传共产主义"、"不妥"、"欠妥"、"鼓吹抗日"、"普罗文艺"、"左倾"、"言论反动"、

---

① 江沛：《南京政府时期舆论管理评析》，《近代史研究》1995年第3期，第98页。

"妖言惑众"、"讥评政府"等。针对这种文化专制主义行径，鲁迅先生曾愤慨地说："他们的嘴就是法律，无理可说。……一切刊物，除胡说八道的官办东西和帮闲凑趣的'文学'杂志而外，较好的都要压迫得奄奄无生气的。"①

抗战爆发后，鉴于中国进入战时状态，国民党政府颁发了一系列战时新闻检查法令，建立和健全战时新闻检查制度。1938年颁布的《战时图书杂志原稿审查办法》和《修正抗战期间图书杂志审查标准》，要求所有出版物须重新送"中央图书杂志审查委员会"审查，发给审查证，印在封底上，才能出版。对图书杂志采取原稿审查办法，对所有未经原稿审查的书刊一律予以取缔。1938年国民党政府中央图书杂志审查委员会还编印了《书刊查禁理由提要》。为了加强对新闻出版业的审查体制建设，国民党中央宣传部成立了一系列的专门机构。1939年春天，国民党中央成立军委会战时新闻检查局，统一新闻检查大权。学者王本朝评价道：40年代的文化出版因社会时局的大变化而显得更为活跃，同时受到的文化审查和人身迫害更加残酷、可怕。1941年，在仅仅半年多时间里，国民党政府在重庆成立的中央图书杂志审查委员会就查禁了961种书刊。邹韬奋在自传《抗战以来》里以长达9节的篇幅生动地叙述了与审查老爷们的纠缠，并对审查老爷们于文学和社会科学的"贡献"有过分析和说明。文化审查不仅仅是一种文化制度，还是如福柯所说的政治权力。邹韬奋称他们是"整个政治未改善的情况下的寄生虫"，审查老爷对送审内容可以任意实施"删除"、"修改"和"扣留"，这并不是什么文字或文学的问题，而有"政治上的意义"。②

对"违禁"报刊的处理

国民党政府在对书报实施检查的过程中，对"违禁"报刊的处理可谓形式多样，手段繁多。现以《生活》传媒系列为例，从刊物的出版发行、报刊内容、出版社、编辑记者几个方面来阐述政府的处理措施。

一、《生活日报》的筹办和被扼杀

1932年3月，邹韬奋与徐伯昕、戈公振等计划创办《生活日报》。3月5日，

① 参见江沛：《毁灭的种子：国民政府时期意识管制分析》，西安：陕西人民教育出版社，2000年。
② 王本朝：《文学审查与中国现代文学》，《现代中国文化与文学》2005年第2期，第170页。

邹韬奋根据读者来信，在《生活》周刊第7卷第9期上正式提出《创办生活日报之建议》，继之又登报公开招股，刊出《生活日报社股份公司章程》，规定由生活周刊社出资3000元，担任无限责任股东，正式开始集资。《生活日报》原定资本三十万，系两合股份公司性质。《生活日报》的发起是应许多读者的长期要求，所以一旦公布招股，许多读者因为信任《生活》周刊，都希望能有一个具有同样精神的日报，积极投股。建议书发表仅10天，已认股4万元，在一个月内，有二千多《生活》周刊的读者认股，总额达15万元以上。邹韬奋等人加紧制定计划、研究健全的组织、讨论报纸的篇幅、编排格式、内容分配、购置印刷机等设备等准备工作，并随时将筹备情况在《生活》周刊上报告读者。拟议中的《生活日报》总编辑是曾担任《时报》记者及总编十几年的戈公振。1932年5月7日，邹韬奋在《生活》周刊第7卷第18期上发表文章《〈生活日报〉与〈生活〉周刊》，紧接着，又在5月14日《生活》周刊第7卷19期上著文《再谈〈生活日报〉与〈生活〉周刊》，相继解释了两刊的异同，阐明《生活日报》和《生活》周刊是相辅相成的关系。但最后因政府不予登记而夭折，邹韬奋等人被迫停办《生活日报》。"那时国民党中央党部闻而震惊，听说曾开会讨论，想单独投资十万元，后来因知道是两合公司，最多投资而亦无法操纵，只得作罢。《生活日报》原可顺利产生，后因我受到政治的压迫，实际上办不起来。"[1]邹韬奋发表《〈生活日报〉停办通告》，声明"本报之筹办动机纯正，毫无背景，最近以股款业已认足，正在积极进行以副建议及赞助诸君之厚望，乃报尤未出，已有宵小蒙蔽当局，肆意诬陷窃以公正言论非有相当之法律保障难以自存，在不佞尤不愿以二千余人辛勤凑集之资作无代价之孤注一掷，故特决定停办"。继而又于1932年10月22日《生活》周刊第7卷第42期上发表《〈生活日报〉宣告停办发还股款启事》，"惟自近月来《生活》周刊遭受压迫日在挣扎奋斗之中，就日前形势言周刊存亡未卜朝夕，在此环境之下，日报即令勉强出版，亦难为民众喉舌。韬奋受二千余股东付托之重不愿冒昧将事，为此决定停办所有股款"[2]。将已经招得的全部股款及利息由银行退还入股者。

二、对《生活》"禁邮"

1932年1月9日，《生活》周刊第7卷第 1 期上发表邹韬奋的《我们最近的思想与态度》，文中指出："我们所信守的正义，是反对少数特殊阶级剥削大

---

① 邹韬奋：《经历·患难余生记》，长沙：岳麓书社，1999年，第171页。
② 邹韬奋：《韬奋新闻出版文选》，邹嘉骊主编，上海：学林出版社，2000年，第106—107页。

多数劳苦民众的不平行为；换言之，即无论何种政策与行为，必须顾到大多数民众的福利，而不得为少数人假借作特殊享用的工具。""深刻认识到，剥削大多数民众以供少数特殊阶级享用的资本主义的社会制度终必崩溃，为大多数民众谋福利的社会主义的社会制度终必成立。一方崩溃，一方成立，在时间上的迟早，则视努力的程度以为衡。"1932年7月2日《生活》周刊第7卷第26期上又发表了邹韬奋的《我们最近的趋向》一文，文中阐释："本刊虽未加入任何政治集团的组织，但我们却有我们自己的立场；凡遇有所评述或建议，必以劳苦民众的福利为前提，也就是以劳苦民众的立场为出发点……我们认为中国乃至全世界的乱源，都可归结于有榨取的阶级和被榨取的阶级，有压迫的阶级和被压迫的阶级，要消灭这种不幸的现象，只有社会主义的一条路走，而绝非行将没落的资本主义和西洋的虚伪民主政治的老把戏所能挽救。所以依客观的研讨，中国无出路则已，如有出路，必要走上社会主义的这条路。我们对于此点既有深刻的认识，绝对不愿开倒车。"这两篇文章公开宣传社会主义，自然为当局所不能容忍。1932年7月，国民党以"言语反动，诋谤党国"的罪名下令邮局对《生活》"禁邮"，禁止《生活》周刊在河南、湖北、江西、安徽等省邮递。①1932年10月14日，国民党政府上海市公安局复市党部封禁《生活》周刊，"奉令依照出版法办理"。1932年11月，邹韬奋在自己的袖珍日记本上记录两则国民党中央密令迫害《生活》周刊的文字："第一次接中央密令饬新闻检查员会同公安局停邮"，"第二次接中央密令（电报）云生活改变寄递方法立派干员会同公安局守候各码头及各报贩停止送买"，"惟无封闭字样"，"十月十四日公安局复市党部封禁生活周刊奉令依照出版法办理"。②1933年7月，《生活》周刊被禁止全国邮寄。

《生活》周刊遭国民党政府全国禁邮后，向来关心文化事业的国民党元老蔡元培曾连发两电，要求国民党中央解禁《生活》，均遭拒绝。1933年11月3日，国民党中央宣传委员会主任邵元冲复电蔡元培："蔡孑民先生赐鉴：世电奉悉。《生活》周刊连载反动言论，如听其溯鼓，混淆是非，影响颇巨，故中央不得不予以查禁之处分。两承电示，深钦仁怀。但当兹扶植正当言论、纠绳谬波词之际，非俟该报恳切自动表示悛悔之决心，力端言论之趋向，遽予宽假，似有困难。详情容驾返京时面陈。谨先电复，诸其鉴谅。弟邵元冲

---

① 钱小柏、雷群明：《韬奋与出版》，第198页。
② 邹韬奋：《韬奋全集》第四卷，上海：上海人民出版社，1995年，第461—462页。

叩。"①邹韬奋最初认为这只是个误会，"因为《生活》自问只有在政策上批评的态度，并没有反政府的态度，所以先从解释误会下手"。黄炎培又托曾与蒋介石结拜订为"盟兄弟"的国民党政要黄郛代为沟通，但拿回来的却是一厚本《生活》合订本，蒋介石把《生活》合订本上批评政府的地方都用红笔划了出来，说："批评政府就是反对政府，绝对没有商量的余地！"②对此，邹韬奋则表示："我的态度是头可杀，而我的良心主张，我的言论自由，我的编辑主权，是断然不受任何方面任何个人所屈服的。"1932年10月22日，他在《生活》周刊上著文声明："所要保全的是本刊在言论上的独立精神———本刊的生命所靠托的唯一的要素。倘本刊在言论上的独立精神无法维持，那末生不如死，不如听其关门大吉，无丝毫保全的价值，在记者亦不再作丝毫的留恋。"

三、封闭《生活》周刊

1933年11月，以陈铭枢、蔡廷锴为首的国民党内抗日派在福建成立人民政府，号召反蒋抗日。《生活》在"小言论"专栏发表了胡愈之执笔的《让民众起来吧》一文。文章呼吁，"真正的民族革命，却不是军阀官僚政客所能包办的，必须是由民众直接发动，民众直接斗争，才能达到最后的胜利。现在这时机是不容再迟延了，让民众自己起来吧！"国民党上海党部再也容不下这份屡屡出轨的杂志。1933年12月8日，国民党政府以同情福建人民政府和"言论反动、思想激进、毁谤党国"的罪名，密令查封《生活》周刊。③1933年12月16日，历时八年，从未脱期的《生活》周刊出版了最后一期——第8卷第50期，刊出已流亡在欧洲的邹韬奋早在一年多前就准备好的《与读者诸君告别》一文："本刊自东北国难发生以来，愈痛于帝国主义的侵凌与军阀官僚的误国，悲怆愤慨，大声疾呼，希望能为垂危的中华民族唤起注意与努力，不料竟以此而大招政府当局的疑忌，横加压迫，愈逼愈厉，本刊在以往三个月里无日不在惊风骇浪中挣扎奋斗，记者持笔草此文时，已得到即将封闭本社的确息，我们寻遍了《出版法》的规例，不知犯了那一条，政府封闭本社，也不知根据了那一条。但是本刊在政府威权之下，已无继续出版之可能，本刊为正义而奋斗，已到了最后的一步，预计本期和读者诸君相见的时候，本社已被封闭，可以说是与诸君告别的一期……记者所始终认为绝对不容侵犯的是本刊在言论上的独

---

① 邹嘉骊：《韬奋年谱》（中卷），上海：上海文艺出版社，2005年，第455页。
② 邹韬奋：《经历·患难余生记》，长沙：岳麓书社，1999年，第171页。
③ 周为筠：《杂志民国刊物里的时代风云》，北京：金城出版社，2009年，第130页。

立精神，也就是所谓报格。倘须屈服于干涉言论的附带条件，无论出于何种方式，记者为自己的人格计，为本刊报格计，都抱有宁为玉碎，不为瓦全的决心。记者原不愿和我所敬爱的读者遽尔诀别，故如能在不丧及人格及报格的范围内保全本刊的生命，固所大愿，但经三个月的挣扎，知道事实上如不愿抛弃人格报格便毫无保全本刊的可能，如此保全本刊实等于自杀政策，决非记者所愿为，也不是热心赞助本刊的读者诸君所希望于记者的行为，故毅然决然听任本刊之横遭封闭，义无反顾，不欲苟全。"

四、《新生》事件

1935年5月4日，《生活》周刊的姊妹刊《新生》周刊第二卷第15期上发表署名易水（实系该刊编辑艾寒松的笔名）写的《闲话皇帝》杂文，谈论古今中外的君主制度，其中说到日本的天皇。他说："日本天皇是一个生物学家，对于做皇帝，因为世袭的关系，他不得不做，一切的事，虽也奉天皇的名义而行，其实早作不得主"，"日本军部，资产阶级，是日本真正统治者"。此文发表前送国民党上海的审查机关审查通过，出版后又审，并按例送国民党中宣部复审。但是，引起日方的强烈抗议，先是日本浪人在虹口游行滋事，6月7日和6月24日，日本驻上海领事以"侮辱天皇，妨害邦交"为由，向国民党政府提出封禁《新生》周刊、没收第2卷第15期《新生》、严办《新生》主持人杜重远和《闲话皇帝》作者易水、惩办上海中央图书杂志审查委员会、向日本道歉等无理要求。同时在上海调兵遣将，进行武力威胁。慑于"友邦惊诧"，国民党政府为平息日方，训令上海市政府向日本道歉，撤换上海市警察局长，并当即查封《新生》周刊，并对《新生》杂志主编杜重远提起公诉。国民党中央宣传委员会还为此事电令各级党部及新闻出版界，加紧查禁抗日言论，取缔抗日活动。1935年6月10日，南京最高当局发出禁止全国排日、排外的《敦睦邦交令》，明令"凡我国民对于友邦，务敦睦谊，不得有排斥及挑拨恶感之言论行为"，否则"定予严惩"。在7月由法院审理此案，杜重远拒绝交出《闲话皇帝》一文作者，最后判处杜重远徒刑一年零两个月；暂时取消国民党中央图书杂志审查委员会上海分会，审查工作由党务部门转到了政府部门。《新生》周刊散发了《告别读者诸君》传单，要大家记住这一屈辱。上海各界群众成立"《新生》事件后援会"，全国民众抗日救亡怒潮进一步掀起。

对待编辑报人：收买与迫害并举

国民党当局对付邹韬奋，可以说是"软硬兼施"。在查禁刊物的同时，多次派人说服邹韬奋放弃他的政治主张。1932年蒋介石派心腹将领胡宗南把邹韬奋找去，和他探讨办刊物的宗旨问题，要求《生活》周刊改变立场。和胡宗南辩论了四个钟头，主要是辩论抗日问题和《生活》周刊的主张问题。邹韬奋称"我们只拥护抗日政府"[①]。这是第一次国民党对于邹韬奋的高规格的"劝说"。

见胡宗南游说失败，蒋介石于是直接对主办方职教社施压，让黄炎培去扭转《生活》方向。黄炎培一向十分赞同《生活》的舆论导向，对周刊给予最大的经济权利和办刊自由，分文不取利润。黄炎培每次对老蒋的要求都敷衍了事，这次也不例外。[②]邹韬奋曾撰写《舆论的力量》一文，阐述了强权压制不了舆论的观点："民主政治的社会最注重民意的表现，表现的方法除选举外，便是舆论……个人或少数人的言论何以又能发生伟大的力量呢？这绝对不在执笔的个人或少数人的自身，却在所发表的言论确是根据正确的事实和公平的判断，确能言人所欲言，言人所不敢言（这一点当然也还须有着相当的客观条件），才真够得上舆论，才能发生舆论的伟大力量。所以'舆论'这个重要的——也可以说是神圣的——宝物，不是有钱办报，有笔写文，就可以夺取到手的；也不是强迫任何人拿起笔来写出你所要说的文章，送到读者的手里，就可以发生什么舆论效力的。有钱有势的人尽管可以压迫舆论，收买舆论，乃至摧残舆论，但这些手段只是做到表面上像煞有介事，在实际上丝毫收不到所希望的舆论的效果，因为'舆论'这个宝物也是奇物，真正的舆论有如真理，无论如何是压不下去的。"[③]1941年2月，国民党图书杂志审查委员会以"完全出于派系私利的立场"为罪名，扣留了本文。

1932年10月22日，邹韬奋在《生活》周刊第7卷第42期上发表了《为什么要保全〈生活〉》，阐明自己尽全力经营《生活》周刊的原因，既非为本刊的资产，又非为保全个人的得失，"所要保全的是本刊在言论上的独立精神——本刊的生命所靠托的唯一的要素。倘本刊在言论上的独立精神无法维持，那末

---

① 上海邹韬奋纪念馆编：《韬奋的道路》，北京：三联书店，1958年，第16—17页。
② 周为筠：《杂志民国刊物里的时代风云》，第127页。
③ 邹韬奋：《舆论的力量》，《我的出版主张》，南宁：广西教育出版社，1999年，第85—86页。

生不如死，不如听其关门大吉，无丝毫保全的价值，在记者亦不再作丝毫的留恋"①。

1933年6月18日，中国民权保障同盟总干事杨杏佛，遭国民党特务暗杀，"同盟"执委邹韬奋也被列入黑名单。1933年7月到1935年8月，邹韬奋为躲避国民党迫害被迫离开上海，前往欧洲考察，开始了他的第一次流亡生活。在邹韬奋出国期间，由徐伯昕负责店务，胡愈之、艾寒松负责编务。

邹韬奋回国后，1935年底，南京当局派出了要员张道藩与刘健群进行劝说，由邹韬奋在上海出版界的朋友邵洵美做介绍人，地点在邵洵美家。张道藩当时担任国民党中央宣传部部长，刘健群是复兴社的总书记。谈及敏感的抗战问题，邹韬奋问到中国是否应该停止内战，团结全国一致御侮？刘健群说这全凭领袖的脑壳去决定，提倡对领袖的绝对服从。邹韬奋反驳说：救亡运动是爱国民众的共同要求，绝不是一二人或少数人脑壳所能创造或捏造出来的。民间的爱国运动，尽可被作为政府的外交后盾，不必即视为反政府的行为。邹韬奋声明希望蒋先生领导全国抗战，成为民族领袖，对领袖当然尊重，但对刘健群所主张的"领袖脑壳论"却不敢苟同。这次谈话依然没有达成共识和结果。邹韬奋随后还在《大众生活》上发表了《领导权》一文，驳斥了刘健群的"领袖脑壳论"，认为这种领袖观是独裁而非民主地领袖观，称民意机关便是最优秀民众的"脑壳"聚集所。

蒋介石决定亲自召见邹韬奋，曾经让上海滩的"头面人物"杜月笙约请邹韬奋到南京"当面一谈"。为了免去邹韬奋对安全的担心，杜月笙自愿陪同往返。他还告诉邹韬奋，南京方面派戴笠亲自到车站迎接。但当时邹韬奋已加入全国各界抗日救国联合执行委员会，是执行委员之一。在和救国会同志协商后，决定不去南京。邹韬奋最终拒绝了这个非同寻常的邀请。在未完成的遗作《患难余生记》中，邹韬奋饶有兴致地记述了故事的尾声，第二天戴笠仍奉蒋介石之命去南京火车站接人，接不到人，只能原车返回。不料天降大雨，道路泥泞，半路车子翻了，弄得戴笠满身污泥狼狈不堪。邹韬奋写道："在他们看来，我大概是一个最不识抬举的人！"三年后，在重庆，邹韬奋才知道，那次蒋介石约他"当面一谈"的目的，是要他做"陈布雷第二"。邹韬奋当然不会去南京，也绝不会做"陈布雷第二"。他不肯就范，结果只有流亡香港。②邹

① 邹韬奋：《韬奋新闻出版文选》，邹嘉骊主编，第321页。
② 邹韬奋：《经历·患难余生记》，第232页。

韬奋去世后，凯丰在《纪念韬奋先生》一文中盛赞韬奋先生的为人，"不为官爵所动，不为威武所屈"。[①]

打压封闭生活书店

生活书店的前身是《生活》周刊社，鉴于《生活》周刊随时可能被扼杀，邹韬奋和同事们采取了一系列措施以减少损失。胡愈之提议创办一家书店，不但可以出版书籍和其他出版物，而且又多了一块宣传阵地。一旦《生活》周刊被封，换个刊名又可重新出刊。1932年7月，徐伯昕与邹韬奋、胡愈之一起在"《生活》周刊书报代办部"基础上创办生活书店。邹韬奋为总经理。徐伯昕任经理，是生活书店的法人代表，生活版书刊的发行人。

国民党当局起先企图收买生活书店，出钱出人，不加还价。随着打压逐步加强，1939年3月，重庆警备司令部奉图书审查委员会令，强行将生活书店重庆分店门市部中艾思奇所著170余本《思想方法论》拿走，并蛮横地要把分店经理及会计带走。徐伯昕得悉消息后，当即持注册证书去图书审查委员会据理力争，警方理屈穷词，只得作罢。生活书店各分支店中最早被封的是西安分店，1939年4月21日，国民党第一战区政治部、陕西省党部会同省会警察局，查封生活书店西安分店。强行没收已注册准予发售的书刊1860册及个人财物，经理周名寰被捕，并迫令停业。邹韬奋与徐伯昕获悉后，即去国民党中宣部交涉，未果。周名寰患有肺病也不准保释就医，后来周病死在集中营里。4月30日，南郑支店被搜查，经理贺尚华被拘押。

1939年6月，国民党当局派警察突然包围生活书店，派出几个会计专家查书店账目，企图从中找出共产党资助的证据，以进一步迫害书店，结果也毫无所获。1939年7月4日，国民党中宣部副部长潘公展约邹韬奋与徐伯昕谈话，转告中宣部长叶楚伦指示，强迫生活书店与官方的"正中书局"、"独立出版社"联合组织总管理处或成立董事会，主持总的出版营业方针。请邹韬奋出任总经理，管理所属三个出版机构，各店对外的名称保持不变。书店直接由国民党中央党部领导，并由他们委派总编辑。并在外扬言，不合并，就全部消灭。邹韬奋当然不会同"二陈"的出版机构合并，这样做会使生活书店失去店格，"我认为失去店格就是灭亡，与其失去店格而灭亡，还不如保全店格而灭亡"，所

① 上海邹韬奋纪念馆编：《韬奋的道路》，第16—17页。

谓联合与合并，不过是消灭与吞并的别名罢了，绝对不能接受。邹韬奋与徐伯昕当即严词拒绝，坚定表示："宁可封店，决不屈服。"最后由国民党主管文化出版的刘百闵出面再与邹韬奋做最后的谈判。刘百闵又提出另一个方案，即政府给生活书店注资成为股东，派两个人挂个空职"监督"，让政府放心。邹韬奋又严词拒绝，理由是：民办事业是国家法律所允许，生活书店一向遵守法令，已经接受法律监督，不能再受派人"监督"。刘百闵最后摊牌说，这是蒋总裁本人的主意，不能违反。邹韬奋则回以"宁为玉碎，不为瓦全"，谈判宣告破裂。

在合并谈判破裂后，封店捕人的事故又不断发生。生活书店各地分店相继被查封，到1940年6月，生活书店所建立的55个分支店，只剩下了6个。40多名员工被逮捕或强迫押送出境，大批出版物遭到没收，公私财产被侵吞。邹韬奋一再向国民党中央文化主管部门交涉，都推说是"地方事件，不是中央政策"。在交涉过程里，国民党特务头目徐恩曾、戴笠都找邹韬奋谈话，劝他加入国民党，但遭到了拒绝。他说，"我觉得以国民的立场较国民党员的立场为佳"。1941年2月7日至21日，成都、桂林、贵阳、昆明、曲江五个分店先后被国民党当局查封或限期停业，最后只剩下了重庆分店1处权当作"言论自由"的装饰。皖南分店的经理方钧竟惨遭杀害。

1941年2月15日，徐伯昕以生活书店总经理名，向行政院院长呈文，"请求迅予撤销查封成都、桂林两地生活书店命令"，"以利抗战事"，并认为"生活书店为恪遵法令、努力抗战文化之正当商业机关，理应获得法律之保障"。后又呈文要求撤销查封贵阳、昆明两地生活书店的命令。1941年2月23日，在第二届国民参政会第一次会议开幕之前，邹韬奋愤而辞去参政员之职，出走香港，抗议当局对书店和进步文化事业的迫害。1941年3月，徐伯昕趁国民党政府召开第二届国民参政会第一次会议，撰写《生活书店横被摧残的经过》，并散发给每个参政员。 1941年4月3日、6日、10日、13日，徐伯昕在《新中华报》上连续刊载《生活书店横被摧残经过》一文。以详尽具体的事实，阐述生活书店二十个分店被封及勒令停业的经过，以及书刊被非法扣留及查禁的情形，揭露了国民党当局对抗日进步文化事业的摧残迫害。

总之，在民国书报审查制度下，《生活》传媒系列的出版发行举步维艰，从一个侧面反映了文化专制时代现代中国文学的生存状态。

| 五、从自主到自由
——论三次法律事件与张恨水职业作家身份意识的确立 |

　　《啼笑因缘》的发表、出版，其影响从20世纪30年代以至于今日，既有作者创造的"文本潜能"，又有各种传播方式的不断参与，同时也产生了强烈的"读者反应"。但是，我们应该看到，这一文本的传播和接受具有很大的特殊性，它的意义它的存在价值更多需要从文本外围界定，不仅仅取决于文本内部的故事性，还取决于小说文本被传播与被接受的广泛度，特别是其传播形式与过程的特殊性。报刊连载、单行本发行、电影拍摄三种传播形式共同构成了《啼笑因缘》特殊的传播路径。当我们重新回顾历史会发现，这一文本在三种不同传播形式的流通中遭遇了来自法律层面的不同阻力，具体地体现在围绕《啼笑因缘》引起的版权纠纷中。通过考察"世界书局契约"事件、《啼笑因缘》引发《新闻报》与《世界日报》南北两大报纸版权纠纷、大华与明星两家电影公司之间的《啼笑因缘》"双包案"三起涉及张恨水小说版权的法律事件之间隐匿的各种社会因素，可以看到张恨水在三次事件中所持的态度及其在事件运作过程中所起的作用，并观察到职业作家身份意识是如何在张恨水身上逐渐强化并确立起来的。

"世界书局契约"事件

　　如果讨论《啼笑因缘》的传播途径，那么有必要将"世界书局契约"事件纳入讨论范围，因为它是张恨水凭借《啼笑因缘》在上海名声大噪的前奏。1930年秋，张恨水南游期间经赵苕狂介绍，认识了世界书局总经理沈知方。在赵、沈的劝说下，张恨水将《春明外史》、《金粉世家》两部小说交由上海世界书局出版，并言明，《春明外史》可以一次付清稿费，条件是要把北平的纸型销毁；《金粉世家》的稿费分四次支付，每收到1/4的稿子，支付一千元。此外，赵苕狂又约张恨水专门为世界书局写四部小说，每三个月交出一部，字数是每部十万字以上，二十万字以下，每千字八元。次日，赵苕狂与张恨水双方签订合同。赵苕狂交付四千元支票一张。当时的上海小报盛传张恨水在十几分钟内，收到了几万元的稿费，在北平买了一座王府和一部汽车。这就是轰动文坛的"世界书局契约"事件。正是"世界书局契约"事件使张恨水成功地打入了上海的写作圈，并与上海的图书出版市场直接联系起来。同时，契约将张恨水与出版社连接成一个利益共同体，这份工作又给张恨水带来了一种身份感，张恨水基于契约有为出版社工作的义务。当一部作品与具体的"个人"发生上述关系，"个人"对作品享有自始至终的著作权时，作为作家的身份意识才可能确立。

对于轰动文坛的"世界书局契约"事件，小报的传言固然有夸张的成分，但是在民国中期，上海刊物稿酬的行情一般在一元到三元不等，但"张恨水是小说界的红客，千字卖八元，还是你抢我夺"。①可是，在外界看来获得丰厚收入的张恨水本人的态度却完全不同。张恨水的儿子张伍回忆父亲对这一事件的看法时说道："父亲说，这话如同梦呓，在中国靠耍笔杆子卖文糊口的人，永远不会有这样的故事发生，过去如此，将来亦无不然。"②张恨水的态度颇耐人寻味。事实上张恨水在整个事件中他居于参与者的位置。签订契约这件事给他带来了名声，但在他看来，获得名声不是一种理想，而成了必须要履行的义务。张恨水的创作从基于编辑身份而为副刊撰稿的义务中获得解放，代之以为出版社创作小说的契约义务。

《啼笑因缘》的版权纠纷

张恨水曾回忆道："《啼笑因缘》的销数，直到现在，还超过我其他作品的销数。除了国内，南洋各处私人盗印翻版的不算，我所能估计的，该书前后已超过二十版。第一版是一万部，第二版是一万五千部。以后各版有四五千部，也有两、三千部的。因为书销的这样多，所以人家说起张恨水，就联想到

---

① 郑逸梅：《小品大观·张恨水》，选自芮和师、范伯群等编：《鸳鸯蝴蝶派文学资料》（上），福州：福建人民出版社，1984年，第346页。

② 张伍：《我的父亲张恨水》，沈阳：春风文艺出版社，2002年，第127页。

《啼笑因缘》。"①

　　在《啼笑因缘》取得成功之前，张恨水虽然已经发表过《春明外史》、《金粉世家》两部受追捧的小说，但由于交通阻隔和连年军阀混战，他的这种影响范围基本在以北平为中心的北方地区。但是不久后，张恨水遇到了进军上海写作圈的契机。1929年，阎锡山邀请上海记者团北上参观，通过友人、被喻为小报界"教父"钱芥尘的介绍，张恨水认识了时任上海《新闻报》副刊《快活林》主编的严独鹤。严独鹤约张恨水写一篇小说。据张恨水回忆："于是我就想了这样一个并不太长的故事。稿子拿去了，并预付了一部分稿费。"②这个"并不太长的故事"就是《啼笑因缘》。小说连载后，在读者群中造成极大的狂热，并由此引发了一连串的连锁反应。小说的成功带来了丰厚收益，使它一度成为现代传媒利益链中各方争夺的对象。也正是在《啼笑因缘》这种广发的流通过程中，引发了两次关于它的版权纠纷。

　　第一次版权纠纷发生在《啼笑因缘》的报刊连载过程中，当事人是南北两大报刊《新闻报》与《世界日报》。在解决这次纠纷的过程中，双方并未诉诸法律手段，而是通过张恨水主动出面协调解决的。1930年2月张恨水因对成舍我苛刻的给薪方式不满，辞去《世界日报》和《世界晚报》的编辑职务。之后的一段时间，张恨水有了难得的闲暇，也让他有更多的精力专注于写作。这段时期可以说是他的创作高峰期，写下了大量作品，其中最值得关注的是《啼笑因缘》的连载。1930年3月17日开始，《啼笑因缘》陆续发表于上海《新闻报》副刊《快活林》，到1930年11月30日，小说连载完毕，共22回。之后的第二天12月1日，严独鹤发表《关于啼笑因缘的报告》，在文中他向读者透露了《啼笑因缘》连载完后将会有出版单行本、拍摄电影的计划。紧接着12月2日，在《关于啼笑因缘的报告（二）》一文中，严独鹤声明："最近有北平某报亦刊载《啼笑因缘》小说，以此颇引起一部分人的怀疑，以为《啼笑因缘》，何以同时刊于南北两报，实则系北平某报，完全未得本报同意，亦未得恨水先生同意，自行转载。现此事已由本报请恨水先生就近向之直接交涉，现该报已承认即此停止。（所刊亦只八回）关于此点，是本报和恨水先生均不能不切实声明的。"③

---

　　① 张恨水：《写作生涯回忆》，选自《写作生涯回忆》，太原：北岳文艺出版社，1993年，第44页。

　　② 同上，第43页。

　　③ 独鹤：《关于啼笑因缘的报告（二）》，《新闻报》副刊《快活林》，1930年12月2日第十一版。

　　上文中的"北平某报"就是由成舍我主办的北平《世界日报》副刊《明珠》。1930年9月24日，《啼笑因缘》开始在《世界日报》副刊《明珠》上连载，而此时《新闻报》副刊《快活林》上的连载已进行至第十七回。而《世界日报》上的连载仅持续两个月，1930年11月28日，小说连载至第八回即结束。通过对比可以发现，两家报纸上的同名小说实非一个版本，事实上两报连载的小说无论在故事章节的安排，还是各个章节的回目上都存在很大的差异。也就是说，《世界日报》上的版本是张恨水在原作基础上，经过修改后的作品。既然两报所载小说并非完全相同，那么严独鹤发表声明的缘由是什么呢？张恨水又是怎样协调各方利益，使它们的关系达到和解的呢？

　　由于目睹了《啼笑因缘》巨大的市场需求，商业眼光敏锐的严独鹤早在小说连载完之前即策划出版发行《啼笑因缘》的单行本。严独鹤与《新闻报》另外两位编辑徐耻痕、严谔声紧急成立"三友书社"，抢先取得了小说的出版权。因此，另一修改版本的出现必然会影响到三友书社的利益。此外，当时出版界执行的是1928年国民党政府颁布的著作权法，该法律第二十一条明确规定："揭载于报纸、杂志之事项，得注明不许转载。其未经注明不许转载者，转载人须经注明其原载之报纸或杂志。"①据此规定，《新闻报》可以以未注明转载为依据，在报纸发表声明令《世界日报》停止连载。但是《世界日报》所刊载的文字并非完全意义上的转载，它是经过修改之后的完全不同的另一个版本，所以《新闻报》仅以未注明转载为由并不充分。但是1928年的《著作权》第十七条指出："出资聘人所成之著作物，其著作权归出资人有之。"②严独鹤在张恨水完成《啼笑因缘》之前就已预付了稿费。张恨水说道："稿子拿去了，并预付了一部分稿费。"③因此，《新闻报》可以视为出资人，享有《啼笑因缘》的著作权。因此，《新闻报》在此次事件中握有法律上的主动权。但是由于《世界日报》与张恨水的渊源深厚，所以严独鹤请张恨水出面协调此事，并未诉诸法律手段。1930年12月27日，张恨水就此事在《世界日报》副刊《明珠》上发文说明原委："可是发表之期，正在南北报纸隔断之日。有些朋友，以为北方报纸的读者，也许愿意看看，因之，我就将该书在本栏发表。"④上张恨水做出的解释是"南北报纸隔断"，此系事实。1930年4月到

---

① 周林、李明山主编：《中国版权史研究文献》，北京：中国方正出版社，1999年，第227页。
② 同上。
③ 张恨水：《写作生涯回忆》，选自《写作生涯回忆》，第43页。
④ 恨水：《关于啼笑因缘》，《世界日报》副刊《明珠》1930年12月27日第九版。

11月间，爆发了中原大战，战事蔓延几省必然造成南北交通阻隔，信息中断。此期间张恨水的《啼笑因缘》连载并在上海引起了轰动。《世界日报》凭借之前与张恨水的私交，邀约他在该报连载这个热销的小说也是可以理解的。张恨水夹在《新闻报》与《世界日报》的利益纠纷之间，他的态度也是颇耐人寻味的。一方面，他感恩于《新闻报》的大力推介，愿意出面协调纠纷；另一方面，对于老东家《世界日报》的感情，使他愿意出面对读者做出声明并力担责任。最终，两家报纸的版权纠纷在张恨水的个人调节下得以解决。通过梳理这次版权纠纷的来龙去脉，可以发现张恨水对本次纠纷的解决发挥了最重要的作用，在这起事件的处理过程中，他的姿态也是积极主动的。与居于契约关系中的被动接受不同的是，在这次法律纠纷的解决中，张恨水显然是以主持者的身份斡旋于南北两大报之间。在法律之外，张恨水与推介他的媒体平台存在深厚的人情关系，这直接决定了他处理这起纠纷所的态度。在小说的创作中，张恨水试图对作品做出修改，《世界日报》刊载的《啼笑因缘》版本无论在情节结构还是笔法上都优于之前的版本，展现出张恨水作为职业作家追求作品精品化的趋向。

"双包案"

关于《啼笑因缘》的版权纠纷，为人所熟知的并非上文所提及的《新闻报》与《世界日报》之间围绕小说连载引发的纷争，而是明星与大华两家电影公司为争夺《啼笑因缘》电影摄制权引发的纠纷，文坛将这一事件称为"《啼笑因缘》'双包案'"。

《啼笑因缘》问世后，引起很大的社会反响。明星影片公司通过三友书社向张恨水购得了版权（演出改编权），计划拍摄电影，并在报上刊登了不许他人侵犯权益的广告。正当明星公司全力以赴投入《啼》剧拍摄时，上海北四川路荣记广东大舞台正拟上演同名京剧。明星公司马上由公司常年法律顾问顾肯夫、风昔醉出面，提出警告，要求他们立即停止演出。后由黄金荣出面调解，明星公司同意他们改名为《戚笑姻缘》继续演出。无独有偶，顾无为在南京办大世界游乐场，正巧也在演出《啼笑因缘》舞台剧。由于明星公司对此剧寄予厚望，于是，顾无为被明星公司以侵犯版权为由提起控告。顾无为向明星公司老板张石川、周剑云疏通，要求私了。岂料明星公司老板有恃无恐，并不买账。面对侵权一事，顾无为疏通无效，被迫对簿公堂，准备出庭应诉。正在走投无路之时，顾无为意外地得知明星公司虽然拥有《啼笑因缘》的小说版权，但未曾向国民党内政部领到电影摄制许可证。顾无为得此信息，经过一个通宵的苦思冥想，完成了《啼笑因缘》的电影剧本稿。第二天一大早，手捧墨渍未干的剧本稿，兴冲冲跑到国民党内政部，呈请签发上演舞台剧和摄制电影《啼笑因缘》许可证。顾无为呈请的许可证，内政部当天就审查通过，隔天就把执照发到了他手里。顾无为拿到了执照后，立即赶到上海。第二天在上海出版的大报上，刊出一则醒目的启事，并配发了执照照片，声称他的影片公司已向内政部呈请取得《啼笑因缘》正式摄制电影和上演舞台剧的专项权，以后任何人未经许可，不得摄制影片和上演舞台剧。根据1928年《著作权法》第一条："凡书籍、论著、说部、乐谱、剧本、图画、字帖、照片、雕刻、模型及其他关于文艺学术或美术之著作物之著作权，一经依法注册，得就该著作物享有著作权，而就乐谱、剧本有著作权者，并得专有公开演奏或排演之权。"[1]第十九条规定："就他人之著作阐发新理或以原著作物不同之技术制成美术品者，得视为著作人，享有著作权。"[2]据此大华电影公司取得了《啼笑因缘》的摄制权。明星公司与之对簿公堂。最后，黄金荣、杜月笙出面调停，由明星公司给付十万，大华退出争夺告终。

在这次法律事件中，当事人之间的社会关系极为复杂，而作为《啼笑因缘》作者的张恨水却未被卷入这部错综复杂的社会关系网中，而他自己也乐得置身度外。"令人啼笑皆非的是，如此热闹的'双包案'，倒是与作者无干，不管他们双方如何斗法，父亲始终置身事外，既无人来征求父亲的意见，父亲也乐得不招惹是非，有那个工夫，他还可以多写几万字的小说呢。"[3]面对纷扰的利益纷争，张恨水没有深陷其中，而是以置身度外的姿态、达观的态度获得了一种自由的愉快和悠闲。这种自由的身心状态对职业作家的创作来说是极为重要的。

通过上文考察《啼笑因缘》两次版权纠纷，可以发现通俗文学在形式与内容上所具有的广发的流通性是引发版权之争的诱发因素。通俗文学广发的流通性，流通过程中遭遇到的来自法律层面的阻力以及面对这种阻力文学场中各方力量的相互作用为我们分析张恨水的创作心态提供了一个新的阐释视角。以现

---

① 周林、李明山主编：《中国版权史研究文献》，第225页。
② 同上，第227页。
③ 张伍：《我的父亲张恨水》，第121页。

代传媒兴起、报刊繁荣的民国社会文化生态中，"张恨水现象"仍然对当下有诸多启示意义。在以市场经济为主导的当代社会，知识产权的有效保护和良性交易是文艺工作者和文化产业健康发展的基础，文化发展尤其需要健全的知识产权法规体系的保驾护航。2012年3月31日，新的《著作权法》修改草案公示，激起整个社会的强烈关注和讨论。讨论之热烈、参与者之众多，在1991年制定《著作权法》、2001年对其进行修改时是难以想象的。中国的文艺界、文化界从来没有像今天这样认识到一部法律对于整个文艺行业、文化产业发展的重要性。正因如此，重新审视民国时期文学与法律之间的关系才变得尤为迫切和重要，这一富有学术新意的论题无疑会为当代文化空间的建设提供有益的历史经验。

第四编
抗战与革命语境中的文学

在抗战时期，中国的经济形势逆转，恶劣的通货膨胀伴随战争而来，货币急速贬值，物价飞涨，作家的生活条件随之恶化。抗战文学遭遇到了战争和经济的双重困厄。以战时的重庆为例，日军的轰炸让印刷厂时时处于毁灭的危险，工人工资上涨，用于印刷的土报纸也脱销……不少期刊因经费不支而宣告终结，勉力维系出版的刊物大多也无法按时出版，常常脱期。在20世纪二三十年代，维系一个文学团体，出版一份文学刊物，尚需要组织者殚精竭虑，在40年代的大后方，支撑一个文学团队，出版刊物对组织者而言更是挑战。

| 一、抗战时期文协经济状况考察 |

在抗战时期，中国的经济形势逆转，恶劣的通货膨胀伴随战争而来，货币急速贬值，物价飞涨，作家的生活条件随之恶化。抗战文学遭遇到了战争和经济的双重困厄。以战时的重庆为例，日军的轰炸让印刷厂时时处于毁灭的危险，工人工资上涨，用于印刷的土报纸也脱销……不少期刊因经费不支而宣告终结，勉力维系出版的刊物大多也无法按时出版，常常脱期。在20世纪二三十年代，维系一个文学团体，出版一份文学刊物，尚需要组织者殚精竭虑，在40年代的大后方，支撑一个文学团队，出版刊物对组织者而言更是挑战。

文协在抗战的非正常状态下，维系了七年多，出版会刊《抗战文艺》，举行各类文艺座谈会鼓励抗战，组织作家战地访问团去前线劳军，关注作家权益和生活，等等。长期负责文协日常工作的老舍在回顾文协成立一年以来的成绩时，曾经说过："凭热心是换不来任何东西的。" 如果说文协要做的是抗战文学的大事业，那么支撑着事业的则是无数细小具体的事务。在无数具体细小事务中，从始至终，最困扰老舍的无疑就是文协的经费问题。作品的创作自有赖于文学家们的创作，而刊物的发行，文协活动推动，和经济同样有紧密联系。从文协总务部的报告以及老舍与朋友们的往来信件中，处处可见这位文协"管家"对经费问题犯愁。从四处设法落实经费，到量入为出，文协的成就离不开总务部的精打细算。

文协的经济困境

按照《中华文艺界抗敌协会简章》的章程，文协的经费来源由三部分组成，即："（一）会员年费一元至五元；（二）特别捐及公私补助费；（三）

本会会员著作经本会介绍出版者抽取版费，或稿费百分之五。"①但在战争的大背景下，预计的章程在实际执行的过程中会面对很多的问题，收取会员会费，向政府部门申报补助都充满了重重困难。

首先是会员年费收取不易。文协是全国文艺界的最大组织，成立之初即得到了文艺界各方人士的踊跃呼应，各处的会员调查表源源不断地寄往总会，西安、成都、长沙、广州等地的分会也在积极筹备。总务部时时催促着会员们赶紧缴纳会费，"希望各处的会员们早交会费，多一分钱就多做一分事"。②"希望各处会员都赶快交费！"类似的提醒在初期的理事会上，在头几期《抗战文艺》上常常可见。

但是截至文协成立之后几个月，1938年7月总务部在会刊《抗战文艺》上第一次公布了账目，账目显示，共收取会费150元，计60人。③而此时的会员人数，已达400余人。一年以后，总务部报告一年以来的文协会务时，缴纳会费的会员有170余人，合计约300余元。④从这两个数据可以看出，缴纳会费的会员人数占总会员人数的比例始终未能过半。

抗战初期，人员的流动性极大，随着避难迁徙带来的，还有经济的窘迫。负责文协总务工作的老舍，在战时已经是很有威望的名作家，当文协决定由武汉迁至重庆时，他连花钱买船票的事儿"想都不敢想"。⑤在抗战时期，无论在战前经济状况如何，作家们在抗战时经济状况几乎皆不理想。"会员散处各地，已有困难，再加上交通不便，邮递阻滞，就无法征收了。在最近几个月中，大家的住处没有一定，更无从催交会费；会刊上虽有启事，可是寄发以后往往被邮局退回。还有，在军队或游击队中服务的会员，生活极苦，差不多连几角钱也拿不出，会中即使知道他们的通信处，也不忍得催促了。"⑥因此，文协的会员会费更多的只能是一种象征意义，"会员年费"的条例形同虚设。对维系文协日常工作来说，尚需要更稳定的经费来源。而这样稳定的经费来源，只能有赖政府的支持。

文协成立后即已经分别向中宣部、教育部、政治部申请经常补助。中宣部

① 《中华文艺界抗敌协会简章》，《中国抗日战争时期大后方文学书系第一编》，重庆：重庆出版社，1989年，第19页。
② 《会务报告小引》，《抗战文艺》1938年5月4日第1卷第1期。
③ 《总务部账目公布》，《抗战文艺》1938年7月30日第15期。
④ 《总务部报告》，《抗战文艺》1939年4月10日第37期。
⑤ 参看老舍：《八方风雨》，《老舍文集·第十四卷》，北京：人民文学出版社，1986年。
⑥ 《总务部报告》，《抗战文艺》1939年4月10日第37期。

允诺每月补助500元，教育部允诺每月补助200元，政治部也给予文协经常补助每月500元。允诺和经费到位，还差着长长的一段距离，需要去跑、去要。1938年6月12日的文协召开临时理事会，决定由胡风和老舍负责到政治部接洽，姚蓬子、王平陵、沙雁、老舍就去找时任教育部次长的张道藩；陈纪滢向中宣部催促发给补助。经过一番催促，教育部和中宣部的补助才在7月份到位。

除开固定的经费支持，文协经费来源中还有热心人士的捐助。文协成立时收到的特别捐计有：于右任300元，冯玉祥375元，邵力子200元，张道藩100元，陈真如25元，白岫5元，显示文协成立时和政府保持了良好的关系。1939年3月，远在新加坡的文协常务理事郁达夫得知文协经费困难，遂在他主编的新加坡《星洲日报·晨星》副刊上发起募捐活动，号召《晨星》的投稿者，将稿酬的一部分或全部捐出。后又在7月下旬，倡议《星洲日报》、《星中日报》、《总汇新报》各副刊，从8月7日至12月2日，联合举行捐助文协的文稿义卖周。前后所得捐款1300元，分三次汇出。1940年2月9日《星洲日报》刊出老舍收据手迹："今收到郁达夫汇交文协捐款一千三百元整，舒舍予。"[1]

在经费的支持而外，文协得到会员、理事们直接、间接的支持不少。老舍在文协任职，是不拿一分报酬的，全凭着他对抗战事业的热忱和做事的热心。文协决定撤离武汉迁往重庆，老舍觉得自己几乎不敢想买船票的事儿。在他离开武汉的当天，冯玉祥派人送去当月薪金100元，路费200元[2]。当时，冯玉祥主办了一份刊物《抗到底》，老舍和何容负责编辑。在把文协背到重庆的同时，老舍也负有将《抗到底》迁至重庆的职责。冯玉祥给老舍提供的个人薪金，也让老舍没有后顾之忧。

而林语堂在出国前夕将其在重庆北碚蔡锷路二十四号的宅邸捐给文协总会作为会址，无疑雪中送炭。当时因大轰炸，文协在临江门的总会已经受损严重，总务部迁至南泉，设立南泉会所。但北碚的会员人数比南泉还多，很有必要再设一处会所。总务部已经委托老向、以群、萧伯青等在北碚寻觅会所地址。林语堂的捐助，则为文协省下了一大笔钱，北碚会所可谓"得来全不费工夫"，连房子里的所有的木器都借给文协使用，北碚会所的建立几乎就没有花什么钱。

① 老舍，《致郁达夫·一九四〇年五月十五日》，《老舍书信集》，天津：百花文艺出版社，1992年，第93页。
② 《民国史档案资料丛书·冯玉祥日记（五）》，北京：民国史料编辑社，1932年，第507页。

作家成为"管家"

在做文协的总务部主任之前，老舍当过教师，做过独立的作家，可能从未料及有一天会成为全国最大的文艺界组织的管家。当管家不易，更何况当文协这样一个责任重大却经济窘困的组织的管家。他不得不小心谨慎地计划着每一分钱的去处。现根据《抗战文艺》上的有关1938年的账目报告，将该年度的支出梳理如下：

1. 7月之前：
① 收入：2555元
② 支出：

支出项	筹备会欠款	出版部	津贴及工资（3个月）	修缮摊款	房租（2个月）	购置	前线慰劳旅费	木器租金	邮电	纸张信封	文具	杂项	园会茶资	印刷	稿费	欢迎反侵略会代表色斯摊款	薪炭	合计
7月以前	371.5	714.3	135	98.88	92.3	46	41.24	36.23	34.28	31.93	24.69	22.45	21.09	15	15	13	3.55	1716.4

2. 7~8月：
① 收入（含结余）：1924.74元
② 支出：

支出项	出版部	稿费	津贴及工资	船票	房租	杂支	邮电	招待费	购置	印刷	纸张	煤电	文具	合计
7~8月	400	123	81	50	15.28	40.52	34.21	37.79	21.59	17.3	14.99	6.2	4.5	846.4

3. 9～10月

① 收入（含结余）：2132.81元

② 支出：

支出项	出版部	稿费	津贴及工资	木器	房租	购置	油印机	杂支	纸张	鲁迅纪念会捐款	邮电	文具	水电	合计
9～10月	710	121	79	72.45	49.6	41.7	40	31.44	17.55	20	15.24	8.54	7.37	1214

4. 11～12月

① 收入（含结余）：3025.46元

② 支出：

支出项	出版部	津贴及工资	房租	稿费	木器	邮电	杂支	购置	印刷	纸张	水电	文具	合计
11～12月	700	130	90	45	43.25	40.16	37.49	30.95	29.45	21.77	17.28	13.85	1199

从以上数据可以看出，每个月的固定支出中，占比例最大的是出版部，会刊《抗战文艺》的出版印刷是文协活动的重要板块。这份公开发行的刊物并未给文协带来更多的收入。会刊每月要送给会员与补助机关，其中中宣部就要送500本，不但不指望赚钱，每月还要赔上五六百元。此外，还有送到前线去的增刊，在香港出版着《英文会刊》等，都是无法考虑收益的。尽管《抗战文艺》放在市面上销售，价格从最初的三日刊零售价一本三分钱，变为周刊后一本五分钱，调整至一本九元，因通货膨胀1944年出版的第九卷第五六期合刊甚至卖到了120元。如果销量好，自然可以为文协增加一笔收入。可惜战火阻断交通，会刊在重庆复刊以后，只能行销于重庆、昆明、贵阳、成都这几个邻近城市。

"于是，每期只能印五千份，求出支相抵已自不易，更说不到赚钱了。"①除此之外，每个月还要协助分会100元。文协每个月的那一千多固定收入，则几乎不敷使用。

文协经费不充裕，人手更是奇缺。虽按章程应该聘请干事若干，事实却是只能请一个拿酬金的专职干事，前期聘请的专职干事为萧伯青，后期为梅林。这个干事名义上属于总务部，实际需要兼管各项事务，"须帮着出版部校对印稿，代研究部保管图书……一天到晚没有空闲"。②一直负责打理文协事务的老舍，不但从不在文协拿一分报酬，有时甚至还自掏腰包为文协的事儿张罗。

文协总会会址的选取也是经过慎重考虑的。最早在武汉的会址，是与中国文艺社及戏剧协会合租，"既省租金，且颇热闹"。文艺社迁走后，剧协也不打算继续租下去，文协就开始考虑另租小屋。再后来，总务部和出版部分别租房，都是临时和朋友分租。这是在文协成立不久的时候，为会所的事情已经大费周折。老舍感慨："发起一个组织，和要结婚一样，事前全是理想，事后乃须将精神落在煤米柴炭上。团体成立，比家庭安置更难。""一切交给总务部，而总务部职员遂埋在事务底下，有苦道不出。""外边也许以为会中表现者太少，而不知办事者早已跑酸了腿。"③

最初《抗战文艺》是没有稿费的，会员们给会刊寄稿，都不收取报酬。所以在7月之前，稿酬总计才15元。直到文协由武汉迁重庆期间，考虑到文协无法给大家提供车船费，就以稿酬的形式发会员们一些补贴，因此7月至10月的稿酬也在支出中占了重要部分。可似乎大家领取稿酬的积极性并不高，"就是这么连劝带让，也才只有十来位领取的"。稿酬在作家的经济收入的重要构成，文艺界常有为稿酬和版权争论不休甚至打官司的，到了文协这里，拿稿酬还得又劝又让。

至于维系文协日常运作的一些开销，如水电、文具、邮电等杂支，是一直受到老舍的严格控制，前期的月开销基本都在两百元以内的。"我们开茶会，会员自己掏茶资；我们聚餐，大家出饭费。除了开年会，我们不曾把钱花在点心茶饭上过。会中印好的信纸信封是为写公函用的，会员们和理事们全未揩过油，而理事们为会中通信，几乎永远是白赔邮票。"④

① 老舍：《八方风雨》，《老舍选集·第五卷》，成都：四川文艺出版社，1986年，第97页。
② 《一年来文协会务的检讨》，《老舍文集·第十五卷》，第561页。
③ 《关于文协》，《老舍文集·第十五卷》，第568页。
④ 《五年来的文协》，《老舍文集·第十五卷》，第588页。

"抗战"到底的文协

通货膨胀自战争开始就初现苗头，可在战争刚开始的几年，似乎还不至于影响人们的生活。尤其是历经颠簸，内迁到重庆的人们，低廉的物价甚至给了他们意外安慰。老舍感叹："四川的东西可真便宜，一角钱买十个很大的烧饼，一个铜板买一束鲜桂圆。好吧，天虽热，而物价低，生活容易，我们的心中凉爽了一点。"①胡风和夫人梅志带着儿子在万县候船去重庆，梅志"简直不相信她手中铜板的价值了。一个铜板可以买到三个大桔子"，"挑担卖的青菜萝卜，一个铜板就能买一斤"。②

可惜乐观的局面，进入1940年后就逐渐被打破。1940年食品价格开始猛涨，冲击着人们的日常生活，"1940年和1941年，重庆的食品价格暴涨了将近1400%"。③《剑桥中华民国史》上有1937—1945年四川几个阶层民众的购买力指数比较，在教授、士兵、公务员、产业工人、农民、农民工人几个群体中，购买力缩水最厉害的即为教授群体，其次为公务员。在文协成立的前两年，尽管窘迫，力求节省之下，毕竟还能维系。但1940年以后，在越来越厉害的通货膨胀冲击下，连支撑局面似乎都难以做到了。

政治部的补助也不按月发放了，甚至连拖10个月一文不发，1940年5月，文协办公地点又在大轰炸中遭到破坏，不得不在南泉和北碚各设一会所，总务部的开销涨了两三倍，不得不向政治部恳请，补发了补助金。同时还得向社会部申请补助，得到每月补助300元。可惜增加的补助和飞涨的物价相比，无疑杯水车薪。虽是极度缩减开支，甚至到了冬季，北碚会所停止生活，辞退工友。到了后来，连会刊的出版都成了问题。在文协从武汉迁到重庆的过程中，会务几乎处于停顿状态，会刊却一直坚持出版。而此时则不断脱期，1942年1月9日的《总务部报告》竟不得不委托《新蜀报》发表。省到了极点，也控制不住每月的开销从"由二百元左右涨到六七百元。《抗战文艺》稿金，每期约需三四百元。仅此两项，已将入不敷出；后半年中，印刷困难，会刊脱期，支出较少，收支遂得勉强相抵"。这个时候，连稿费都难以付清，尚需"文艺奖助金文员

① 《八方风雨》，《老舍选集·第五卷》，第102页。
② 胡风：《胡风回忆录》，第134页。
③ 费正清编，《通货膨胀灾难》，《剑桥中华民国史·第十一章》，北京：中国科学出版社，1994年，第397页。

会补助"①。

轰炸迫使作家们不得不疏散到重庆郊外，通货膨胀则让他们感到了前所未有的生存压力。战时的生活日益严峻，连一向乐观的老舍也开始感到了苦闷。为了省钱，老舍戒酒、戒烟。他的心情变得糟糕，"很愿入城一游，惜钱与车都不方便耳"。"甚盼来碚，苦闷得像一条锁在柱子上的哑狗！""头晕，心绪恶，老想死了倒干脆。"②生存危机威胁着每一个人，谁也无法淡然。经费捉襟见肘，文协活动还在继续开展，可它已经无法主动筹划活动了，办事就得花钱，"在今天的生活困难情形下，常教大家赔钱，也有些不忍吧"。③老舍后来总结，有很多计划未能实现。可是，一个全国的文艺组织，在艰难的几年中，最终还是坚持到了战争胜利，未曾倒闭，其中的艰辛是巨大的。

---

① 老舍：《民国三十年会务略报》，《老舍文集·第十五卷》，第639页。
② 老舍：《致王冶秋》，《老舍书信集》，第156—157页。
③ 老舍：《五年来的文协》，《老舍文集·第十五卷》，第592页。

｜ 二、灾荒中艰难"向左转"
——再论丁玲的《水》 ｜

　　作为丁玲"向左转"程途上的突破性作品，《水》的重要作用及意义已为众多研究者所论及。然而，具体到这一突破的张力结构问题，则始终未见学界之深入研讨。此空白的出现，源于学界长期以来对文中一个重要细节的忽视，那就是作为《水》之题材的跻身于"中国近代十大灾荒"①的1931年大水灾。研究者要么将这一水灾题材作为创作背景一笔带过，要么将其看作不证自明的研究前提，以此论证丁玲积极的革命热忱抑或革命热忱之下的文化矛盾潜流。事实上，倘若我们挣脱一般社会历史研究的视野，给予这一水灾题材以文化社会学观照，并对这一重大社会事件的文本化过程进行知识考古，也许会发现《水》和丁玲的"向左转"之间有着更为深刻和复杂的纠结。

"大众"的诞生：灾荒中的"革命"突破

　　1931年9至11月，丁玲的短篇小说《水》在《北斗》第1—3期连载。"这是以一九三一年中国十六省的水灾作为背景的，遭灾的农民群众是故事里的主人公。"②这部"左翼文艺运动一九三一年的最优秀的成果"③标志着"新的小说"的诞生，并因此成为由"半新"进步知识分子作家转向成为"我们所需要的新的作家"（即党的革命作家）的生动案例。④

---

① 李文海等：《中国近代十大灾荒》，上海：上海人民出版，1994年，第202页。
② 茅盾：《女作家丁玲》，《丁玲选集》，上海：天马书店，1933年，第288页。
③ 钱杏邨：《一九三一年中国文坛的回顾》，《北斗》1932年第2期，第3页。
④ 丹仁（冯雪峰）：《关于新的小说的诞生——评丁玲的〈水〉》，《北斗》1932年第1期，第287页。

作为"脱胎换骨的自我改造的过程中的一个最大的收获"①，《水》不仅被视为丁玲"向左转"的文学界碑，也被认定为整个左翼文学的分水岭。其实，这一在冯雪峰看来不无夸张的激赏笔调主要是出于对《水》克服普罗文学积弊的惊喜。事实上，在写《水》以前，左翼作家丁玲一直苦闷于创作的瓶颈，并将其归咎为限制自己思想的"作风"。②在这种限制性的"作风"之下，丁玲已创作了《韦护》、《一九三〇年春的上海》、《田家冲》等小说。具言之，《韦护》和《一九三〇年春的上海》明显带着"革命加恋爱"色彩，而在《田家冲》的"土地革命"主题之下，仍不脱智识阶级的启蒙叙事。而此时共产党文学战线的文学理念正在于颠覆大众的被启蒙者姿态，把革命改写为大众的自我解放，将党领导下的大众换位为革命的主体。如此看来，丁玲正面临着智识阶级"向左转"过程中所遭遇的普遍难题，急需检视自己的革命观与历史观，探寻书写革命的新方法。

在《水》问世之初，冯雪峰就指出其具有三大优点，即重大题材、正确的阶级分析、描写集体群像以及表现集体发展。③这些优点正体现出《水》在书写革命议题时的突破。检视文本，《水》描写了灾民们的自救、受难、觉醒和反抗。在小说结尾，这群"饥饿的人群"在识破了政府赈济的虚伪后，"比水还凶猛的，朝镇上扑过去"，决心以反抗斗争去拿回"自己的东西"。民国期间，灾荒连年。以往的文学作品中虽多有灾荒中民不聊生、揭竿而起的叙述，但是灾民为温饱而行的抗争仅在人道的意义上具有合法性，他们从未如《水》中灾民那样，安心地去地主那里拿回"自己的东西"。所谓揭竿而起，也往往是天灾人祸给灾民留下的"恶"的伤害，是一条不归的盗匪之路。④然而在《水》中，灾民的抗争不仅具有充分的革命合法性，而且褪去了奄奄一息的可怜虫、抱头鼠窜的流民和为祸乡里的匪盗等"刻板印象"，翻身成了革命主体。这正是左翼文学所期待的革命叙事，其最高价值正在于"最先着眼到大众自己的力量"以及"相信大众是会转变"。

---

① 篷子：《编完之后》，《丁玲选集》，第318页。

② 丁玲：《我的创作生活》，《丁玲选集》，第275页。

③ 丹仁（冯雪峰）：《关于新的小说的诞生——评丁玲的〈水〉》，《北斗》1932年第1期，第285页。

④ 对比"乡土文学"代表人物台静农的《蚯蚓们》（1926）及"革命文学"代表人物华汉（阳翰生）的《奴隶》（1929），可见《水》不仅首次深入展现了灾荒全程，而且赋予灾民的反抗以充分的主体精神与革命意识。这在灾荒题材文学史上实属突破。

政策与选择：多重合力中的《水》的写作

1931年初，丁玲的丈夫胡也频被国民党杀害。悲愤中的她把不满周岁的儿子送回常德老家，毅然投身革命，并向党组织提出到苏区工作。但后来根据中央宣传部的指示，丁玲受命主编"左联"机关刊物《北斗》。

《水》正是丁玲为完成主编《北斗》任务而赶工完成的急就章。[①]此时的丁玲已不再是"左联"阵营外的"同路人"，而是"阵营内战斗的一员"。[②]对于左翼文学的写作规范，丁玲也更为自觉遵从。在30年代初的左翼文坛，文学应当跟进描写当下重大事件的观念，不仅流行而且已有系统的理论总结。[③]1931年的这场国土被灾四分之三，"江淮两流域，则大地陆沉达数月之久"，受灾人口"2520万人，相当于美国全国农民之数"[④]的特大洪水，显然是当时的重大事件，因此对它的急切书写也就不足为奇。事实上，此前一年，丁玲已经紧跟革命斗争节奏写作了《一九三〇年春的上海》（一、二）。不过，《水》的"生活事实"显示，这篇小说的写作写得似乎过于急切。作为小说题材的这场水灾最早起始于湖南的7月18日，最迟为江苏北部的8月3日，平均日期为7月20日，[⑤]灾象全面显现于8月末，大水最终退去在9月末，而一系列救灾措施的落实和灾况的缓解则在年末。《水》首发于1931年9月20日《北斗》创刊号，如此算来，丁玲构思和写作《水》的时间不超过两个月。

既然在水灾走向尚不明朗之际就急切成篇，《水》的写作意旨可能就不在于对这场水灾做社会学意义上的精确分析。据文本而言，《水》并未展开对这场水灾的整体描写，没有引用任何资料数据，文中的人名、地名、灾况也多非实写。应该说，这部小说的1931年水灾背景较为含混，读者可以将其指认为民国时期的任何一次南方水灾。相比之下，《水》之主调则是揭批国民党当局贪腐，鼓动灾民奋起抗争。

作为"文总"（左翼文化总同盟）最重要的组成单位，"左联"接受着党

---

① 丁玲：《我的创作生活》，《丁玲选集》，第276页。
② 茅盾：《女作家丁玲》，《丁玲选集》，第297页。
③ 对此观念最细致的理论总结就是报告文学理论。参见袁殊：《报告文学论》，《文艺新闻》1931年7月13日第18期第3版。
④ 金陵大学农学院农业经济系：《中华民国二十年水灾区域之经济调查》，南京：金陵大学农学院，1932年，第9页。
⑤ 同上，第7页。

的有力领导。作为"左联"机关刊物《北斗》的主编，丁玲在一定程度上成了政策执行者，她要在党的领导下掌控编辑方针，完成"左联"交代的任务。在灾况最为严重的1931年9月初，中国共产党中央委员会机关报《红旗周报》刊发通讯《可怕的水灾》，细致介绍了水灾的严重情况，以激烈的言辞全盘否定国民党当局以发动民间赈济为主的一系列救灾行动，并且号召广大灾民向"安徽抢米的举动"学习，以武装反抗政府。①中共中央宣传部部长张闻天代表中央在随后一期的《红旗周报》上撰文指认帝国主义和国民党是灾荒制造者，其赈灾活动亦不过是对灾民的欺骗，认为"只有推翻帝国主义国民党的统治，建立苏维埃政权，这一灾荒问题才能得到根本的解决"。张闻天具体提出了"不纳租"、"不纳税"、"吃大户去"等十六条领导灾民斗争的口号，并明确指出了斗争策略："组织各地灾民自救团，抗租抗税团，分粮或抢粮团，吃大户团等，使这些组织，变成农民委员会，或游击队的组织，一直引导他们到革命。对于已经有的各种自发的灾民的与农民的组织，党必须加入，取得斗争的领导权。党必须要有步骤的，要依据灾民等斗争的经验，提高他们的斗争。"②最后，中共中央以张闻天的意见为核心形成了《关于全国灾荒与我们的策略的决议》。③《水》的情节不仅与中共《决议》精神基本符合，而且还有国民党当局枪杀灾民等细节，再加上前述的其特有的对灾民反抗的正面描写，这些与《决议》高度神似之处恐难以巧合释之。事实上，1931年这场大水，被左翼批评界视为"最值得作家们抓住的主要的题材"④。当年秋冬之交，"左联"常务委员田汉也以此为题材创作了话剧《洪水》。来年1月，第2卷第1期的《北斗》杂志又推出了匡庐表现这场洪水的短篇小说《水灾》。

除了党的政策，家乡的灾情也牵动着丁玲的心。1931年的大水扫荡了十六省，湖南也是重灾之区。是年6月，丁玲的家乡常德暴雨成灾，随后全境沦于巨浸，"受灾人口157.8769万人，死亡11.065万人"。"全县溃垸120个，死亡2936人。"⑤灾情激烈之际，丁玲的母亲和幼子尚在常德，无论从何渠道，她都理应保持着对故乡灾情的最高关注。水灾是常德的常客，丁玲"对水灾后的

---

①　伯虎：《可怕的水灾》，《红旗周报》1931年15期，第21—27页。
②　洛甫（张闻天）：《最近事变的总评》，《红旗周报》1931年16期，第17—19页。
③　中共中央：《关于全国灾荒与我们的策略的决议》，《红旗周报》1931年17期，第26—27页。
④　钱杏邨：《一九三一年中国文坛的回顾》，《北斗》1932年第2期，第3页。
⑤　《常德史志》，常德史志网：www.zyk.cdcity.gov. cn/wzgg/cddsb/cddsb-2007-ni2006-2724.btm，2011-04-27。

惨象，从小印象极深"①。面对举国的大水，念及身在灾区的母子，丁玲把故乡和童年记忆写进《水》中，也是顺理成章的事情。细读文本，我们也不难发现《水》浓郁的"常德特色"。首先，文中的地名多有据故乡常德村镇实录或改写者。②其次，文中人物以"老板"和"堂客"分别作为夫妻之背称，这也可能为常德方言所独有。③

因而，准确地讲，《水》是以作为1931年大水灾之一部的常德水灾为背景，写作虽经由党的灾荒决议和左联的文学规范所激发，但更多的确是丁玲对自己故乡记忆的书写。水灾题材所提供的重大事件、人物群像以及党对这一事件的具体策略，无疑给潜心于实现写作转型的丁玲提供了前所未有的突破契机。丁玲在回忆中也曾承认"《水》是个突破……自己有意识地要到群众中，去描写群众，要写革命者，要写工农"④，但这种对文学规范的自觉追随也给其写作带来了全新的难题和意外的困惑。

"局限"的剖面：生命欲求与革命困境

不过，就灾荒的革命叙事而言，《水》只是贴近而非契合了党的革命话语。冯雪峰曾深入指出其三大缺点：1）篇幅短小，未能全面展现此一重大事

① 丁玲：《谈自己的创作》，《丁玲论创作》，上海：上海文艺出版社，1985年，第103页。
② 《水》中提到的牛毛滩、汤家阙、三富庄等地名均为杜撰，而长岭岗则为今日常德鼎城区下属市镇，乌鸦山在汉寿县。"牛毛滩"则可能改用自"牛鼻滩"，该镇现属常德市鼎城区。另承蒙丁玲研究专家涂绍钧先生指点，在常德境内，有很多围湖造田形成的"垸"，故多有"某家垸"之类地名，而在常德个别地方的方言中，多读"垸"为yue（曰），丁玲并非生长在垸乡，所以可能误将"垸"写成"阙"。
③ 从《水》中一段自牛毛滩逃难而来的妯娌与当地人的对话中可见，"老板"是牛毛滩人口中对丈夫的背称。（参见《北斗》第1卷第1期，第33—34页）而在本地人抗洪抢险时的对话中可见，"堂客"是对妻子的背称。（参见《北斗》第1卷第2期，第33、36页）另据叙述人交代，牛毛滩是距故事发生的本地"五六十里远的地方"，两地同处一个大方言区。在吴方言区中，"老板"用来指称"户主"，（参见闵家骥、晁继周、刘介明编：《汉语方言常用语词典》，第310页，浙江教育出版社，1991年）。而在吴方言中旧时用"堂客"称呼长期被人包占的妓女，或在上海郊区等地在贬义上也称呼妇女，绝不能用来背称"妻子"。（参见闵家骥等编：《简明吴方言词典》，上海：上海辞书出版社，1986年，第75页）丁玲故乡的常德方言与鄂西方言接近，也称呼妻子为"堂客"。（参见满大启、罗祚韩编：《常德地方志：民俗、方言志》北京：中国文史出版社，1994年，第58页）另承涂绍钧先生指点，在常德县城或集镇常有背称丈夫为"老板"之说。因此，"老板"和"堂客"分别作为夫妻的背称，可谓常德方言特色。
④ 冬晓：《走访丁玲——答〈开卷〉杂志记者问》，《丁玲写作生涯》，南昌：百花文艺出版社，1984年，第309页。

件；2）没能写出土地革命的影响，也未能成功刻画出灾民组织者和领导者的形象；3）写出了已有觉悟的灾民，但缺乏更具革命意义的发展。[①]冯论虽自文学问题切入，但其主旨却是对中共中央《关于全国灾荒与我们的策略的决议》的重述。丁玲本人也对《水》表示不满，认为这是"一个潦草的完结"。[②]

细读文本，《水》延续了丁玲一贯的细腻笔法。通过老外婆这一历尽灾荒的人物对悲剧命运的讲述，儿童视角下黑色幽默式的灾情呈现，逃难的外地灾民的铺垫以及一波三折的水患，小说出色地设置"等待水灾爆发"的悬念，并营造了一种忐忑压抑的情绪。尽管静态的心理分析大幅减少，但通过事件的发展，小说对人们在大灾面前衡量他人与个人利益时的微妙心理刻画得非常细致。更为可贵的是，小说对灾难来临时乡亲、家人之间的同舟共济、不离不弃的人性光芒和勇于抗争、坚韧不屈的生命意识有着深刻描画。正如左翼批评家钱杏邨所论，《水》出色地表现了灾民们"都要活，都要逃去死"的强烈生命欲求，及其所带动的自我力量的发现和革命要求的迸发。[③]然而，因为以灾民的"生命欲求"作为革命的叙述动力，《水》却成了一个缺乏外来者的封闭叙事。这种封闭虽成功拒绝了"三小姐"（《田家冲》）式启蒙者的进入，突出了大众觉醒的主体性，却也阻隔了党的革命思想。这使得《水》成了缺乏党的组织领导的大众自发革命叙事。党的领导的缺位使得灾民的革命觉悟缺乏深入发展，自然也难以展开有组织的革命斗争。小说结尾写灾民们向镇上扑去，但并未言及扑去以后的战斗过程及战斗成果，缺乏对灾民有组织革命斗争过程的表现。

束手于党和底层大众相隔绝的叙述难题，这其实是知识分子作家游离于党的革命话语的表现。这种痼疾般的疏离，一直是包括丁玲在内的左翼作家努力克服的对象。努力克服却难以克服，丁玲这次到底遇到了怎样的难关？丁玲自述其"写农民与自然灾害作斗争还比较顺手，但写到农民与封建统治者作斗争，就比较抽象，只能是自己想象的东西了"。[④]的确，丁玲之所以没有能力表现灾民革命，一个重要的原因是没有范本可循。党的关于灾民斗争的决议中有一系列具体指令，但却缺乏对这一事件的整体描绘。深入到现实层面，丁玲

---

① 丹仁（冯雪峰）：《关于新的小说的诞生——评丁玲的〈水〉》，《北斗》1932年第1期，第288—289页。

② 丁玲：《我的创作生活》，《丁玲选集》，第276页。

③ 钱杏邨：《一九三一年中国文坛的回顾》，《北斗》1932年第2期，第3页。

④ 丁玲：《谈自己的创作》，《丁玲论创作》，第103页。

也难见灾民革命斗争的成功范例。事实上，中共中央决议中所鼓励的灾民"抢米"行动在历史上屡见不鲜。根据夏明方的研究，仅在民国建立前的十年间，平均每年抢米风潮即发生1.5次。这些抢米活动首先攻击地主豪绅，其次就是城镇米店粮行和米船米车，给社会秩序带来严重破坏。更为关键的是，这些冲突虽采取群体形式出现，甚至不乏严密组织，但不改农民斗争的分散性，而且不堪一击，持续的时间多在一周以内，看不出任何历史进步性。①如果说上述灾民斗争的落后是因为缺乏党的有效领导的话，那么在一份湘鄂西省委的工作报告中我们却发现了苏区所遭遇的灾民"斗争"难题：

　　灾民群众在各地发生不分阶级的乱闹，损及基本群众利益，阻碍革命的发展，打骂捆送政府负责人，包围政府，与红军游击队冲突，到白区与当地群众对立仇视互相厮杀。②

　　如此说来，对党领导灾民斗争的文学表现是个前无古人，甚至后无来者的艰巨任务。显而易见，所谓《水》之"局限"就是指其没能写出党领导灾民斗争的宏伟画卷，而这一"画卷"就如同一道无解之谜题，让丁玲无从下笔。

革命与灾荒的双重伦理："水"的文本化

　　如果我们细读《水》的文本，还是能够隐约发现一些1931年大水的蛛丝马迹。《水》中那曾经让无数灾民们翘首以待的募捐（救济）搞得不同凡响。募捐本是平常事，但此次的募捐却有着1931年大水灾赈济的特有印记。在《水》的语境中，此次向外国好人"化缘"是和向县长、京官募捐并行的国家行为。这种广泛深入、规模宏大的官民结合的赈济活动正是始于1931年大水灾。

　　由于自身救灾能力的严重不足和民间"义赈"传统的相对发达，国民政府把政府主导、积极吸收民间力量参与的国家赈济作为国家救灾的主要方式。1931年8月，因灾情危急，且为克服资金物资由各省募集、发放所带来的贪腐问题，国民党当局在原有国家赈务机关"赈灾委员会"之外，特设中央直辖的国民政府救济水灾委员会（简称"国水委"），统筹救济工作。③充分吸取了民间义赈资源和经验的"国水委"大张旗鼓地展开了赈济工作，争取国际捐

---

① 夏明方：《民国时期自然灾害与乡村社会》，北京：中华书局，2000年，第263—268页。
② 湘鄂西省委：《湘鄂西省苏维埃的工作》，《红旗周报》1932年40期，第62页。
③ 王龙章：《中国历代灾况与赈济政策》，南京：独立出版社，1942年，第60—61页。

助就是其主要工作之一。此前的灾荒赈济中，不乏赈灾机关"迭向国内外呼吁"①，争取外国捐助的情况，但此次"国水委"的国际募捐却是国民政府的首次国家行为。委员长宋子文亲自通过英文广播向国际社会介绍灾情，争取援助，②而且还电商国联聘请了富于办赈经验的英人辛普生爵士来华充任顾问。③这就是《水》中向外国好人"化缘"事件的历史背景。

国民党当局以"国水委"为核心的赈济工作在当时产生了巨大影响。水灾伊始，同为"民国四大报"的《大公报》和《申报》就连篇累牍地报道国民政府的赈务情况，并刊登各地灾民"呼救之电"，发起赈灾募捐活动。随着灾情日益严峻，《申报》和《大公报》都牺牲作为经济命脉的广告收入，连日拿出一或两版的整版篇幅刊登政府赈灾公告和报社的赈灾广告及鸣谢文章。两报的赈济活动得到了社会各界的广泛响应，全国出现了很多诸如"人力车夫慷捐血汗，商铺学徒倾囊助赈"④之类的感人之举。正是在这种举国动员，人人踊跃的捐助浪潮下，才出现了《水》所描绘的那些深入灾区的募捐组织活动。

按照《水》的描写，在重兵戒备之下，仅极少数先到的灾民有幸在粥厂领"一碗薄粥"，只有1%的灾民得到异地安置。这些细节在1931年的大水灾中都可对号入座。⑤但总体来看，作为国民政府的赈济措施绝非"虚伪"所能定义。据灾后统计，"国水委"募集中外人士捐款750余万元，经用款项及赈品总计7000万元，⑥仅急赈一项即达1700余万元，受赈区域即达269县，受赈人口500万。⑦

不可否认，"国水委"这一优异的募捐成绩得益于吸收了民间义赈传统的新型工作方式，但更为主要的原因则是这场空前惨烈的水灾给国人带来的巨大震动。1931年，命运多舛的中国再次被灾难笼罩，先是1929年世界经济大萧条蔓延至中国东南乃至东北，经济衰颓；刚刚统一国家的国民党内部亦发生孙

---

① 王龙章：《中国历代灾况与赈济政策》，第67页。

② 参见中国第二历史档案馆藏《国民政府救济水灾委员会及所属各组办事细则草案》，全宗号-579，案卷号-1。转引自（韩）朴敬石：《南京国民政府救济水灾委员会的活动与民间义赈》，《江苏社会科学》2004年5期。

③ 王龙章：《中国历代灾况与赈济政策》，1942年，第72页。

④ 《扩大同情心拯救饥溺人》，《大公报》1931年8月28日第4版。

⑤ 武汉是1931年水灾的重灾区，在武汉水灾赈济中，出现了与《水》之描述类似的情况。参见谢蒨茂编著：《一九三一年汉口大水记》，武汉：江汉印馆，1931年，第142—155页。

⑥ 宋子文：《国民政府救济水灾委员会报告书·序言》，《国民政府救济水灾委员会报》，出版地不详，1933年，第3页。

⑦ 王龙章：《中国历代灾况与赈济政策》，第72—76页。

科等人导演的桂粤派系分裂，内争不断；然后是军阀石友三叛乱，兵祸再起；日本帝国主义先后制造了"万宝山惨案"以及朝鲜排华案，步步紧逼。1931年大水肆虐之际，国家元气本已消耗殆尽。此次水患，不仅灾况惨烈，且被灾各地，多为东南产米之区，赋税主源。经此巨浸扫荡，颗粒无收，国家民食财政均陷于危机。因此，无论是国家政权还是社会精英，均将此一浩劫视为"国家之巨变，民族之奇灾"，惊呼中华民族"实已濒九死一生之绝地"。[①]

面对数以千万灾民的生命面临威胁的空前巨灾，民国监察院长于右任在国府纪念周报告之中所强调的"人溺己溺、救人救己"的人道精神和"天下兴亡、匹夫有责"的公共意识[②]成为舆论主调。1931年8月25日，《大公报》发表"社评"，警示国人此次灾害"事属创见，责异寻常"，不可过分寄望于政府与友邦，自轻其责，"自应激发天良，各尽微责"。[③]

在《水》中，镇上来的安抚者把水灾原因解释为几百年不遇、非人力可抗的天灾。据时中央气象站研究所报告，长江下游旋风带来暴雨，仅7月间即达7次之多，其中降水超过2尺者四处，超过20寸者两处，降水总量相当于全年雨量之半数。因此，金陵大学农学院所作的灾情调查报告认为"此种反常之雨量，实为此广大区域所以成灾之主因"。[④]不过此报告亦承认，水利防御措施的缺乏是灾况被放大的重要原因。[⑤]历史地看，对于水利建设水平之低下，奉行"不计其他"之内战方针的国民党当局难辞其咎。1930年中原大战时，"国民政府财政部将湖北1000多万积存金挪作攻打冯玉祥、阎锡山的军费。这笔水利经费的挪用，是酿成武汉大水灾的重要原因"。[⑥]《中华民国二十年水灾区域之经济调查》谈及日后水利建设时认为："只要凡农人所纳之水利捐税能涓滴归公用于水利事业，而不似今日之移作他用，斯可矣。"[⑦]这和《水》中的灾民在抢险时对县里修堤的抱怨——"年年的捐，左捐右捐，到他们鸟那儿去了"恰成同调。

如此看来，如中共中央《决议》所示，《水》把国民党当局指认为灾祸的

①　《中宣部为赈济水灾昨发表告全国同胞书》，《大公报》1931年8月26日第3版。
②　于右任：《以禹稷的伟大责任心救济全国水灾》，《大公报》1931年8月13日第4版。
③　《更进一步敬告读者》，《大公报》1931年8月25日第2版。
④　金陵大学农学院农业经济系：《中华民国二十年水灾区域之经济调查》，第7页。
⑤　同上，第121页。
⑥　周庆、胡斌：《鲜明的对比——著名灾荒史专家李文海教授访谈录》，《人民日报》1998年8月21日第5版。
⑦　金陵大学农学院农业经济系：《中华民国二十年水灾区域之经济调查》，第121页。

实际制造者，并不缺乏事实的依据。不过正如舆论所评，作为现代政治之普遍原则，中国政府理当负起"濬河治水之责"，然而，"浩劫已至，空言责任，亦复奚益？"当时的舆论重心不在于考诘政府的责任，而在于督促"政府对于救灾工作奋勉尽责，务求减少灾民之死亡"，呼吁全国各界"各自本其能力所及，慷慨解囊"，全力拯救全国待毙之灾民。①客观地讲，面对饿殍遍野的惨况，募集衣食的"急赈"正与死神赛跑。在国家多难，无力积极预防灾荒之际，"有灾即赈，乃为积极"②。

"夫立国于20世纪，而犹年年闹水灾，此在世界各国，本属罕见，吾国犹以文明国自居者，不可不有以雪此耻也。"③在急赈的同时，知识精英也开始了对灾难的深入反思。他们敏锐意识到，面对巨灾，人们需要拯救的不仅是灾难更是人心。今日弥天浩劫，"实属人人之责任，各各应忏悔"④。痛定思痛，灾荒的最终挽救之道，首先在于"大家心理革命"⑤，国人应有卧薪尝胆之志，洗尽陋习，将此捐款赈灾视为学做现代公民之契机。所谓救人自救，助人自助，身为社会之一员，人人应该有义务维护社会基本秩序，反之，"抑凡无同情心义务心之人，根本上将不堪在现代生存者也！"⑥

"目前惨祸，为收近世以来种种恶政恶俗之总结果"⑦，当此国家危亡之际，知识精英不仅以人溺己溺之心，同舟共济之志共赴国难，而且以灾难为契机，全面反思检讨中国积弊，并把赈济活动作为检验和培养国人公共人格的过程，也将中国的希望寄托于未来真正公民社会的形成。而随着"九一八"事件突发，内忧外患重压之下的国人绝境奋发，整个社会呈现出空前凝聚力。打打谈谈、渐成痼疾的桂粤分裂，也正是在此社会氛围中不治而愈。天助自助，多难兴邦，团结一心，共御外侮的声音正成为舆论主调。

作为"阵营内战斗的一员"，丁玲在革命语境中创作了《水》，党的决议和"左联"的规范提供了叙述的伦理保证。但与此同时，作家丁玲正被包裹于上述舆论中。此时的水灾，不仅是一个党领导灾民斗争的革命事件，更是一个

---

① 《从三种利害说到救灾问题》，《大公报》1931年8月24日第2版。
② 《总动员与普遍救济》，《申报》1931年8月4日第8版。
③ 沈怡：《水灾与今后中国之水利问题》，《申报》1931年9月13日第13版。
④ 《救人自救救灾救心》，《大公报》1931年8月21日第2版。
⑤ 《本社救灾日之辞》，《大公报》1931年9月1日第4版。
⑥ 《平津各界与救灾》，《大公报》1931年8月22日第4版。
⑦ 《为大水告全国学生》，《大公报》1931年8月30日第2版。

国家面临危亡的公共事件。所谓"社会兴亡，公民有责"。①若在公民的层面叙述这场水灾，显然需要别样的灾荒伦理。进言之，作为当时唯一具有全国执行力的合法政府，国民政府的救灾主体地位不能不被承认。神州陆沉，拯救为第一要务，此时鼓吹灾民有组织的暴动不啻落井下石，显然是对社会主流伦理的挑战。在《水》中，丁玲有限度地写出了灾民们的反抗，并且用了近一半的篇幅论证这种反抗的人道依据，努力使其叙述见容于主流舆论。作为具有强烈公共意识的作家，丁玲不能在深度检测自己的理性和人格的写作行为中蒙蔽自己，进而彻底抛开灾荒伦理，完成灾民暴动的革命叙事。

翻腾在公共意识与革命愿景激荡起的伦理旋涡中，《水》的唯一结果只能是仓促收笔。这既是作为"阵营内战斗的一员"的丁玲的"局限"，也是作为具有公共意识的作家丁玲的"界限"。在此崭新的灾荒书写中，丁玲对"局限"的积极克服和对"界限"的深沉坚守，乃至两者所塑型的张力结构，都生动体现了其"向左转"过程的深刻与复杂。事实上，对于丁玲这样的受过新文化洗礼的成熟作家而言，革命绝非简单的盲从，而是一个积极而痛苦的理性抉择。回到这一抉择本身，也许会给我们展现一个更有学术意义的问题域。

---

① 高语罕：《现代的公民》，出版地不详，1927年，第5页。

| 三、小说《温故一九四二》及同名电影改编 |

1942年至1943年间，河南发生了旱灾[①]。1993年，刘震云据此创作了纪实小说《温故一九四二》。2011年，导演冯小刚根据小说改编了电影《一九四二》，我们可以从一九四二年河南大灾荒的史料出发，以几个具体问题为切入点，探究从史料到小说再到电影这双重改写的过程中，文学艺术检讨历史生成的复杂对话关系，进而思考作家和导演对苦难历史做出怎样的改编及其背后的原因。

叙述方式的走近与出离

刘震云的小说《温故一九四二》选择以第一人称叙事，而在冯小刚的电影《一九四二》中，第一人称的叙述者被抹去了。在被定义为纪实性文学的小说《温故一九四二》中，作者组织文章的事实资料主要来源于两个途径，一是通过调查、访问等方式搜集第一手资料，作为河南灾民后代，以类似民俗学田野作业的研究方法，深入到故乡河南延津县群众之中进行实地调查采访，他的采访对象是河南1942年灾荒的亲历者；二是通过整理书报文章、档案文件等获取二手资料，书籍包括河南省志等地方志、记者白修德的《探索历史》等；报

[①] 据历史旱情统计，河南地区在1941—1943年间，1941、1943年为重旱，1942年为极旱。我国根据农作物受旱程度，将旱灾分为两级"重旱—受灾率（受灾面积/播种面积）为20%—40%，成灾率（成灾面积/播种面积）为10%—20%；极旱—受灾率等于、大于40%，成灾率等于、大于20%"，参考科技部国家计委国家经贸委灾害综合研究组：《灾害·社会·减灾·发展——中国百年自然灾害态势与21世纪减灾策略分析》，北京：气象出版社，2000年，第72页。此次旱灾波及河南全省，豫北、豫西、豫南、豫东及中部地区全部笼罩在灾荒之中。豫北安阳、豫西洛阳、中部开封等市在1941年春甚至更早已经发生不同程度的旱灾，焦作等市在1944年甚至之后仍处于灾害余波殃及之中。"旱"与"蝗"，这是引发此次灾荒的自然根源。

纸包括《大公报》记者张高峰的报道《豫灾实录》、主编王芸生的社评《看重庆，念中原》、《河南民国日报》1942、1943年报道；文件包括作者的朋友提供的国民政府救灾资料、国民政府及美国政府报告等。基于纪实性文学的特殊性，作品中的大部分人物和相关资料都是确有其实、有据可依的。正文开始前，作者声明"我要蓬头垢面地回到赤野千里、遍地饿殍的河南灾区"。①他曾经明确表明不理解那些对于故乡有着"贵族式的回首当年和居高临下同情感的表露"②的文章，在《温故一九四二》中，我们可以感受到作者在以文字抚摸故乡的创伤，这种抚摸不是简单"把故乡当作温情和情感发源地"③，而有着根植于故乡土地的血脉共振和与故乡子民血肉相连的更为执着的悲悯情怀。

从小说到电影，作者的角色出现了微妙的变化。电影中的第一人称叙事只出现在影片开头（00：03：16—00：03：40）和结尾（02：18：40—02：19：14）的字幕和画外音中（河南方言），电影《一九四二》中不仅将小说叙事中的第一人称转为第三人称，而且以一种由内向外的过去时叙事模式展开叙述，通过出离于镜头的画外音和字幕将观众带入回忆性的场景中。我们的确能够感受到一种理性的思维在引导观者，可以说电影叙事中存在着隐藏的作者，而这种隐含作者是与叙述者不同的，它与受众间没有直接交流的渠道，但却可以"通过作品的整体设计，借助所有的声音，依靠它选用的一切手段，默默地指示我们"。④

在小说文本中可以出现如"朋友在为我壮行时，花钱买了两只猪蹄，匆忙之中，他竟忘记拔下盘中猪蹄的蹄甲；我吃了带蹄甲的猪蹄，就匆匆上路；可见双方是多么大意"⑤等本与一九四二年河南灾荒完全无关的细节，也可以出现如"世界有这样一条真理：一旦与领袖相处，我们这些普通的百姓就非倒霉不可"⑥、"照此下去，我想我故乡的河南人，总有一天会被饿死光……当时为什么没有死绝呢？是政府又采取什么措施了吗？不是。是蝗虫又自动飞走了吗？不是。那是什么？是日本人来了—— 一九四三年，日本人开进了河南灾

---

① 刘震云：《温故一九四二》，武汉：长江文艺出版社，2012年，第5页。
② 刘震云：《整体的故乡与故乡的具体》（此文原系作者在中德"作家与故乡的关系"讨论上的发言），《文艺争鸣》1992年01期。
③ 同上。
④ 雅各布·卢特：《小说与电影中的叙事》，北京：北京大学出版社，2011年，第19页。
⑤ 刘震云：《温故一九四二》，第5页。
⑥ 同上，第22页。

区，这救了我的乡亲们的命"①这样主观臆断的表述和近乎尖酸刻薄的嘲讽。刘震云将由蒋介石发起的救灾活动称为政治宣传闹剧，进而在讽刺国民政府的有名无实之余，又将灾难的拯救者的帽子扣在了日本侵略者的头上。我们可以看到，小说叙事过程中，作者有较大限度的语言自由和观点自由，而刘的这种表述自由遭到了以中国社会科学院近代史所研究员黄道炫为代表的历史学研究者的批判和质疑。

反观电影《一九四二》中对于灾荒中国民政府的历史问责的表现，我们可以看到导演与作家不同的叙述语言。对应于小说，电影中用了几个片段来表现国民政府的救灾举措：（00：45：21—00：45：47）蒋鼎文受到委员长电报，要求部队缓慢撤出河南；（01：23：10—01：23：59）蒋介石与陈布雷在车中交谈，蒋介石表示要暂缓山西战役，把一部分军粮运送灾区，并号召全国募捐；（01：25：50—01：30：40）李培基组织河南省政府要员开会，讨论如何分配中央政府拨出的灾粮；（01：51：49—01：52：47）陈布雷、蒋鼎文协同蒋介石亲自去张钫家动员救灾。从以上几个片段可以看出，冯小刚在电影中借人物之口对小说中国民政府在灾难中的作为进行了温情的补充。我们知道，一九四二年河南灾荒的发生与国民政府难脱干系。1938年夏，国民党政府为以水代兵阻隔日军追围，扒开黄河花园口大堤，以致黄水南泛，仅周口地区8县皆受巨灾。据《河南开封志》载："民国二十七年，郑州花园口河堤岸溃。黄河决口，经中牟、汴南、尉氏、太康、扶沟、柘城等县冲入皖北、苏北，三十余县，成为黄泛区"②，据《大公报》载，被黄水淹没的土地面积有26,100余平方里③。蝗灾的发生与地区的旱情正态相关。电影和小说中都将蒋介石开始救灾的导火索定位于白修德在《时代周刊》上发表的文章和日军撤出河南地区，想要分析国民政府的举措，我们不妨先来看一下在河南的美国记者和传教士是怎么看待这一问题的。在华传教士梅甘认为："灾荒完全是人为的，如果当局愿意的话，他们随时都有能力对灾荒进行控制。"④记者白修德认为："中国政府未能预见灾荒，灾荒来了之后，又未能及时动作。"⑤在豫美国人的态度

---

① 刘震云：《温故一九四二》，第64—65页。

② 开封旅台同乡会：《河南开封志》，台北：台北市正中书局，2006年，第86页。

③ 《大公报》1938年9月17日第03版。

④ 刘震云：《温故一九四二》，第52页。

⑤ 白修德、贾安娜：《外国人看中国抗战·中国的惊雷》，端纳译，北京：新华出版社，1988年，第193页。

一直是学界的争议之处，他们对于国民政府负面作为的片面性夸大，既是其对人与生命的尊重使然，也与其对中国政局了解有限有关。据河南省相关资料记载表明，在1940年灾荒初期国民政府针对受灾各县的灾情已经及时拨发了救灾赈款，在1942—1943年间，由于河南旱蝗交加，灾情愈演愈烈，因此国民政府拨付赈款并在陇海铁路沿线开办施粥场所①。从这些史料中可以看出，不能简单认为国民政府未有救灾举措，但不能忽视的是政府没有保障救灾办法的实施效果。国民政府有救灾拨款，那我们就需要关注政府拨款数量落实到灾民手中是怎样的情况。"受灾灾民人均赈款数目为大约三分（法币），这点赈款在抗战前或许可以购买到一斤粮食，但抗战以来物价的持续上涨，法币购买力不断下迭，三分赈款只能是对灾民的一点儿'安慰'而已。"②三分法币的救济无异于杯水车薪，更何况灾情严重之地，不是有钱就能买来粮食的："河南灾情如此之重，所缺乏的是粮食，无粮食有钱也难免挨饿。现在领导的是少数赈款，而征出的是多数粮食。"③冯小刚的电影在前文所述的几个片段中就隐藏着国民政府行为的复杂性，比如蒋鼎文面对部下"现在部队不战而撤，不是把他们（灾民）甩给日本人了"这样的诘问，回答道："也许正是因为这次灾太大了，委员长才出此下策。国家贫弱，只有甩包袱，才能顾住大局"；又如李培基开会告知中央政府陆续从军粮储备中抽出"八千万斤"粮食给灾区时，民政厅厅长的诘问："八千万斤能干什么？河南有三千万人，每人才得二斤半，够吃三天，三天以后怎么办？"④导演通过次要角色的发问将国民政府救灾动机的复杂性和救灾效果的无力与软弱表现出来，在这一意义上讲，与小说相比，电影叙事更能考量到历史事件中具体角色的复杂性和丰富性。

对历史真实的选择与遮蔽

《温故一九四二》以"吃"开篇，主人公"我"在朋友的指引下顺着故乡的饥饿记忆回到一九四二年河南灾荒的历史情境中，通过"我"与姥娘（长

① 资料来源《河南省概况》，民国30年铅印本，第133—135页；《河南省政府救灾工作总报告》，河南省档案馆，档案号：A-B6-588；转引自苏新留：《民国时期河南水旱灾害与乡村社会》，郑州：黄河水利出版社，2004年，第154页。
② 苏新留：《民国时期水旱灾害与河南乡村社会》，上海：复旦大学地理学院，2003年，第37页。
③ 《救灾与督征》，《前锋报》1942年12月11日。
④ 电影《一九四二》剧本内容参见《温故一九四二》，武汉：长江文艺出版社，2012年。

工）、花爪舅舅（支书）、范克俭舅舅（大户人家之子）、韩老（县政协委员+县书记）等不同社会身份的历史亲历者交谈，辅以"我"以不同渠道获得的关于一九四二河南灾荒的相关报道、资料，逐渐揭开作者想要呈现给读者的"历史真实"。1942年河南灾荒后期，灾民绝粮已久，在噬尽了草根、树皮、毒草、雁粪甚至泥土后，灾民所居之地已无处寻觅任何可入口之物，这时，人口交易便悄然无声地出现在市场上。无论是《河南开封志》中有："民国二十九年至三十年……一斤米面，换一幼女"①，《罗山县志》中有："民国三十一年（1942年）是年，大旱，饥民鬻妻卖子"②，汤阴、扶沟等县志均可见"饥民卖儿鬻女"的字样，唐河甚至出现公开买卖妇女儿童的"人市"③，陇海路沿线"人市"中，"过得去"的女孩子，"行市"大约一百五六十元，而是时一袋面粉价格涨到三百七八十元④，卖一个十几岁的姑娘，还买不到半袋面粉。那么，买卖的妇女去向何处呢？运气好的一部分，卖到大户人家中做长工；运气差的，就去街巷里弄做皮肉生意，换得一口嚼谷。

然而，在电影《一九四二》中，冯小刚并没有将这一段段碎片化的叙述直接搬上荧屏，而是将这些片段糅合于新的虚构的人物和情节设定之上，换言之，主创团队运用了整体性的叙事策略来组织历史素材。地主范殿元、地主婆、地主儿子儿媳、地主女儿星星和雇工栓柱一家，佃户瞎鹿、瞎鹿娘、妻子花枝与两个孩子一家，以两家的逃荒经历为主要线索，将小说叙事中的碎片化的信息融合成为一个完整的电影故事叙事。

落实到具体史实的处理方面，小说《温故一九四二》在循序渐进将历史陈列在读者眼前时糅杂着作者对于历史的自我批判，而这种批判是延续着灾民视角而展开的，愈趋向深入，愈趋近悲观。小说中，作者为了搜集关于河南一九四二年灾荒资料而走访亲戚和故人，在问及一九四二年旱灾时，姥娘的回答是"饿死人的年头多得很，到底指的是哪一年？"范克俭舅舅的回答是"三十一年俺家烧了一座小楼"，韩老的回答是"那时方圆几个县，我是最年轻的书记，仅仅十八岁！"只有当过二十四年支书的花爪舅舅的回答是

---

① 开封旅台同乡会：《河南开封志》，第87页。
② 罗山县地方史志编纂委员会：《罗山县志》，郑州：河南人民出版社，1987年，第22页。
③ 靳士伦：《唐河"人市"》（通信），选自政协河南省委员会文史资料研究委员会：《河南文史资料·第十三辑》，郑州：中国人民政治协商会议河南省委员会文史资料研究委员会，1985年，第55页。
④ 李蕤：《无尽长的死亡线——记陇海线上的灾胞》，《前锋报》1943年2月19日。

"一九四二年大旱，饿死十几口"①。灾难的亲历者，对于那段死伤无数的往事大都选择了淡漠或者遗忘，面对作者刨根问底的追索，报以"人家人都饿死了，你还要细节"②的恶骂。作者从姥娘和支书口中得知，一个村子死了大约十几口人，于是他得出："一个村几十口，全省算起来，也就三百万了。"主人公"我"在追问死伤人数的过程中不断揭开亲故疮疤，最后也无力得到确凿的答案，疑问在追索的过程中逐渐失去了意义，只余下愈来愈深的感慨与悲悯。地方报志记载，发现无论是民间记载还是政府报告，我们大多数情况下是没有对1942年灾害死伤人数有准确而具体的辑录的，即使个别地方政府有具体到个人的数据，也没有准确数据可以支撑全省的受灾人数究竟有多少③。刘震云曾说"历史从来都是简单的，是我们自己把它闹复杂了"④，这种对历史的解释似乎有着难以理解的荒诞，有学者将刘震云这种解构历史的荒诞解释为作家"面对沉重历史进行的无奈消解……它并没有否定历史和生活本身，而是对于历史和生活意义的怀疑和追问"⑤。

　　与小说表现出的消极反思历史的文化立场相比，电影《一九四二》呈现出一个相对积极的文化面貌，然而这种格局的出现是有客观原因的。冯小刚回忆，电影《一九四二》剧本在2002年和2004年两次送去立项时被驳回，理由是"调子太灰，灾民丑陋，反映人性恶，消极"、"为什么放着那么多好事积极的事光明的事不拍，专要拍这些堵心的事？" 2011年，电影局终于批准《一九四二》正式立项，提出五点要求，其中包括"第二，表现民族灾难，也要刻画人性的温暖，释放出善意；第三，影片的结局应该给人以希望"⑥除此之外，电影的主创团队坚持十九年使小说最终呈现在荧幕上，必然有着对这一历史反思题材特殊的价值判断和人文考量。导演同样对历史素材进行了选择与规避，电影凸显的是在普遍的社会大灾难中，作为个体的人的生命力量，以此

---

① 刘震云：《温故一九四二》，第6—12页。
② 同上，第30页。
③ 只在《周口历史文化通览》和《郑州市志》中有"1942年，淮阳县饿死85 221人"，参见穆仁先主编：《周口历史文化通览·历史卷（下）》，北京：学苑出版社，2010年，第922页；以及《郑州市志》中有："1943年，仅郑县就有95 121人饿死。年底人口统计，全县仅172, 194人"，参见郑州市地方志编纂委员会：《郑州市志·第1分册》，郑州：中州古籍出版社，1999年，第84页。这两处具体到个位的严谨的人数统计，其他大都写道"饿死数余万人"或仅模糊地称"死伤无数"。
④ 刘震云：《故乡相处流传》，《钟山》，1993年第2期。
⑤ 贺仲明：《独特的农民文化历史观——论刘震云的"新历史小说"》，《当代文坛》1996年第2期，第5—6页。
⑥ 冯小刚，《温故一九四二·序·不堪回首，天道酬勤》，武汉：长江文艺出版社，2012年。

为主线，将其他历史事件隐藏在暗线之中，这也就是"写在纸背"、"藏在泪里"的力量。

无论是刘震云的小说《温故一九四二》还是冯小刚导演的电影《一九四二》，都是文学艺术检讨历史生成的复杂对话关系的产物，相对于真正的庞杂的历史本体，都是单薄的一只手臂。尽管作家与导演选择了不同的叙述方式进入历史场景，又因着不同的历史观对历史真实做出选择与规避，但是在这样一个浮躁的时代，这两部敢于面对历史的沉重的作品都是在努力担当文化反思的重任，既值得肯定，也值得尊重。

┃ 四、抗日根据地内的"乡土重构"与孙犁的小说创作 ┃

1981年，孙犁应刘绍棠邀请撰文谈"乡土文学"时说："就文学艺术来说，微观言之，则所有文学作品，皆可称为'乡土文学'；而宏观言之，则所谓'乡土文学'，实不存在。文学形态，包括内容和形式，不能长久不变，历史流传的文学作品，并没有一种可以永远称之为'乡土文学'。"①这番言论，对于理解孙犁和"乡土文学"都具有启示意义。

从社会史的角度，孙犁创作的"荷花淀"系列小说很难说是对现代乡土文学经验的继承，甚至也很难说是某种审美理想左右的产物，而是在抗日革命根据地"乡土重构"的背景下，孙犁个人体验与时代需求共融的结果。抗日根据地内"乡土重构"，简单地说，即中国共产党在抗战时期为巩固和发展自身实力，在所辖区域内进行的乡村建设活动。将其称为"乡土重构"，主要是将之与近代以来中国出现的一般意义上的乡村建设运动相区别。在抗日革命根据地，"乡土重构"的前提虽然基于了乡土社会被破坏的现实，但"重构"的目的并非为了"乡土危机"的解决，而是根据地政权自身的生存问题。其次，针对根据地生存的问题，"乡土重构"的方式并没有对"乡土中国"的理性思考和现代改造，而是着眼于农村生产力在短期内的提高，在不大量破坏乡土社会结构的前提下，最大化实现这种社会结构的合理性。"重建"和"重构"的差别，在于前者的建设性和发展性，后者的应急性和暂时性。

抗日根据地内"乡土重构"的具体内容包括两个方面：一是对乡土秩序的保持和恢复。这里的"乡土秩序"：包括农村现有的生产关系，如地主、富农、贫农的社会结构；乡村伦理和观念，如家庭观念、家国思想等。二是对小农经济的刺激和恢复，它包括对"家庭"生产单元的重视和恢复；对传统农本

---

① 孙犁：《孙犁全集》第六卷，北京；人民文学出版社，2004年，第46页。

位思想的坚守等。抗日根据地"乡土重构"的具体做法包括：减租减息、税制改革、关税保护、合作经济、文化宣传等。总之，抗日革命根据内的"乡土重构"，是以革命的方式实现了乡土社会的"乌托邦"，又以乡土的乌托邦保证根据地的巩固和发展。"乡土重构"中，革命与乡土的复杂关系反映在孙犁的小说当中，为了更加清晰地说明这个问题，我们可以从孙犁小说的许多元素出发，一一进行说明。

从"白洋淀"到"荷花淀"

提起孙犁的小说，让人直观想到的作品当属反映"白洋淀"水乡生活的《荷花淀》，在孙犁的笔下，"白洋淀"似乎自古便如其笔下的"荷花淀"，充满诗意。在《荷花淀》中，用诗意的笔触描写了"编席"的情境，似乎恬淡诗意是白洋淀地区日常生活的"常态"。在孙犁另一篇反映白洋淀生活的小说《采蒲台》中，他将历史上的白洋淀称为"鱼米之乡"，更强化了读者对"荷花淀"是白洋淀历史常态的印象。然而，如果我们考察"白洋淀"地区的历史，孙犁的这种看法并不符合事实。

"白洋淀"的地理位置主要在民国时期的安新县（约占80%以上），部分在雄县、任丘、高阳和容城，根据孙犁在安新县同口镇生活的经历以及其小说中描写的情况，"白洋淀系列小说"发生的地区大概在安新县境内。然而，历史上的安新绝非"鱼米之乡"。安新县所在区域处于九河下游，洪涝灾害严重，我们可以根据一份1931年安新县土地情况的统计表，就可以了解安新当时的县情。

1931年安新、高阳农业产值对比[①]

县名	农户（户）	土地总数（亩）	户均土地（亩）	农业产值（元）	户均产值（元）	亩均产值（元）
安新	14,030	370,400	26.4	301,000	21.5	0.8
高阳	23,580	295,200	12.5	5,157,700	218.7	17.5

安新、高阳两县比较，安新县的土地总数和户均土地量都具有优势，但由

---

① 从翰香主编：《近代冀鲁豫乡村》，北京：中国社会科学出版社，1995年，第443页。

于单位亩产值极低（与高阳相差20余倍），户均产值反而不及高阳县的十分之一。如此悬殊的土地产值，已经超出一般土地等级的差距，主要原因只能是灾害等外在因素。

由于土地收入缺乏保障，白洋淀地区的家庭收入主要依靠苇席编织和捕鱼，这也是孙犁小说中经常出现的两种生产方式。苇席编织在白洋淀地区源远流长，但作为一个行业兴盛起来，要追溯到明清之际，主要原因是交通运输业的发展拓展了白洋淀苇席的销售市场。白洋淀所产苇席除本省销售外，主销北平、天津和关东，而随着华北各港口开埠，苇席业开始有部分出口。[①]

孙犁小说中描写的白洋淀生活，都不是以苇席编织为家庭主业，他们大多数都生活在深水区，家庭生活主要是男性捕鱼、女性编席，编席只是生活中比重甚小的一个副业。这也比较符合历史上安新县的状况，1931年安新手工业产值28,000元，户均2.0元，工业产值占总产值的比例为8.5%。[②]安新手工业的水平，在河北省内也非常低，可见苇席编织在他们的生活中并不是一个重要的产业，如果联系到该县粮食生产的匮乏，可以推断捕鱼才是他们生活的主要支柱。

白洋淀地区的捕鱼业源远流长，据《安新县志》载，最早的文字记录可追溯到魏晋时期。白洋淀的渔业也不限于本地销售，在抗战前夕有38%销往外庄，即京庄、卫庄和府庄（北京、天津、保定），62%销往内地，包括安新、徐水、容城、高阳、安国、任丘、河间等数县。抗战前夕，白洋淀上最多有超过15,000人捕鱼，全年产量可达21,830,000斤，产值达873,200元，规模相当可观。[③]相比于苇席生产，白洋淀渔民的生活较为优越。

不管是苇席编织还是渔业生产，只有形成了成熟的生产、销售、运输的产业链条，孙犁笔下白洋淀恬淡的生活才可能出现。不过，虽然拥有成熟的产业链条，白洋淀地区的各种产业并没有走向规模化，而是依然保持小农生产的方式。白洋淀经济的这种特点，造成其小农经济的脆弱性。正因为此，抗战爆发对白洋淀地区人民的生活影响巨大，主要原因就在于战争对该地区商业环境的破坏。战争爆发，导致白洋淀与外界的联系不再畅通；在此基础上，日伪政权对苇席和渔业的自由贸易都进行了限制，两厢结合，白洋淀地区的苇席生产和

---

① 从翰香主编：《近代冀鲁豫乡村》，第416页。
② 同上，第443页。
③ 资料来源：《白洋淀的渔业》，河北档案馆藏档案，档案号：5-2-248-2。

渔业都严重受制于日伪政权的意志。

白洋淀靠近保定，也是华北地区重要的水上交通线，抗战时期日伪对该地区的控制较为严密，在大部分时期它都属于中共冀中根据地的"游击区"，直到抗战接近尾声，中共对白洋淀地区的实际控制才有所加强，标志是1944年5月晋察冀边区贸易公司在白洋淀设立隆昌商店。隆昌商店的本质是根据地的合作社，合作社在根据地内是一种集体所有制的贸易公司，其资本来源于参加合作社成员的原始股本，主要经营根据地内农业、手工业产品和日用品的生产和销售，农民在正常生产所得外，还参与合作社分红。隆昌商店的建立，使白洋淀地区有效地摆脱了日伪政权的经济控制，实现了苇席业和渔业的恢复。该店成立后，即组织将该地区的苇席、鱼虾、大米、土布、火硝、食盐等运往平汉路以西的山区推销，然后采购山货药材等物品回来，以调剂平原和山区的物资。①

《荷花淀》中，水生一家若没有合作社作为后盾，小农生活的自足和自然恐怕很难实现。仅仅依靠经济的恢复，《荷花淀》中的恬淡生活可能还是很难出现，因为即使有合作社作为经济后盾，战时的经济也无法恢复并超过战前的水平。就白洋淀支柱产业捕鱼来说，隆昌公司建立后，鱼的单价虽然有所提升，但捕鱼的人口、捕鱼的时间和每日捕鱼的数量都有所降低。1944年后白洋淀渔业的价格直线上升，虽然其中包含了通货膨胀的因素，但其增长的幅度依然超过了通胀的幅度。从经济的角度，《荷花淀》中水生一家的从容，重要基础还在于当地农民对共产党政权的信任和依赖，当然其中也包括根据地政权对"乡村传统"的尊重②。在水生一家人中，真正从事生产的实际只有水生嫂一人——水生的父亲和儿子只能做一些补充的事情，水生能够义无反顾参加游击队和区大队，除了自身抗战的热情，现实基础是根据地对抗属的优待政策，它使参加抗战的家庭在生活上更有保障。晋察冀对抗属的优待包括实物补偿、劳力补偿和精神补偿，通过这些补充，抗属的生活可以实现衣食无忧。水生在参军前夜嘱咐妻子："家里，自然有别人照顾。可是咱的庄子小，这一次参军的就有七个。庄上青年人少了，也不能全靠别人，家里的事，你就多做些，爹老了，小华还不顶事。"③可见，在抗属优待的政策下，水生参军后，水生嫂即

---

① 史立德：《冀中抗日根据地斗争史》，北京：中共党史出版社，1997年，第416页。
② 李军全：《军事动员与乡村传统：以晋察冀抗日根据地优待抗属为例》，《历史教学》2011年第2期。
③ 孙犁：《孙犁全集》第一卷，第33页。

使不参加劳动也可保生活无忧——多做些事情不过是体现抗属的高姿态。正因为此，之后才会出现抗属集体冒险探望丈夫的场景——如果没有生活的保证，她们既使有这样的想法，恐怕也不敢脱离生产。

所以说，从历史上的白洋淀到孙犁笔下的"荷花淀"，除了孙犁优美的笔法和浪漫的想象，从现实的层面它又与中共在抗战时期的"乡土重构"是分不开的，而正是有后一方面作为基础，《荷花淀》系列作品才可能在解放区内获得肯定并广泛传播。

家庭、婚姻与乡土秩序

在孙犁的小说中，很多作品都围绕家庭生活的主题展开，有直接写家庭成员之间的故事，如《荷花淀》、《"藏"》、《丈夫》、《嘱咐》、《黄敏儿》等；有以家庭生活为背景，反映根据地人民生活的变化，如《麦收》、《菏儿梁》、《碑》、《邢兰》、《芦苇》、《光荣》、《浇园》、《纪念》、《山地回忆》、《采蒲台》、《铁木前传》等。对根据地人民家庭生活的关注，是孙犁小说主题的一个显在特点，也是透视其美学风格的重要切入点。在小农经济形态下，家庭是最基本的生产单位，因此一切社会活动和文化传统都围绕家庭而展开。孙犁小说浓郁的乡土气息和诗意特点，就在于它写出了小农经济制度下家庭生活的自然和自足。

近代华北乡村（孙犁小说情节主要发生的区域），小农经济已经处于崩溃的边缘，主要原因有近代中国农村经济普遍面临的问题，也有华北地区自身的原因。就普遍的问题而言，华北小农经济的崩溃，主要面临了人口持续增长的压力和外国商业资本介入的威胁。小农经济濒临崩溃的现实，在孙犁的小说中也能找到相关的反映。譬如在《菏儿梁》中，女村主任一家对战局十分关心，这也是她们对待转移来的伤员十分热情的根本动机，因为她们就是一家破产的农民，租种川里地主的土地，有了共产党政权的保护，日子才得到改善，若中共的部队被打退，她们又要回到赤贫的生活当中。再譬如《邢兰》，邢兰是一个类似"拼命三郎"的农民，但在八路军到来之前，即使如此拼命的一个人，家中依然一贫如洗。

在极度贫困的境况下，孙犁小说中家庭温馨、民情淳朴、恬淡自然的场面其实很难实现。可以想象，如果没有生活的保障，《荷花淀》、《"藏"》中夫妻温馨浪漫的场景很难发生；如果没有家庭经济的改善，《山地回忆》、

《芦苇》、《吴召儿》中村民的善良和慷慨难以成为现实；如果没有小农经济的恢复，《碑》、《纪念》、《蒿儿梁》中小农家庭表现出的温情和大义也难以出现。所以，孙犁小说中极富乡土特色的家庭生活描写，现实的基础是中共在抗日时期的经济政策。

中共在抗战时期的土地政策和经济政策，以扶持和保护农村普通家庭的生产为目的。作为一个抗战时期拓展而来的根据地，中共在晋察冀抗日根据地主要实行"减租减息"的经济政策。晋察冀减租的标准，在所有的敌后抗日根据地中程度也比较低，属于"二五减租"，即在过去地租的基础上减去25%。此外，减租减息政策还包括民间债务的利息标准年利不超过1分；严禁庄头剥削；太粮、杂粮、小租、送工等额外附加，一律禁止；出门利（即现扣利）、剥皮利、臭虫利，印子钱等高利贷，一律禁止等。如此，既降低了正常的地租和利息，同时又避免中间剥削、过度剥削的产生——许多小农家庭的破产，直接原因便是这些因素。[①]与减租减息相适应，边区政府通过自身力量鼓励生产，譬如减免税金、鼓励开荒、给予贷款、技术支持、水利建设等[②]，帮助已经破产或濒临破产的家庭重新投入生产，使有能力扩大生产规模的家庭，再度扩大生产规模。在这两者的结合下，"减租减息"的政策虽然没有直接改变生产关系，但通过政府支持和小农经济的恢复，土地实现了合法分散，中农和富农家庭普遍增多，地主占有土地量有所减少。也正是在这样的背景下，曾经失去活力的华北农民家庭，才可能重新焕发生机。

作为家庭生活的一部分，孙犁小说中关于婚姻爱情的浪漫描写也是其整体特色之一，而这种浪漫也与根据地"乡土重构"是分不开的。在小农经济濒临破产的境况下，华北地区的婚姻制度日益扭曲，典型的表现是"婚姻论财"成为更重要的择偶标准[③]。所谓"婚姻论财"，即女方家庭将婚姻作为谋利的手段，不达到一定数额的彩礼，不能谈婚论嫁。在"婚姻论财"的社会风气下，原本自然、和谐的爱情和婚姻变得畸形化，这些扭曲的婚姻状况在孙犁的小说里也有反映。孙犁的小说《正月》和《蒿儿梁》里，就反映"婚姻论财"导致畸形婚姻的一种倾向——老夫少妻。《光荣》里的原生和《铁木前传》中的大

---

① 《晋察冀边区减租减息单行条例》（1938年2月），《晋察冀抗日根据地史料选编》（上册），石家庄：河北人民出版社，1983年，第31页。

② 《晋察冀边区奖励生产事业暂行条例》（1939年4月3日），《晋察冀抗日根据地史料选编》（上册），第126—129页。

③ 乔志强、行龙：《近代华北农村社会变迁》，北京：人民出版社，1998年，第80—81页。

壮则提供了另一种畸形婚姻——少夫老妻。从根源上来说，不管怎样状况下造成的少夫老妻现象，都有经济的考虑：就前者来说，娶年龄大的女子可以对家庭生产有更直接的帮助；而对养童养媳现象而言，回避彩礼支出和增加劳动力是主要的考虑。总之，在小农经济濒临崩溃的境况下，自然和谐的爱情婚姻也随之扭曲变形。

抗日根据地的建立，改变了当地的婚姻状况，特别是对于自由恋爱的发展，起到了保护和促进的作用。根据地政权对婚姻制度的改变，根本是改变了乡村权力结构的形态，表现在婚嫁习惯上是"革命标准"对"财富标准"的替代，在乡村世界，革命标准能够成功取代财富标准，离不开革命的武力后盾和抗日的道义支持，但不管怎样都改变了"婚姻论财"，为自由恋爱提供了制度和现实的保障。

"革命"与"乡土"的暧昧

与同时代作家相比，孙犁小说的独特之处，在于他表现了抗日根据地内"革命"与"乡土"的暧昧关系——这是其他作家表现不充分（或没有发掘）的地方。从数量上来说，中国现代文学史上表现新民主主义革命农村题材的作品举不胜举。但在数量巨大的此类作品中，"革命"与"乡土"的关系并没有被挖掘，他（她）们笔下的农村，更多呈现出"阶级"的特征，缺少了对"乡土"的充分体认和表达。孙犁小说与一般农村革命题材小说的区别，在于他笔下有一个相对完整的乡土世界，他小说中的主人公有些可能是贫农（如《邢兰》中的邢兰、《菇儿梁》中的女主任、《正月》中的多儿等），有些可能是中农或富农（如《荷花淀》中的水生、《"藏"》中的浅花、《碑》中的老金、《村歌》中的双眉等），有的甚至生活在地主家（如《黄敏儿》中的王振中），但"身份"并没有构成他们的本质差别，他们都具有淳朴和善良的特征，都对于抗战表现出极大的热情。所以说，孙犁小说所要表现的内容，不是革命化了的农村，而是乡土与革命在抗战时期相生相长的理想状态。

孙犁对这种现象的捕捉，或者说孙犁小说独特性的根源，源于他生活的晋察冀抗日根据地，以及其创作成长时期的中共抗战政策。晋察冀抗日根据地是中共在抗战当中新发展起来的根据地，其以靠近陕甘宁的山西为突破口，不断向东向北拓展，从而建立起以乡村为主要活动区域、零星散落的"网状根据地"①。其典型特征是，中共抗日政权和日伪政权在第一地区犬牙交错，日伪控制中心城市及交通要道，抗日政权控制城市之外的乡村和偏僻地区，双方的势力范围伴随军事斗争不断消长。一个地区政权交替过于频繁，实际提升了乡土文化的影响力。相较于中共抗战前后的农村政策，中共在抗战时期对农村乡土传统显得格外重视，甚至可以说是对既有乡土秩序的妥协。

孙犁的创作起步于抗战时期的晋察冀，正是"抗战"和"晋察冀"让他感受到革命与乡土共融后的暖昧——这也是其创作独树一帜的独特所在。因为孙犁小说中革命与乡土的共融有广泛的社会基础，其小说可以从"乡土"和"革命"进行双重解读。

（1）革命的与现实的。如同诗人穆旦在《赞美》里对抗战时期中国底层人民的赞美，孙犁抗战主题小说表现出对家乡人民投入抗战的深深赞美。从"革命"的角度，孙犁笔下的晋察冀人民以最淳朴的方式表现出对抗战的拥护和支持，是新民主主义革命的一个缩影，也是中共领导下"全面抗战"正确性和有效性的明证，同时也证明了"人民群众是社会发展的动力"的道理，是一个典型的革命主题。不过，如果从"乡土"的角度，孙犁小说也可以说与"革命"无关。在孙犁的小说中，侵略者与抗战力量都是乡土社会的"介入者"，它们的差别在于前者破坏了乡土生活的正常秩序，而后者则是乡土生活的维护者和恢复者，拥护抗战抵抗侵略对底层人民而言是现实的选择。

（2）现代的与传统的。抗战是一场现代战争，不管是在中共编纂的抗战史描述中，还是在孙犁的小说中，"现代"战争的痕迹都十分浓厚。中共领导下"全面抗战"的现代特征表现在多个方面，如：土地政策、政权建设、抗战组织与动员、作战形式、社会变革等。对于孙犁的小说，我们可以从这个角度进行认知，但同时也可以从传统民间心理的角度进行理解。在中国民间社会，"家国情怀"深入人心，"天下兴亡，匹夫有责"的观念有着旺盛的生命力，而晋察冀所在的"燕赵之地"，本来就多慷慨悲歌之士，刚烈勇猛的地域传统对当地人民影响深远。孙犁小说中多处表现了这些传统文化心理的影响。

（3）乡土美学与革命美学。由于革命与乡土的暧昧，孙犁小说力图呈现的审美典范也同样具有暧昧性。譬如其对根据地女性美的刻画，乡土色彩十分浓

---

① 李公朴著《华北敌后——晋察冀》中说："晋察冀的经济中心不在城市，因为除了阜平之外，没有一座城池。也不在镇市，许多的大镇市，尤其是冀中亦都变成了日寇的据点。在晋察冀是无数的'经济点'构成的一面强韧的经济网。"（北京：三联书店，1979年，第119页）虽然李公朴此处所描述的是经济情况，但也反映了晋察冀根据地的概括。

厚，如《"藏"》中的浅花这个勤劳能干的女性形象，只有在乡土世界里，才具有最大的美感。从革命的角度来说，抗战也需要这样的女性形象，当男性们纷纷奔赴战场，日常生产和后勤补给都需要女性来完成，不勤劳能干不足以胜任这样的角色。当然，仅仅勤劳能干还不能满足革命的需求，他们还必须对家庭之外的抗战事业积极支持，体现出民族大义。

从社会学的角度而言，孙犁小说的这种特征正是抗日根据地"乡土重构"的典型表现。由于近代以来中国乡土社会持续走向溃败，抗战根据地从自身需要出发对乡村社会的改变，恰恰恢复了业已（或正在）崩溃的乡土秩序和乡土传统。这些被恢复的乡土秩序和乡土传统，是中共为抗日根据地带来的"改变"，而这种改变又恰恰是乡村的乡土本色。正是如此，"乡土重构"后的抗日根据地，既是革命的根据地，又是乡土的乌托邦，孙犁的独特性，就在于他敏锐地抓住了抗日根据地的这种特质。

土地改革与孙犁的矛盾

土地改革的开始，标志着抗日根据地内"乡土重构"的结束，土地改革的本质，是对乡土社会的消解和重建——土地改革与乡土传统之间，对抗远远要大于共融。[①]土地改革不仅改变了土地制度和乡村格局，不仅涉及农民与地主、贫与富之间社会关系的变革，也改变了普通农民的思维方式和日常生活。土地改变对乡土生活的改变，孙犁敏锐地感受到这一点，在他的小说里这种改变可以概括为三个方面：自足的状态被打破；自然的关系被改变；自由的生活被束缚。

（1）自足的状态被打破。乡土生活的魅力之一，在于其中人们的自足感。"自足"是一种社会现实，又是一种文化心理。作为一种社会现实，自足的基础是小农经济的独立性，作为一种文化心理，自足来自于乡土社会的稳定性。抗战时期根据地内的"乡土重构"保持了乡土的稳定性，所以根据地的人民依然保持了自足的心态，这在孙犁的小说中也都有反映，此处不再赘言。"土地

---

① 1949年颁布的《中国土地法大纲》可以非常清楚看到土地改革对乡土社会的态度。《大纲》第一条："废除封建性及半封建性剥削的土地制度，实行耕者有其田的土地制度"，实际已将农村已有的土地制度和乡土传统统定性为"封建制度"，也就意味着要被彻底改变。《大纲》第三条："废除一切祠堂、庙宇、寺院、学校、机关及团体的土地所有权"，这也就意味着宗族制度、民间信仰、民间组织等乡土社会重要因素的衰落。从土地制度入手，中共的土地改革是对乡土社会的彻底改造。

改革"打破了乡土社会的稳定性，通过群众斗争的手段，乡村的权力结构发生改变，财富也要被重新分配，这种翻天覆地的变化，打破了农民的自足心理，种种农民身上的局限性也随之暴露了出来。

（2）自然的关系被改变。与乡土生活的自足紧密相连，乡土社会人际关系体现出自然的人情美。孙犁很多作品如《山地回忆》、《碑》、《浇园》、《纪念》、《女人们》等，都通过八路军与乡民关系，赞美乡民的淳朴和善良。自然的前提，也来自于小农经济的独立性和乡土社会的稳定性，在独立经营的体制下，即使长久相处的乡民之间的利益纠葛也十分有限，这为自然的人际关系打下了基础。土改和伴随而来的合作化，改变了农民生产的方式，也加强了彼此的利益纠葛，与之俱来便是在财产分配、阶级斗争、集体生产的影响下，自然人际关系的破坏。

（3）自由的生活被束缚。沈从文笔下的湘西世界，是乡土社会中自由生活的理想状态，如果说这种理想状态有刻意美化的成分，孙犁抗战小说中的一些场景，则可以说是更为现实的自由。《荷花淀》中，一众抗属聚众探夫的场景让人印象深刻，其实这便是乡土自由生活的一个例子，在丈夫参军妇女要承担主要生产任务的背景下，她们撇下工作直接奔赴前方，在现代社会几乎不可能。所以，乡土社会中的自由还在于小农生产的个体性，不用分工合作，只要不违农时都可以自由安排生产的时间。土地改革开始的互助合作运动，将分工合作的方式应用到农业生产中，由于这种生产方式是政治外力推动的结果，因此种种纪律也被强加到农民的身上。

革命对乡土的剧烈改变，对于已经习惯了晋察冀"乡土重构"的孙犁来说，无疑造成巨大冲击，这表现在创作中则是其审美理想的内在冲突。《铁木前传》是一部表现乡土社会在革命中发生转变的作品。一般读者都注意到黎老东的变化，土地改革导致其私欲的膨胀，进而又影响了他与周围人的关系。然而，作品中还有一种转变常常被忽略掉，那便是傅老刚女儿九儿的转变，相比于多年没有长进的六儿，九儿在久别重逢后已经成长为革命"模范青年"。然而成为"模范青年"的九儿，在审美性上却不如六儿和另一个问题青年小满。成长后的九儿，吃苦耐劳、积极上进，几乎挑不出什么毛病，但正是如此，她仿佛一个革命的机器人，毫无趣味可言。六儿就不同了，他掏鸟蛋、做买卖，不务正业瞎折腾，却保持了自然的天性，反而让人觉得他是个活生生的人。

对一个作家而言，真、善、美是一致而统一的体系，其力图树立的正面形象（善）必然是其美学理想的化身，三者之间的错位都很少发生，更不用说发生悖逆的情景。孙犁作品这种反常现象，只能说明其内心深深困惑，而其根源恰恰是革命与乡土关系的急剧变化：抗战时期的"乡土重构"，让他看到了革命与乡土共融的可能和美好；而土地改革的发生，不仅让曾经的美好不复存在，还让他看到了农民的局限性和熟悉乡土生活的消亡。在这样的社会剧变面前，对于革命阅历和知识阅历都有限的孙犁来说，怎么会不陷入矛盾当中呢？

从革命与乡土的关系再看孙犁

孙犁早、晚期创作的迥然差别，以及其在新中国成立初期创作中表现出的种种矛盾，使孙犁作为"革命文学中多余人"[①]的形象来日渐深入人心。作为世界文学中的一个重要概念，用"多余人"来定位孙犁，也留下了值得进一步思考的问题：首先，如果说"多余人"代表个人与时代、潮流之间较为清晰的距离，孙犁与革命文学之间的距离是否十分明确？其次，革命文学的"主流"是否具有较为恒定的标准，会不会出现主流标准变异，或从模糊到清晰逐渐形成的状态？再次，在革命文学形成自己标准的过程中，有不少作家与标准形成距离，应该如何看待这些"多余人"与孙犁的关系呢？这些问题，要求我们在认识到孙犁在革命文学中的独特性的同时，更深入探讨其"多余"状态形成的原因。

如果我们追踪孙犁创作发展的道路，创作初期的孙犁至少没有将自己边缘化的主观意图，甚至还形成了紧跟主流的意识。孙犁在晋察冀工作时期，主要从事宣传工作，当记者写通讯是其文学生涯的起步，以至于孙犁早期许多小说都有类似通讯的意味。从记者成长起来的作家，对于媒体的需要和体现自身特性的把握比一般作家更为敏感，这在孙犁在延安成名的过程中已经体现了出来。发表孙犁《荷花淀》的编辑方纪，后来回忆道："读到'荷花淀'的原稿时，我差不多跳了起来，还记得当时编辑部的议论——大家把它看成一个将要产生好作品的信号"，"'荷花淀'无论从题材的新鲜，语言的新鲜和表现方法的新鲜上，在当时的创作中显得别开生面"。[②]《荷花淀》在延安获得了成功，而且还成为延安文艺座谈会后"好作品"的典范，这不能不归功于孙犁的

---

① 杨联芬：《孙犁：革命文学中的"多余人"》，《中国现代文学研究丛刊》1998年4期。
② 方纪：《一个有风格的作家——读孙犁同志的〈白洋淀纪事〉》，《新港》1959年4期。

敏感。从这个角度来说，说孙犁是革命文学中的"多余人"，至少从孙犁主观意志和其初登文坛的状态上讲是行不通的。

孙犁的边缘化，或者说他后来创作中出现的问题，在于他不能及时把握革命的变化。这不能不说是孙犁的悲哀。与革命的主导者相比，更多数基层的革命者都只能算是革命的追随者，由于知识、阅历、信息等多方面的原因，他们对于革命的理解要么依靠政策，要么依靠切身对革命的感受和经验，对于革命形势的微妙变化始终要慢一些，而且对于变化本质的认识不可能一定准确。这些天然的劣势，使得他们也只能居于"追随者"的地位——相对于主导者，必然处于"边缘"的位置。

革命与乡土的关系，对于孙犁而言是其感受革命最初的方式——也是最重要的方式。正如有研究者形容的那样，孙犁是"随波逐流"参加了革命。这种缺少强烈主观倾向的革命方式，在近代中国群雄并起的局面下，一个基层革命者要感受中共革命的独特性，只能朴素地参照它与这片土地的关系。长期宣传工作的训练，让孙犁敏感地把握到敌后根据地在"乡土重构"政策下革命与乡土共融的特质，并形成了他对于革命的个人理解。这种对革命的认知方式，伴随《荷花淀》的成功最终在孙犁的内心走向成熟。应该说正是孙犁的聪慧和敏感，让他从成功从"边缘"走向了"主流"。

尽管孙犁有足够的聪慧和敏感，其从边缘走向主流的过程也依旧充满偶然。方纪回忆《荷花淀》能够成功的原因时说："那正是延安文艺座谈会以后，又经过整风，不少人下去了，开始写新人——这是一个转折点；但多半还用的是旧方法……"①这里有很多值得思考的信息：如果没有座谈会后文艺方向的转变；如果不是整风打倒一大批作家，《荷花淀》都不可能一举成功。如果孙犁要保住自己来之不易获得的"主流"地位，很多"功课"都需要补上，譬如：延安文艺座谈会召开的原因是什么？毛泽东《在延安文艺座谈会上的讲话》的精髓是什么？延安整风的意义何在？这些问题，如果孙犁一直留在延安或许能够明白，当然这也可能改变其创作的道路——但孙犁很快离开了延安。

重新回到晋察冀的孙犁，也只能重新依靠乡土的参照来体会革命发展和变化，然而他面对的是与"乡土重构"迥然差别的土地改革。土地改革在抗战之后被推上中共革命的重中之重，普及面之广、影响之深刻都可谓空前，在这种

---

① 方纪：《一个有风格的作家——读孙犁同志的〈白洋淀纪事〉》，《新港》1959年4期。

潮流面前，任何人都知道它是革命的新方向。然而，落实到孙犁十分熟悉而敏感的乡土，土地改革不是创造一个更加理想的"荷花淀"，而是要毁灭已有的"荷花淀"，这种巨大的反差，如何在文学的世界中得到化解，显然超出了孙犁的能力。所以，如果将孙犁视为革命文学中的"多余人"，那么这种"多余人"应该算是一大批革命追随者在文学世界的共同宿命。革命需要追随者，但革命文学只需要主导者，当一个作家以革命追随者的身份参与创作，在瞬息万变的革命潮流和革命文学潮流面前，他们只可能昙花一现。

| 五、从两份土地法文件看土改小说创作 |

    土地改革运动是一场伟大的社会运动，它使千百万农民"从封建剥削制度的枷锁下解放出来，第一次真正成为土地的主人"[①]，从而极大地释放了革命热情，这场运动从1946年开始，一直延续到1952年，在此期间，大批知识分子作为"土改工作队员"，直接参与其中，并以小说形式反映着这一运动的过程，公开发表的作品数以百篇计。在土改运动中，中国共产党先后颁布了三份关于土地的法律文件。1946年，在老解放区已经进行过减租减息、新解放区进行了大规模反奸清算运动之后，解放区的阶级关系发生很大变化，但是封建土地关系依然存在，为了彻底消灭封建土地关系、满足农民的土地要求、支持前线的革命战争，中共中央于5月4日召开会议，通过了《关于土地问题的指示》，土改运动兴起，这是中共中央在土改运动中颁布的第一个具有法律效力的文件。《关于土地问题的指示》发出不久，全面内战爆发，国内形势发生了重大变化，这使土改运动遇到了许多新情况和新问题，另外，在执行《关于土地问题的指示》的过程中，逐渐发现了这一文件的许多亟待解决的不足之处，因此，中共中央决定于1947年召开全国土地会议，并于9月13日大会最后一次全体会议上通过了《中国土地法大纲》，这是中共中央在土改运动中颁布的第二个土地法文件。新中国建立后，土改运动的直接目的由动员农民支持革命战争转变为解放和发展农村社会生产力、恢复和发展国民经济，为了顺应这一转变，1950年，中央政策研究室提出了《中华人民共和国土地改革法（草案）》，经过一系列研究和修正，在6月28日的中央人民政府委员会第八次会议上获得通过，并于6月30日正式公布施行。由于《中华人民共和国土地改革法》颁布不久，抗美援朝战争爆发，全国范围内出现参军参战的热潮，"抗美援

---

    ① 罗平汉：《土地改革运动史》，福州：福建人民出版社，2005年，第404页。

朝，保家卫国"成为时代主题，导致土改小说创作普遍以反映土改由头为抗美援朝做宣传，因此，本文仅研究土改小说创作与前两份土地法文件的关系。

对于土改小说创作与土地法规的关系，前人无论怎样言说，总要落脚到一点：图解政策。然而，仔细阅读《关于土地问题的指示》和《中国土地法大纲》后，再来看当时的土改小说作品，会发现两者关系并没有这么简单。

土改小说中的法律条文

首先看土改小说是如何表现这些法律条文的。《关于土地问题的指示》中有18项规定，在土改小说中被表现出来的是以下几项：

"（一）在广大群众要求下，我党应坚决拥护群众在反奸、清算、减租、减息、退租、退息等斗争中，从地主手中获得土地，实现'耕者有其田'。"①这一项在每篇土改小说中都有所表现，因为这是土改运动的前提，没有这一项，土改运动不会发生，土改小说更无从谈起。

"（三）一般不变动富农的土地。如在清算、退租、土地改革时期，由于广大群众的要求，不能不有所侵犯时，亦不要打击得太重。"②比如《太阳照在桑干河上》胡泰说的话："像咱，他们只评成个富农，叫咱自动些出来，咱自动了六十亩地。咱两部车，他们全没要，牲口也留着，还让做买卖……"③《旱》中说得更直接："现在的政策，富农的土地不动呀……刘少奇副主席在'五一'劳动节大会上早讲过啦，这会毛主席也讲过了哩……"④

"（四）对于抗日军人及抗日干部的家属之属于豪绅地主成分者，对于在抗日期间，无论在解放区或在国民党区，与我们合作而不反共的开明绅士及其他人等，在运动中应谨慎处理，适当照顾，一般应采取调解仲裁方式。"⑤这一项在土改小说中普遍被表现为地主经常利用的政策漏洞，比如《赵殿臣落网记》中，赵殿臣是个无恶不作的地主，"自从他知道他大儿子当了解放军的消息以后，他就披起'光荣军属'的外衣来"⑥。

---

① 刘少奇：《关于土地问题的指示》，《刘少奇选集（上卷）》，北京：人民出版社，1981年，第378页。

② 同上。

③ 丁玲：《太阳照在桑干河上》，北京：人民文学出版社，1956年，第223页。

④ 祝向群：《旱》，《人民文学》1950年第2卷第5期。

⑤ 刘少奇：《关于土地问题的指示》，《刘少奇选集（上卷）》，第378—379页。

⑥ 白苏林：《赵殿臣落网记》，《说说唱唱》1951年第21期。

"（六）集中注意于向汉奸、豪绅、恶霸作坚决的斗争，使他们完全孤立，并拿出土地来。……对于汉奸、豪绅、恶霸所利用的走狗之属于中农、贫农及其他贫苦出身者，应采取争取分化政策，促其坦白反悔，不要侵犯其土地。在其坦白反悔后，须给以应得利益。"①这一项中，关于坚决斗争汉奸恶霸的内容在土改小说中有直接的展现，比如《拍碗图》中对地主白吃鬼的斗争②、《暴风骤雨》中对地主韩老六的斗争等。

"（八）除罪大恶极的汉奸分子及人民公敌为当地广大人民群众要求处死者，应当赞成群众要求，经过法庭审判，正是判处死刑外，一般应施行宽大政策，不要杀人或打死人……"③对这一项的表现多出现在斗争会场面中，比如《村仇》里写斗争地主赵文魁时，很多人冲上主席台打赵文魁，老刘"也过来劝解说：'咱们不能乱打乱闹，他们有天大的罪恶，也要交法庭处理。'"④

"（十二）在运动中所获得的果实，必须公平合理地分配给贫苦的烈士遗族、抗日战士、抗日干部及其家属和无地及少地的农民。"⑤这一项在每篇土改小说中都有所表现，因为这是土改运动所要达到的目的，土改小说中不表现这项政策，就无法准确反映土改运动的意义。

除以上6项之外，其余12项规定均未在土改小说中予以表现，也就是说，土改小说创作只反映了《关于土地问题的指示》中1/3的内容。继续深究一步，基于以上分析可以看出，在土改小说中有所表现的6项条款，有2项并非直接表现，而是在作品中被适当地加工了。

与《关于土地问题的指示》情况类似，《中国土地法大纲》中的16条规定也没有完全被土改小说创作所表现，在作品中能找到的仅有6条，另外，还有大量作品的内容与法律条文根本不沾边。比如孙犁的《村歌》，只用极小篇幅来写斗地主的情形，大量笔墨都放在干部群众之间、积极分子和落后分子之间以及家庭成员之间的矛盾纠葛上；康濯的《买牛记》，通过买牛这件小事反映了土改之后农民群众发展生产的积极性；秦兆阳的《改造》，没有写对地主的残酷斗争，而是表现了在群众劝说和帮助下，一个游手好闲的地主变为普通劳动者的过程；等等。

---

① 刘少奇：《关于土地问题的指示》，《刘少奇选集（上卷）》，第379页。
② 田间：《拍碗图》，《文艺报》1950年第2卷第1期。
③ 刘少奇：《关于土地问题的指示》，《刘少奇选集（上卷）》，第379—380页。
④ 马烽：《村仇》，《人民文学》1949年创刊号。
⑤ 刘少奇：《关于土地问题的指示》，《刘少奇选集（上卷）》，第381页。

总之，土改小说创作对党的土地法并不是原封不动的完全予以表现，而是存在两种类型。第一种类型是只选取一部分法律条文予以表现，如果仔细观察，可以发现土改小说创作选取的这部分条款都是与"斗地主"和"分土地"直接相关的，而那些被土改小说创作忽略的条款都与这两件事没有直接关系，比如团结知识分子、发展民兵组织、及时开会总结经验等，在这类作品中，常出现一种特殊情况，即有些条款被作者进行了加工修改，对这些条款的加工修改实际上也是要更好地为"斗地主"和"分土地"服务；第二种类型是完全不去表现法律条文，这一类作品与前一类正好相反，内容中没有"斗地主"和"分土地"，所写的要么是土改过程中的不良现象，要么是土改之后农民群众高涨的生产积极性。

作家与"土改"

结合作家创作过程来看，无论是第一种类型的作品还是第二种类型的作品，所写内容实际都是作者自身亲历的事件。

在土改运动中，作家被"政策"驱赶着走进了农村，作为"土改工作队员"亲自参与土地改革工作，在参与过程中创作"土改"小说。毛泽东《在延安文艺座谈会上的讲话》中最早提出，要彻底明确"为什么人"的问题，就"一定要在深入工农兵群众、深入实际斗争的过程中，在学习马克思主义和学习社会的过程中，逐渐地移过来"[1]，由于"为什么人"的问题被毛泽东定性为根本的问题、原则的问题，这一"深入工农兵群众、深入实际斗争"的要求就被文艺界广泛宣传并认真践行了。在"土改"期间有关文艺工作的政策文件中，都能找到要求作家深入农村生活、参加土改运动的内容。比如，1950年在中南区文艺工作会议上提出了这一年中南区的文艺工作方针和任务，其中就指出："一九五〇年我们的主要任务就是生产建设和土地改革这两件大事。特别是土地改革……为了完成上述工作任务，必须要求每一个文艺工作者作艰苦的工作。"[2]《文艺报》刊载的来自南昌的一则通讯中可以看出当时江西省委宣传部和江西文联对作家参加"土改"的政策要求："在省委宣传部的领导下，江西文联、文工团和广播电台合组了一个土地改革调查创作组，于六月底出发

---

① 毛泽东：《在延安文艺座谈会上的讲话》，北京：人民出版社，1975年，第15页。
② 熊复：《中南区一九五〇年的文艺工作方针和任务》，《长江文艺》1950年第2期。

乡村……江西文联最近正计划吸收一部分在写作技巧和理论修养上有着一定水平的文艺工作者，摆脱原来的工作岗位，去参加土地改革去……"①在各地区这种政策的要求下，许多作家走进了农村，丁玲去了晋察冀解放区的涿鹿县温泉屯，周立波去了松江省珠河县元宝区元宝镇，孙犁去了河北省饶阳县，沙汀去了四川华阳县石板滩，马烽去了晋绥根据地的崞县大牛堡村，等等。

这些作家在农村生活中不断发现素材，开始艺术构思。对于前文所述第一种类型的作品，可以《暴风骤雨》的写作过程为例。在这部小说中，"人物和打胡子以及屯落的面貌，取材于尚志。斗争恶霸地主以及赵玉林牺牲的悲壮剧，取材于无常"②，由此可见，这部小说的内容皆取材于作者的经历，而且在写作过程中，作者随时深入实际斗争去寻找创作所需的现实原型，"初稿前后写了五十天，觉得材料不够用，又要求到五常周家岗去参与'砍挖运动'。带了稿子到那儿，连修改，带添补，前后又是五十来天"③。周立波始终认为"深深的感动了自己的亲身经历，是第一等的文学材料"，"所见所闻，是文学的第二位的材料"④，因此，在《暴风骤雨》下卷的写作中，"写作的时间不算长，但是搜集和储备材料的时间却比较得多。宽一些说，从一九四六年底到一九四八年春，除工作的时间外，都是下卷的积累材料的时间"，"所用的材料，都是个人的经历和见闻"⑤。除《暴风骤雨》外，田间的《拍碗图》、马烽的《村仇》、白苏林的《赵殿臣落网记》等作品的创作过程也都是很好的例子。

对于前文所述第二种类型的作品，可以沙汀的《母亲》为例。关于这部作品的创作过程，目前没有找到自述文章，但是沙汀在这部作品创作前后所写的工作日记可以提供许多线索，小说讲述的是土地改革后农民积极参军参战、保卫土改胜利果实的故事，主要情节和人物形象都能从沙汀日记中找到原型，其他如孙犁的《村歌》、秦兆阳的《改造》等作品也都是这样创作出来的。

诸如此类的例子在每篇"土改"小说的创作中都存在，总体来看，在这些作品的创作过程中，作者都在亲身经历着土改运动，而且作者所强调的也正是

---

① 王克浪：《为土地改革进行准备——南昌通讯》，《文艺报》1950年第12期。
② 周立波：《〈暴风骤雨〉是怎样写的？》，《周立波研究资料》，北京：知识产权出版社，2010年，第245页。
③ 同上，第244—245页。
④ 同上，第246页。
⑤ 周立波：《现在想到的几点——〈暴风骤雨〉下卷的创作情形》，《周立波研究资料》，第249页。

这种"亲身经历"，而非"政策"。

土改法的意义

既然如此，作家在创作过程中是否考虑了党的土地法呢？答案是肯定的。以《太阳照在桑干河上》为例，创作这部小说之前，丁玲参加了晋察冀中央局组织的土改工作队，在怀来、涿鹿一带做了两个月的工作，在这期间，"卷入了复杂而又艰难的斗争热潮，忘我的工作了二十天"①，《太阳照在桑干河上》就是根据这二十天的经历创作的。根据丁玲的回忆，在创作过程中，她为了不犯错误，"反复去，反复来，又读了些关于土地改革的文件和材料"②，也就是说，丁玲在创作时不断阅读关于土地改革的法律政策文件，其目的就是要保证作品中不出现政策问题，正因为如此，在塑造顾涌这个人物形象时，由于"当时任弼时同志的关于农村划成分的报告还没有出来"、"开始搞土改时根本没什么富裕中农一说"③，没有法律政策可依据，就"没敢给他定成分，只写他十四岁就给人家放羊，全家劳动，写出他对土地的渴望"④；也正因为要保证作品中不出现政策问题，作品完成后，根据丁玲1948年6月16日的日记可知，在交给胡乔木审阅时，丁玲最关心的还是作品内容是否符合政策要求⑤。除这部作品之外，其他作品，如孙犁的《秋千》、方纪的《让生活变得更美好罢》、碧野《阿婵》等，其创作过程无不存在这一现象，就连周立波如前文所述那样重视亲身经历，也要在创作中考虑党的土地法，对北满土改过程中违背土地法条款的现象不予表现，并且指出"革命的现实主义的写作，应该是作者站在无产阶级立场上、站在党性和阶级性的观点上所看到的一切真实之上的现实的再现"⑥。

一旦作品内容不符合党的土地法精神，就会招来"围攻"式的批判，比如秦兆阳的《改造》，作品发表六个月之后，《人民文学》第二卷第二期就刊出

---

① 丁玲：《一点经验》，《丁玲研究资料》，第125页。
② 同上，第126页。
③ 丁玲：《生活、思想与人物——在电影剧作讲习会上的讲话》，《丁玲研究资料》，第141页。
④ 同上。
⑤ 丁玲：《四十年前的生活片断》，《新文学史料》1993年第2期。
⑥ 周立波：《现在想到的几点——〈暴风骤雨〉下卷的创作情形》，《周立波研究资料》，第250页。

了有关这篇小说的两份评论文章，对这篇小说大加讨伐。批判围绕的中心都是不符合土地法精神。每一位作家都在创作中时刻考虑党的土地法，一旦作品内容与法律条文有出入，就会被批评，这样看起来，土改小说创作似乎是在"图解政策"，而仔细观察他们对创作过程的自述以及他人的批判，会发现他们这样做的真正目的是"正确的反映土地改革"。在这里，所谓"正确的反映"不等于"如实的反映"，因为在"土改"过程中，自始至终都伴随着各种各样的错误，"查三代"、"扫堂子"、"搬石头"等现象能引起毛泽东的高度重视足以说明其普遍性，这些错误现象进入作品中之后不利于鼓舞和发动农民群众自发地参加斗争，与作家参与"土改"的主要工作——以文艺武器为土地改革服务——相矛盾。"正确"是指方向正确、与党中央的"土改"政策和土地法保持一致，只有这样才能保证土地改革的顺利进行，这就需要作者对法律政策有较深入的理解，这一点几乎在每份关于文艺工作者参加土地改革的政策文件和讨论文章中都明确提出了，比如，1951年第2期《西南文艺》发表的刘仰桥的《参加土地改革，正确的反映土地改革》中明确指出："要想正确的反映运动，表现新的人物，就必须熟悉运动的规律，熟悉新的人物，而熟悉政策则是真正熟悉运动熟悉人物必具的政治前提……"①杜润生《在中南第二次文艺工作会议上关于土改问题的报告》中也阐明了理解政策与正确反映土地改革的关系。②1950年9月《文艺报》发表的俞林的《我在土改中的一点经验》也着重说到这一问题："我感到政策……是土改工作的重要环节，不理解这些问题就不能正确的了解这一运动，更不用说描写这一运动了。"③因为作家是作为"土改工作队员"参加土地改革的，所以"正确的反映土地改革"这一目的就成了作家的工作任务，而熟悉法律政策、自觉地运用法律政策来表现土地改革运动就成为完成工作任务的必要手段。

文学对于法律的反思

作者在创作中普遍坚持以自身亲历的事件为作品的基础和主要材料，同时又为了正确反映土地改革而时刻考虑法律政策要求，在土改运动过程中，作者

---

① 刘仰桥：《参加土地改革，正确的反映土地改革》，《西南文艺》1951年第2期。
② 杜润生：《在中南第二次文艺工作会议上关于土改问题的报告》，《长江文艺》1950年第3卷第3期。
③ 俞林：《我在土改中的一点经验》，《文艺报》1950年第2卷第12期。

最常接触的事情无非是"斗地主"、"分土地"、发展生产和一些与前三种事情相关的不良现象，前两件事情可以在土地法中找到规定，而后两件事情则无法找到相关规定，因此，作品中就出现了本文第一部分所揭示的现象——要么只反映土地法文件中的一小部分规定，要么与土地法根本不沾边儿。

在这里应该指出的是，土改小说作品中不仅能看到对一些法律政策的反映，还能够看到作者对所反映的法律政策的思考。

比如，在斗地主的时候，是否应该按群众的要求将地主就地打死，这就是对《关于土地问题的指示》中第八条的思考，反映到作品内容中，就出现了在斗争会场面里地主被打得半死时才会有干部上前保护的现象，作者在作品中总是先让地主挨打，再让干部来劝说，让读者把两方面都看到后自己去评论。

再比如土地如何分配，这是对《关于土地问题的指示》第十二条和《中国土地法大纲》第六条的思考，李伯剑的《桦树沟》就借群众之口探讨了这样几个问题："把地都给了不会务育庄稼的傻子、懒汉，把咱生产给耽误了，咱八路军前方作战，还要不要吃公粮？""按贫苦情形，按人口多少分地在理些。""闺女分地是随婆家呢？还是随娘家？"①等，作者也是采取了把各种观点都摆出来，让读者自己去评论的办法。

由此可见，作者对法律政策的表现并不是机械的，而是夹杂了自己结合实际工作对法律政策的思考。总而言之，从作品内容方面看，小说对法律条文的表现方式分为两种类型，且在表现过程中充满了对土地法的思考；从创作过程看，作者普遍坚持以自身亲历的事件为作品的基础和主要材料，同时，为了正确反映土地改革而不断考虑法律政策要求。由此可见，对"土改小说"以简单的"图解政策"来盖棺定论显得十分肤浅，因为作家是真的把自己作为"齿轮和螺丝钉"②，为"整个革命机器"的正常运作服务，"土改小说"背后隐藏着强烈的政治意图。

---

① 李伯剑：《桦树沟》，《说说唱唱》1952年第26期。
② 列宁：《党的组织和党的出版物》，《列宁全集（第12卷）》，北京：人民出版社，1987年，第93页。

| 六、小说《暴风骤雨》史实考释 |

小说《暴风骤雨》的创作初衷，在于全程记述1946—1947年间的东北土改历史。据作者周立波自述，他甚至考虑过"用编年史的手法"。这多少是有点野心勃勃，但周立波敢于立下这样的宏愿，很大程度上源于他在珠河县元宝镇等地蹲点土改时用心搜集的大量实地材料。周立波既然亲身领导土改，又实地收集了那么多的土改史料，那么，他在写作的时候，又是怎样处理那些土改史实或相关材料的呢？对此可以考订：1.当年珠河县元宝镇土改史实（本事）如何；2.通过小说（故事）与本事的比较，梳理作家对史实或明显或不太明显的改写与处理；3.在故事与本事的"缝隙"之间，略窥20世纪40年代末期"社会主义现实主义"文学内含的"叙事的文化政治"。这是富于诱惑的工作。不过，由于半世纪的风雨播荡，周立波当年的笔记材料已难觅踪迹，本文的材料主要来自元宝镇土改当事人的回忆及相关档案资料。

元宝镇土改"本事"

40年代土地改革的现实目标是重构乡村社会的权力结构和价值秩序，从而建立为中国共产党所掌握的农村基层政权。这使土改脱出了"杀富济贫"的江湖范畴，而成为现代政党对中国乡村的现代改造。因此，土改不能不是一种相当复杂的社会运动，涉及亨廷顿所说的"根本性的权力和地位的再分配，以及原先存在于地主和农民之间的基本社会关系的重新安排"[①]。而共产党、地主和农民，就成了这场大变动大动荡中的三种主要的势力，其间关系的"重新安

---

① 亨廷顿：《变化社会中的政治秩序》，王冠华、刘为等译，北京：三联书店，1989年，第273页。

排"即成为土改史实（本事）的主要部分。

乡村旧有的权力结构和价值秩序：元宝镇是北满地区的普通屯落，对于它的旧有社会结构并无学者专门研究，但有研究者据小说开篇的风光描写推断土改前的元宝镇是"和睦平静"的①。这其实是不合史实的。据笔者掌握的材料，土改前元宝镇存在着由地主精英主导的权力结构与文化认同。这类人物（如韩向阳、于拽子、宫国臣等）与政权机器结成同盟，农民则对地主形成了结构性依赖，"大多数农民没有比屈从于地主更好的选择"，"这种依赖性使得地主士绅有可能发展出一整套驾驭贫苦农民的手段"②。韩向阳等地主通过毁佃断约、摊派劳工捐税等手段，有效地控制了农民。当年的青年农民高景阳回忆，他曾经被韩老六的小老婆杨秀英摊派劳工，侥幸逃脱后仍然恐惧不已，"他怕韩老六，他怕杨秀英。最主要的，他是怕韩老六和杨秀英背后的日伪、汉奸和土匪"③。在这样的权力结构之下，元宝屯有了沉默和平静的外观。但是，如果我们将这种沉默理解为"和睦"的话，则不免深深地误读了乡村社会。

元宝镇土改最初由东北民主联军总政工作队主持，但开始是不太顺利的，农民们多数不愿意参与这项革命运动。一部分原因在于农民对于"道义经济"的遵守（讲"良心"），更主要的原因则在于农民对战争局势清晰而理性的判断。所幸共产党农村工作经验丰富，以边缘突破的策略应对了这一难题。总政工作队在元宝镇很快发动了少数"斗争性"强、地位边缘的贫穷农民，如周凤鸣、赵玉林、郭长兴等。据当地人回忆：他们"都是一些个游手好闲，不务正业，好吃懒做（的人）"。④但是，正是这批具有冒险品质的边缘农民打开了僵局，形成共产党、农民联合斗争地主的新的博弈局面。

不过，元宝镇土改很快就煮了"夹生饭"，"由于时间短促，对群众的发动还不充分，少数坏分子混进了农会，篡夺了部分领导权，因而土地改革还存在'夹生饭'的现象，封建势力没有被彻底打垮。农民群众还没有完全翻过身

---

① 唐小兵：《暴力的辩证法——重读〈暴风骤雨〉》，收《再解读：大众文艺与意识形态》（增订本），北京：北京大学出版社，2007年，第120页。

② 何高潮：《地主·农民·共产党：社会博弈论分析》，香港：牛津大学出版社，1997年，第45页、第1页。

③ 刘延功：《元宝山纪事》，收《中国土改文化第一村》（内部发行），尚志市委宣传部等编，黑龙江中医药大学印刷厂，2003年，第7页。

④ 蒋樾、段锦川：《暴风骤雨》（纪录片），2005年摄制。

来"①，这是新的博弈形势的表现。其实，在追随共产党、初步"上位"后，多数农民积极分子并未头脑发昏，以至于"忘记"兵指哈尔滨的国军。所以，他们一般不愿意将事情做绝（按党的指示彻底斗垮甚至杀死地主），而宁愿给自己留一点"退路"。因此土改博弈形势很快又是一变：起初是共产党联合农民斗争地主，待农民、地主初步强弱易位后，农民却又与地主暗中联结、妥协以敷衍共产党，甚至演化为"本地人"/"外乡人"之纠葛。不过，对此"暗流"，土改领导层看得非常分明。1946年10月30日，黑龙江省委指出："所谓'夹生饭'，正是基本群众对地主恶霸仇恨心未形成，与地主未撕破脸，因而产生了变天思想，留后手，不积极要地或假分地，明分暗不分等现象。"② 12月，松江省委也批评农村新干部"思想上动摇不定，两面派，留后路，依靠地主，现在我帮你，中央到了你帮我"③。对此，工作队应对有方，及时通过召开大规模斗争会尤其推行暴力土改，成功拆散了农民与地主之间的新的"合作"，使农民最终与地主决裂，成为党的追随者。

乡村新的秩序：土改后，元宝镇由农会领导，初期积极分子多数成为村干部，该镇和其他乡村皆成为我军的新根据地，为东北解放战争提供了巨大支持。在新的秩序中，地主势力基本上退出了，但共产党与农民也未简单地形成领导与被领导的关系，其实仍有博弈之势。共产党能将乡村变为根据地，其实是以承认农民的"非法"意愿为前提的。这突出表现在农民针对地主的暴力上。元宝镇一旦进入斗争会环节，农民突然一反此前的畏缩、消极变为冲动、猛烈，杀人成风，对地主大有斩杀务尽之概。据记载，该镇"在镇东门外枪毙了73人，平均每10户就有一个被杀"④。这让不少土改工作干部不能适应。从农民的角度看，地主虽然暂时被斗倒，但只要"青山在"，终有一日会卷土重来。对此，农民不能不充满恐惧。身处残酷政治传统之中，农民清醒地了解生存博弈的规则，知道怎么做对他们自己最为有利，所以他们要么不做，要么做绝。元宝镇的周立波、韩惠等土改领导者并非嗜杀之人，但他们也默许了农会的暴行。高凤桐回忆："那阵毙人群众说了算，工作队说了都不算，你们说毙

---

① 胡光凡、李华盛：《周立波在东北》，《社会科学战线》1981年第2期。
② 《黑龙江省委给克山县委的信》，《土地改革运动》（内部发行）上册，黑龙江省档案馆，1983年，第63页。
③ 《中共松江省委关于全省群众运动情况给中央的报告》，《土地改革运动》（内部发行）上册，第143—144页。
④ 蒋樾、段锦川：《暴风骤雨》（纪录片），2005年摄制。

就毙，说不毙就不毙。"①

周立波的改写与处理

对元宝镇等地的土改本事，周立波无疑非常熟悉，在写作时并有笔记作为参考，但毋庸置疑，小说《暴风骤雨》绝非元宝镇土改实录。那么，周立波是怎样处理上述材料呢，又是如何对史实进行改写乃至虚构呢？颇值得疏考。

第一，对旧有秩序的再现与改写。小说忠实再现了乡村旧有的权力秩序：地主对权力、资源的垄断，农民的"默契"与屈从。甚至工作队进入元茂屯以后，这种秩序仍在发挥作用，如韩凤歧以退佃要挟佃户。这自然不是实写（韩向阳其实在工作队到来前夕举家外逃），但它在概率意义上是极为真实的。另如韩凤歧霸占公共水井、摊派劳工等事，则都是实写，而他的欺男霸女（取自陈福廷等罪行）也是民国乡村生活的真实见证。不过，这些描写中间仍然有明显的改写，主要体现在对中国乡村的"道义经济"的负面呈现。在现实中，元宝镇的地主们并未完全弃置"道义"。其实从当地作家的讽刺性描述中，仍能看出地主韩向阳是有所伦理自律的②，在小说中，韩凤歧却增加了一项现实中当地人未曾提及的"烂事"——"逛道"（嫖娼）。当然，韩向阳精于算计，盘剥有方，口碑确实比较坏。但在当地，也还有口碑比较好的地主，如唐抓子。对这类地主，小说则把写成"伪善"。而对农民之于"道义经济"的认可，小说亦尽行"删削"。其实，工作队员邬炳安回忆："东北土改的时候很难诉苦，有的长工说，是啊，可恨啊，这个地主剥削人啊，可是话又说回来，人家到时候铲地铲得最累的时候，割地割得最累的时候，那也真犄劳，你看还得说一句，吃得还不错。"③遗憾的是，地主和农民在权力辖制之外的这种事实上存在的伦理关系被小说彻底扔弃了。

第二，对秩序重构过程的再现与改写。小说对元宝镇秩序变迁的史实多有实录，如发动群众、建立农会、诉苦、斗争会、分浮财、分地等。可以说，凡小说所叙，多有本事之依据。但是，史实中被遮蔽、改写的地方也非常之多。其一，农民最初不愿"出头"被写成了思想不觉醒（如宿命观等），而农

① 蒋樾、段锦川：《暴风骤雨》（纪录片）。
② 刘延功：《韩老六宅院文化》，收《中国土改文化第一村》，第103、107页。
③ 蒋樾、段锦川：《暴风骤雨》（纪录片）。

民对局势的精明判断则被淡化、虚化。其实，东北土改直接因于我军的军事失利，是希望通过发动农民挽回败势（建立基层政权，继而征兵、征粮）。对这一点，农民们很快就摸清了内情（工作队对农民掩盖失败，说"我军节节胜利"），因此，农民就颇为观望：他们的确希望获得土地，却不能承受"翻身"失败的风险（譬如被还乡团屠杀）。其实，恰如詹姆斯·斯科特对东南亚乡村的研究所表明的，正常情况下，农民即便对抗地主，也不会采取公共、有组织的政治行动，因为那即使不是自取灭亡，也是过于危险，其反抗更多地表现为"日常形式"，如偷懒、装糊涂、开小差、假装顺从、偷盗、诽谤、怠工，等等，"穷人为获得工作、土地和收入而奋斗；他们的目标并未指向诸如社会主义等大的历史的抽象概念，更不必说马克思—列宁主义了"①。在元宝镇，农民们也是这样判断利害的，遗憾的是，这一层被叙事淡化了。其二，工作队起用游民乃至"流氓"的从边缘突破中心的策略，被小说彻底"遗忘"了。其三，"煮夹生饭"问题中的复杂博弈也被"不透明"化了。从史料中可以看出，元宝镇土改的初期，既没有开斗争会，也没有开诉苦会。为什么呢，正是因为上文所言的农民积极分子暗中联结地主敷衍工作队。但对这一重要关节，小说作了比较大的改动，将之改写成了农民的被动（如杨老疙瘩被韩家色诱），甚至写成了破落地主（如张富贵、李桂荣等）的暗中破坏。这样改写，实际上就剥离了农民积极分子在现实中左右取巧的生存策略。其四，农民因时制宜的精明算计既然被略去，党"魔高一丈"的应对策略自然也被隐匿。其实，农民积极分子的有意"夹生"，土改领导层是洞若观火的，并下定决心要撕破其"脸皮"，截断农民的"退路"。"撕破"的方法，尤在于暴力。遗憾的是在小说中，周立波完全把土改暴力叙述成农民情感与仇恨的自然爆发。其五，部分工作队员对暴力的抵制小说也未作任何记载。其实，土改领导层对暴力的鼓动也受到了部分工作队的抵制，为此，领导层多有内部批评。②怎么让这些党的干部从内心接受土改暴力呢？东北各省市土改领导人也着力从理论层面阐释了阶级人道主义的内涵。如合江省委在会议上表示：对地主"讲人道主义""是不对的"，"因为农民也是人，而且全国人民中绝大多数的人呀！帮助农民翻身，解除其痛苦，难道不是人道主义？究竟我们主张的人道主义是那

---

① 詹姆斯·C·斯科特著：《弱者的武器》，郑广怀等译，上海：译林出版社，2007年，第424页。

② 《何伟关于牡丹江群众工作的总结报告》，《土地改革运动》（内部发行）上册，第102—103页。

一种人道主义呢？我们显然要人民大众的人道主义，而不要对少数寄生虫的人道主义。难道这不够明显吗？可惜，我们有些干部，对于地主士绅们的叫喊十分敏感，而对于千千万万农民大众的呼声，则'置若罔闻'"。①这些鼓动及其对人道主义的批驳与辩证，在小说中也不曾出现。

　　第三，对新的乡村秩序的再现与改写。小说实录了土改成功后乡村生产、参军、支前诸事宜，但改写之处亦有四点。其一，淡化了农民的暴力。暴力之发生，部分源于报复，部分出于生存博弈的现实（斩草除根），有些则确实是兽性释放。据当地人回忆，元宝土改甚至出现杀人"比赛"："那打死的都无数"，"元宝'势力分子'毙五个，这边元兴毙五个，两相对比，上东门外，你毙五个我也毙五个"（刘永青口述），"你这个元宝村今天有几个地富分子，或者什么，枪毙了，那我钢铁村，在这个运动当中，你要是一点行动没有，那也是工作没上去，那怎么办呢，那也毙呗。你要毙三个那我就毙四个"。（刘福德口述）②该镇按政策只有地主十几人，但被杀者达七十余人。这些人多数并非地主，而只是略有余财的富农，或与积极分子有私仇的一般农民。但这些现实社会中的复杂细节皆未进入叙事。其二，回避了农民拷掠钱财的史实。农民既已"撕破脸皮"，则拷掠地富钱财成为公共狂欢，小说却将其严格地置于阶级斗争的"约束"之下。同时，对某些已沦为公开抢掠的"扫堂子"则避而不言。其三，简化了农民认同转变过程中的复杂性。小说通过参军、支前等行动，描述了农民产生新的革命认同的过程。这是对农民"翻身"后内心感激的实录，但是，其实还有一些客观存在的复杂史实未能"进入"叙事。譬如，农民参军也可能是现实主义的理智选择，与正义感召未必有深刻的关联。对此，中共中央土改领导人彭真明察秋毫，在他眼里，土改更似在"设局"：农民因为分了地主的土地财物而自陷危险之境，仅为自合计，他们也会选择参军参战。从某种意义上说，土改的发生，其实是共产党"绑架"了农民，使之成为自己的利益共同体。但周立波有意识地"滤"去了这层史实。同时，社会学研究者认为，农民"翻身"后形成新的国家认同，"不仅是出于一种感激之情"，"更是出于对于国家这样一种强大力量的敬畏"③。这意味

---

① 《中共合江省委关于六月群工会议的总结》（1947年7月5日），《土地改革运动》（内部发行）上册，第172页。
② 蒋樾、段锦川：《暴风骤雨》（纪录片）。
③ 郭于华、孙立平：《诉苦：一种农民国家观念形成的中介机制》，《中国学术》第12辑，北京：商务印书馆，2002年。

着，农民对党的追随似又折返了乡村"元规则"（权力至上），革命突然掉回了乡村"旧轨"。这是20世纪40年代革命认同内在的驳杂性。它是上至中央领导下至农民都清楚的现实，但小说同样未曾涉及。其四，对乡村新的博弈平衡的改写。中国乡村社会极为复杂，在土改前，多由相互斗争着的宗族或宗派势力掌控，土改之后这一局面有改所观，不过变化并不像想象的那样大，仍然是宗族/宗派控制乡村，不过他们会以对党的事实服从换取其乡村控制权，其内部也会因此出现消长势异。《暴风骤雨》下卷对此有颇为真实的记述（如郭全海被张富英等架空），但张福英等被萧队长识破、收捕，显示了叙事给宗族/宗派划定的边界。这就使革命认同显得"纯净"多了。

"叙事的文化政治"

周立波对土改材料的改写，使故事较之本事有大幅差异：共产党、农民和地主三种力量之间紧张、微妙的博弈过程无声地消失了，仅留下一副共产党与农民之间拯救/被拯救的"缩略图"。本来复杂、动荡、犬牙交错的历史大变动，很遗憾地被小说"删削"成了一种政治的"神圣启示录"。那么，周立波何以要如此改写土改的史实呢？笔者以为，原因应该是多方面的。譬如，作家只经历了元宝镇土改的中间部分（约8个月），未参加工作队最初在元宝镇的动员工作，也没参加元宝镇第二次清算和分地工作（1947年底），这使他对不少历史纵深缺乏直接感知。又譬如，作家对于乡村社会的理解力也是有限度的。在他眼中，农民都是"受苦人"，亟待被解救，这就使他很可能对农民在乡村社会所历练出的心机和计谋缺乏足够的观察力。当然，最重要的原因，还是应该在于学界屡屡批评过的"对某种理论、某项政策的图解和阐释"。[1]

不过，最后一种怀疑也只能说在粗略的意义上是可成立的，它无疑忽略了40年代末期现代文学所面临的"叙事的文化政治"，以及由此而成的话语方法。对此，周立波是清醒且充满自信的，他认为《暴风骤雨》正是承担着"改良人类思想的最大的使命"[2]，用英国后殖民批评家艾勒克·博埃默的话说：这种类型的革命小说无疑"是解放斗争中一项基本的、持久的力量"。[3]在40

---

[1] 秦林芳：《〈暴风骤雨〉中的迷失：周立波〈暴风骤雨〉再论》，《名作欣赏》1994年第4期。

[2] 周立波：《选择》，收《周立波文集》第5卷，上海：上海文艺出版社，1981年，第50页。

[3] 艾勒·克博埃默著：《殖民与后殖民文学》，盛宁等译，沈阳：辽宁教育出版社，1996年，第210页。

年代的中国，这类小说主要的价值不是灵魂的观照，而是被要求承担阶级国家的使命，通过叙事召唤"弱者的反抗"。是不是这样呢？不必讳言，对这一层，不少研究者是不能接受的，他们更愿意将这类小说理解为一种新的统治意识形态的建构。笔者以为，这种理解有违于身处动荡烽烟中的作家们的正义梦想，尤其不符合土改前后共产党革命的事实处境。在40年代乃至以后很长的岁月里，周立波这样的作家都是以为不幸者（农民）鼓与呼为追求的。不难想象，作为"弱者的反抗"事业的组成部分，革命小说必须承担认同生产的责任：为农民展示公正、公平的理想社会秩序，甚至未来国家的文化形象，以生产关于革命和阶级正义的认同。那么，怎样生产这样的认同呢？实际上，这类认同都是"围绕着对立原则而建构的"，"不排除另一者就显然不能够确立自身"①，也就是说，作为新秩序的对立面，《暴风骤雨》在叙事中展示革命的未来的同时，必然将元宝镇等乡村原有的秩序贬低并指认为罪恶的生产场所。这种"叙事的文化政治"使《暴风骤雨》不可能实录土改史实，而是"多所知道，多所忘却"。这就构成了周立波处理材料的基本原则。

　　然而，哪些材料宜被"知道"，哪些史实又理当被"忘却"呢？周立波以阶级/国家之"大历史"观检视土改史实，元宝镇则以血缘、地缘、宗派、乡里、帮会等话语规范在动荡中维系地方社会的运行。于是，最后经本事改写而成的故事不可避免地包含两类话语之间的冲突与妥协、剥离与融合。

　　一方面，周立波的"大历史"记述明确排斥乡村自有的话语；此外与血缘宗族一样，建立在业缘、地缘等非正式关系上的宗派观念也被小说剥离了，包括会道门之江湖信仰。宗族、宗派、帮会等三种乡村话语，悉遭叙事排斥。而且，小说还将这些乡土"信仰"与国民党、汉奸等政治异类"杂糅"一处，更使它们在共产党人的中国想象中"非法"化了，失去了"资源"意义。至于事实存在的乡村宗教，更被视作"迷信"而被剔出叙事与未来文化想象之外，似乎它们从不存在。但这只是革命与乡村两类话语"斗争"的一方面，而另一方面，它们之间也存在"谈判"与妥协的关系。"大历史"话语在叙述乡村现实、构造国家的未来形象时，也有限度地承认、甚至吸收了地方话语。

　　周立波对《暴风骤雨》相关史料的处理，并非无缘无故，其实含有特定语境下复杂的"叙事的文化政治"。以自然真实论之，小说将共产党、农民与地

---

　　① 戴维·莫利、凯文·罗宾斯：《认同的空间》，司艳译，南京：南京大学出版社，2001年，第30页。

主在不同情势下的三边互动"简化"为革命对乡村、国家对地方的单向召唤与征服，不免有愧于那个动荡而驳杂的时代，这使之不能逾过"伟大"的门槛。然而，作为"弱者的反抗"的一部分，作为革命中国的文化生产，小说也以明确的秩序愿景与价值想象，在土改这一争取底层权利和解放的现实事业中发挥了极为重要的作用。即便岁月播荡，"革命"已死，这一代知识分子的叙事考量与正义诉求，仍然值得愿意肯定底层斗争权利的后人深深珍视。

| 参考文献 |

（按照作品发表及图书出版时间先后排序）

文集、全集及资料汇编：

[1] 孙中山.总理全集[M].上海：上海民智书局，1930.

[2] 司法院参事处编纂.增订国民政府司法例规补编 [M].南京：京华印书馆，1933.

[3] 赵家璧主编.中国新大学大系（1917—1927）[M].上海：良友图书公司，1935.

[4] 人民出版社编.马克思恩格斯全集[M].北京：人民出版社，1959.

[5] 苏共中央马克思列宁主义研究院编.马克思恩格斯选集[M].北京：人民出版社，1965.

[6] 李大钊.李大钊文集[M].北京：人民出版社，1984.

[7] 列宁.列宁全集[M].北京：人民出版社，1987.

[8] 陈独秀.独秀文存[M].合肥：安徽人民出版社，1987.

[9] 梁启超.饮冰室合集[M].北京：中华书局，1989.

[10] 毛泽东.毛泽东文集[M].北京：人民出版社，1996.

[11] 鲁迅.鲁迅全集[M].北京：人民文学出版社，2005.

[12] 孙中山.孙中山全集[M].北京：中华书局，2006.

[13] 中国第二历史档案馆编.中华民国档案资料汇编[M].南京：江苏古籍出版社，2010.

[14] 中国社会科学院文学研究所总纂.中国文学史资料全编·现代卷[M].北京：知识产权出版社，2010.

专著：

[1] 秦瑞玠编纂.著作权律释义[M].上海：商务印书馆，1914.

[2] 侯厚培.中国近代经济发展史[M].上海：大东书局，1929.

[3] 王哲甫.中国新文学运动史[M].北平：杰成印书局，1933.

[4] 黎锦熙.国语运动史纲[M].上海：商务印书馆，1935.

[5] 中国农村经济研究会编.抗战中的中国农村动态[M].新知识书店，1939.

[6] 中国共产党中央委员会.中国土地法大纲[M].渤海新华书店，1948.

[7] 朱斯煌主编.民国经济史[M].银行学会编印.民国三十七年（1948）.

[8] 王瑶.中国新文学史稿[M].上海：开明书店，1951.

[9] 陈顾远.中国文化与中华法系[M].台北：三民书局，1969.

[10] 张允侯编.五四时期的社团[M].北京：三联书店，1979.

[11] 唐弢.晦庵书话[M].北京：三联书店，1980.

[12] 魏绍昌.鸳鸯蝴蝶派研究资料[M].北京：三联书店，1980.

[13] 唐弢，严家炎.中国现代文学史[M].北京：人民文学出版社，1980.

[14] [美]韩丁.翻身——中国一个村庄的革命纪实[M].北京：北京出版社，1980.

[15] [美]阿瑟·杨格.一九二七至一九三七年中国财政经济状况[M].北京：中国社会科学出版社，1981.

[16] 方汉奇.中国近代报刊史[M].太原：山西人民出版社，1981.

[17] [美]海伦·斯诺.旅华岁月——海伦·斯诺回忆录[M].北京：世界知识出版社，1985.

[18] 朱光潜.西方美学史[M].北京：人民文学出版社，1982.

[19] [加]伊莎贝尔·柯鲁克，[英]大卫·柯鲁克.十里店——中国一个村庄的群众运动[M].北京：北京出版社，1982.

[20] 秦孝仪主编.中华民国经济发展史[M].台北：近代中国出版社，1983.

[21] 费正清，刘广京编.剑桥中国晚清史[M].北京：中国社会科学出版社，1985.

[22] [苏]A.B.巴库林.中国大革命武汉时期见闻录[M].郑厚安等译.北京：中国社会科学出版社，1985.

[23] 赵遐秋，曾庆瑞.中国现代小说史[M].北京：中国人民大学出版社，1985.

[24] 钱基博.现代中国文学史[M].长沙：岳麓书社，1986.

[25] 张公权.中国通货膨胀史[M].北京：文史资料出版社，1986.

[26] 陈白尘，董健主编.中国现代戏剧史稿[M].北京：中国戏剧出版社，1989.

[27] 陈东原.中国妇女生活史[M].上海：上海书店出版，1990.

[28] 陆仰渊，方庆秋主编.民国社会经济史[M].北京：中国经济出版社，1991.

[29] 叶孝信主编.中国民法史[M].上海：上海人民出版社，1993.

[30] 史仲文，胡晓林主编.中国全史[M].北京：人民出版社，1994.

[31] [美]费正清.剑桥中华民国史[M].北京：中国社会科学出版社，1994.

[32] 方汉奇.中国新闻事业通史[M].北京：中国人民大学出版社，1996.

[33] 阎步克.士大夫政治演生史稿[M].北京：北京大学出版社，1996.

[34] 李劼人研究学会编.李劼人研究[M].成都：四川大学出版社，1996.

[35] 倪墨炎.现代文坛灾祸录[M].上海：上海书店出版社，1996.

[35] 熊明安.中华民国教育史[M].重庆：重庆出版社，1997.

[36] 李华兴主编.民国教育史[M].上海：上海教育出版社，1997.

[37] 史立德.冀中抗日根据地斗争史[M].北京：中共党史出版社，1997.

[38] 余英时.中国知识分子论[M].郑州.河南人民出版社，1997.

[39] 王先明： 近代绅士——一个封建阶层的历史命运[M].天津：天津人民出版社，1997.

[40] 乔志强，行龙.近代华北农村社会变迁[M].北京：人民出版社，1998.

[41] 闵杰.近代中国社会文化变迁录[M].杭州：浙江人民出版社，1998.

[42] 虞宝棠编.国民政府与民国经济[M].上海：华东师范大学出版社，1998.

[43] 陶希圣.中国社会之史的分析[M].沈阳：辽宁教育出版社，1998.

[44] 鲁湘元.稿酬怎样搅动文坛——市场经济与中国近现代文学[M].北京：红旗出版社，1998.

[45] 杨义.中国现代小说史[M].北京：人民出版社，1998.

[46] 张之华.中国新闻事业史文选[M].北京：中国人民大学出版社.，1999.

[47] 朱勇主编.中国法制通史[M].北京：法律出版社，1999.

[48] 蔡鸿源主编.民国法规集成[M].合肥：黄山书社，1999.

[49] 洪子诚.中国当代文学史[M].北京：北京大学出版社，1999.

[50] 邹嘉骊主编.韬奋新闻出版文选[M].上海：学林出版社，2000.

[51] 宋原放主编.中国出版史料[M].济南：山东教育出版社，2001.

[52] 晋藩主编.中国百年法制大事纵览（900—1999）[M].北京：法律出版社，2001.

[53] [美]夏志清.中国现代小说史[M].香港：香港中文大学2001.

[54] 黄仁贤编著.中国教育史[M].福州：福建教育出版社，2003.

[55] 闾小波.中国近代政治发展史[M].北京：高等教育出版社，2003.

[56] 李明山主编.中国近代版权史[M].开封：河南大学出版社，2003.

[57] 张静庐辑注.中国现代出版史料[M].上海：上海书店出版社，2004.

[58] 钱理群等.中国现代文学三十年（修订本）[M].北京：北京大学出版社，2004.

[59] 夏志清.中国现代小说史[M].上海：复旦大学出版社，2005.

[60] 高信成.中国图书发行史[M].上海：复旦大学出版社，2005.

[61] 罗平汉.土地改革运动史[M].福州：福建人民出版社，2005.

[62] 孟昭毅，李载道主编.中国翻译文学史[M].北京：北京大学出版社，2005.

[63] 朱汉国主编.中华民国史[M].成都：四川人民出版社，2006.

[64] 许涤新，吴承明.中国资本主义发展史[M].北京：社会科学文献出版社，2007.

[65] 沃邱仲子.民国十年官僚腐败史[M].北京：中华书局，2007.

[66] 范伯群.中国现代通俗文学史[M].北京：北京大学出版社，2007.

[67] 王余光，吴永贵.中国出版通史·民国卷[M].北京：中国书籍出版社，2008.

[68] 王燕来选编.民国教育统计资料汇编[M].北京：国家图书馆出版社，2010.

[69] 陈青之.中国教育史[M].长沙：岳麓书社，2010.

[70] 中国百年著作权法律集成汇编组编.中国百年著作权法律集成[M].北京：中国人民大学出版社，2010.

[71] 吴永贵.民国出版史[M].福州：福建人民出版社，2011.

[72] 徐扬杰.中国家族制度史[M].武汉：武汉大学出版社，2012.

[73] 朱栋霖等主编.中国现代文学史[M].北京：北京大学出版社，2012.

[74] 裴毅然.中国现代文学经济生态[M].郑州：河南人民出版社，2012.

[75] 钱理群主编.中国现代文学编年史[M].北京：北京大学出版社，2013.

[76] 孙康宜，宇文所安主编.剑桥中国文学史·下卷（1375—1949）[M].北京：三联书店，2013.